私、異世界で精霊になりました。

なんだか最強っぽいけど、ふわふわ気楽に生きたいと思います

JN103309

1

かっぱん

(ill.)キッカイキ

watashi, isekaide seireini narimashita.
nandaka saikyoppoikedo,
fuwafuwa kirakuni ikitaito omoimasu

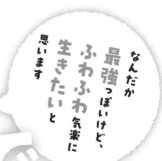

kyoppoikedo, fuwafuwa kirakuni ikitaito omoimasu

watashi, isekaide seireini narimashita. nandaka sai

第1話

私、異世界で精霊になります

「お目覚めですね、クウさん。貴女は泥酔してお友達と一緒に車道に飛び出したところをトラックにはねられて死んでしまいました」

気づいた時には真っ白な世界にいた。

目の前では女神様そのものな女性が優しい笑みを浮かべている。

……ああ、はい。

おわる瞬間の記憶は、あります……。

私は遠野《とおの》空《くう》。女22歳。

我が人生ながら、なんて最期なのか。

「しかしお喜びください。最期に叫んでいた異世界に行きたいという貴女の願いは叶えられました。すでにお友達は希望する人生を決めようとしていますよ。貴女もあちらのテーブルへどうぞ」

見れば、最期の瞬間まで一緒だった3人が真剣な面持ちで考え込んでいる。

ナオとエリカとユイ。

幼稚園の頃からつるんできた長い付き合いの幼なじみたちだ。

深夜までお酒を飲み続けて、お酒が足りなくなったのでコンビニに行こうとしてトラックにはねられた同士でもある。

現状は、ふんわりと理解できる。

確かに酔っ払ったノリで叫んではいたけど……その記憶もあるけど……。

まさか叶ってしまうとは……。すごいね……。

私が感動していると、女神様に向けてナオが手を挙げた。

ナオ、フルネームは佐合奈緒《さごうなお》。

短めに切り揃えた髪がよく似合う、小柄で童顔な子だ。

「女神様、私は決めた。私は勇者を希望する。願わくは、我に七難八苦を与えたまえ」

ナオは、感情の表現が薄めの子だ。今もすごい宣言をしたのに、その姿は無表情で淡々としたものだった。

「性別はどうしますか？」

「男のほうが有利？」

「どちらでも構いません。女性でも戦うことのできる世界ですよ」

「なら今と同じで」

女神様は拒否することなく話を進めているけど……。

「ねえ、ナオ。大丈夫……？」

私は大いに不安を感じた。

なにしろナオは、毛虫1匹に道を遮られて助けを求めてくる子だ。

「余裕。せっかくだし頑張る。グレアリング・ファンタジーでは私も戦えていた。私は三日月に祖国の再興を誓う」

リアルでは50メートルすら走りきれないナオも、VRMMO『グレアリング・ファンタジー』の世界では、確かに剣を振るっていた。VRMMOは、日本語で言うなら仮想現実大規模多人数同時参加型オンラインゲーム。専用のゴーグルをつけて、五感すべてで仮想世界に入り込んで楽しむフルダイブ型のゲームだ。

その中で剣を振るえていたのなら、少なくとも動きとしては身についている、ということにはなるのだろうけど……。

ナオの場合は完全にシステムのバトルアシストに頼っていた。自力では、剣を振り上げるだけで転ぶこともあった。

うーん、ものすごく心配だ。

「七難八苦の中で祖国の再興を誓う勇者ですね。勇者には魔王が一対となりますが、よろしいですか？」

「いえす。魔王も私が倒す」

「はい。わかりました」

本人は拳を握ってやる気だし、勇者なら最強クラスのチートだろうし大丈夫なのだろうか。

考え直させるべきか悩んでいると、エリカが大きな声を上げた。

「女神様！　私も決めました！　私は、大国の王女になって贅沢の限りを尽くしたいと思います！」

エリカ、フルネームは有川恵里香《ありかわえりか》。

背が高くて髪は長く、顔は凛々しくて全体的にお嬢様っぽい子だ。

まあ、それは見た目だけで、実際には私と同じ庶民の子だけど。

「はい。わかりました。大国の王女ですね」

「第一王女を希望します！　お父様にもお母様にも兄弟たちにも愛される、最高に素敵な環境を希望します！」

「はい。わかりました。大丈夫ですよ」

「おーほっほっほ！　感謝いたしますわ！　やりますわよ！」

びっくりするほどノリノリだ。口調も変わった。

「そう――。ずっと見栄を張るのに全力で全開で、カップラーメンどころか半額パンが主食だったこの私――」

「よくうちにたかりに来ていたよね」

迷惑していたよね、私。

「晩餐会！　舞踏会！　パンがなければお菓子を食べればいいじゃない！」

「それ、完璧な断頭台フラグだね」

「大丈夫！　そのあたりは完璧に匙加減いたします！　真綿で首をしめて税金を搾り取らせますわ！」

いやホント、エリカ・アントワネットとかにならないでね？

自業自得だとしても、さすがに幼なじみの首が飛ばされるのは見たくない。

「それで、ユイはどうするの？」

私は残る1人に聞いてみた。

「私は……。できれば夢を叶えたいと思うんだけど……」

ユイ、フルネームは三方唯《みかたゆい》。

お酒さえ飲まなければ優しくて穏やかで、異性にも人気だった子だ。

もっとも本人は異性が苦手だったので、ちょくちょく私は盾役をしてあげていた。

「てことはお医者さんか。すごいね。真面目だね」

ユイは大学で医学部に通っていたのだ。

「そうだね……。あと、えっと……。せっかくだし、私もチヤホヤされる人生もいいかなー、なんて……」

「ふむ」

「ていうか、されたいなー、なんて……」

「つまり、医者ではないと？」

「えっと……。あのね、うん、癒やすことはしたいんだけど……」

「ふむ」

「……せ、聖女とか」

「あーなるほど。定番だね」

「いいですよ、聖女」

女神様があっさりと認めてくれた。

本当になんでもアリなんだね。

「じゃあ、あの、それでお願いします。……たくさんの人にチヤホヤされてモテモテで生きたいです」

「はい。わかりました」

「あと、あの……。できれば私もお金持ちの家がいいです」

「では、貴族の家に生まれるということで」

しかし、意外だ。

「ユイって、実はチヤホヤされたかったんだね。てっきり、恋愛なんて興味ゼロだと思って男が来てもガードしてたけど」

「あ、うん。それはありがとう。助かってたよ……」

「ごめんね。私、完全に誤解していたね。欲望なんてあって当たり前だよね。ユイはエロいことがしたかったのか」

「違うよ？　そういうんじゃなくって、尊敬とかなの。ユイちゃんはすごいね偉いねって言われたいだけなの」

「またまたー。照れちゃってー」

「照れてないからー！　ホントなんだからー！」

「さあ、あとはクウさんだけですよ」

女神様は、いつの間にか椅子に座って優雅に紅茶を飲んでいた。

「あ、はい」

正直、困った。思いつく希望がない。

「あの、ちなみに転生先って、もしかして、グレアリング・ファンタジーの世界なんでしょうか？」

転生するなら夢中でやってきたゲーム世界がいいっ！

なんてことも私は言っていた気がする。

「それは貴女たちがやっていたゲームの名前ですよね。ゲームの内容までは知らないので断言できませんが、違うと思いますよ。私の世界はイデルアシスと言います」

「剣と魔法の世界ではあるんですよね？」

勇者に王女に聖女が存在できるわけだし。

「はい。危険は多いですが、美しい世界ですよ」

「なぜ私たちが選ばれたんですか？」

「願いが届きましたから。あとはタイミングですね。星の巡り合わせが最高の時にしか無理なので」

女神様は、なんと、私たちが行くことになる異世界イデルアシスを創った本人、つまりは創造神ということだった。

なるほど、力と環境を授けるのも自在なわけだ。

名前はアシスシェーラ。アシスと呼んでいいらしい。

アシス様。

しっかりと覚えた。

使命は、特にないと言われた。

アシス様の目的としては「世界の活性化、停滞の払拭」らしいけど、意識する必要はないと言われた。

好きなように生きてくれれば十分とのことだった。

現代知識もチート能力も使用自由。素晴らしい。

我ながら、いいタイミングで死んだものだ。

いや、死んでいるんだからいいわけはないのだけど。

両親やトラックの運転手の人には本当に申し訳ないことをした。

と、思ったら元の世界では、私たちは存在ごと抹消されるらしい。

最初からいなかったことになる。

トラックの運転手さんも、飛び出されたたぁぁぁ！　嘘だろおぉぉぉ！　と思ったら気のせいだった、と。

迷惑をかけなくてよかった。

いや、抹消されようがどうなろうが、私たち的には死んでいるんだからいいわけはないのだけど。

せっかく産んでくれたのに消えてしまってごめんよ、両親。

でも、大学4年生で冬休みになったのに就職先も決まっていなくて実はそれなりに人生をあきらめていたんだ、私。なので、うん。正直、私的には幸運だったね……。なんだか急に、未来に道が開けた気持ちだよ……。転生かぁ。楽しみだ。

「ナオ、エリカ、ユイ。向こうでも一緒に遊べるといいね」

私は気楽に笑った。

「いえす」

「そうですわね」

ナオとエリカがすぐにうなずいてくれる。

「でも……、向こうの世界で会えるのかな……？　女神様、私たちって同じところに転生できるんでしょうか？」

ユイは不安げに女神様にたずねた。

「世界と時代は同一ですが場所は別々となります。皆さんにはそれぞれ望みの叶う国に転生してもらいます」

「うう。そうなんですか。残念」

私はがっくりとうなだれた。

「とはいえ、皆さんの呼び名は維持しますから、お互いがどこにいるかは、やがてわかると思いますよ」

まあ、それはそうか。勇者と王女と聖女なら嫌でも耳に入ってきそうだ。

「さて、ナオさんとエリカさんとユイさんは、そろそろ転生が始まります。お別れをお願いしますね」

アシス様が椅子から身を起こした。

「お待ちください。まだクウの選択を聞いていません」

エリカが焦った声を上げる。

「教えて。クウは何になる？」

「え、えっとぉ」

ナオに服を引っ張られて急かされるけど、本当に何も思いつかない。

そうだ。それならば。いっそ楽しく送り出してあげようか。

実は私には一発芸という特技がある。今までも3人には、たくさんウケてきた。

笑顔でまたねというのもいいものだよね。決まったならば、実行あるのみだ。

私はナオから離れると、みんなの前に立った。くるりと体を1回転させて、

「にくきゅうにゃ〜ん」

ばっちり肉球ポーズを決めた。

笑顔と共に掲げた両腕を折り曲げて、正面に向けて両方の手で可愛らしく肉球を作る。

うん、我ながら完璧です。これぞ私が最も得意とする一発芸！

名付けて、というかすでに口にしているけどにくきゅうにゃ〜んなのです。

私はポーズを決めつつ、幼馴染たちの反応を窺った。ウケたかな？　ウケたよね？

「こんな時に何をやっているのですか！」

「クウ、いくらなんでもそれはないよー」

「5点」

エリカが叫んで、ユイが顔をしかめて、ナオがジト目で評価した。

……ウケなかった。何故だ。

そんなこんなの内に3人は光に包まれ――。

そして、消えていった。

幼なじみたちは転生していき、私は1人、取り残された。

女神のアシス様は急かす様子もなく再び椅子に座ると、宙に浮いたポットからカップに紅茶を注いだ。

「クウさんも飲みますか？」

「はい。ありがとうございます」

私も用意されていた椅子に座って紅茶をいただく。

死んでいるはずだけど、温かさも味もよくわかる。とても美味しい。

さて、どうしよう。私は途方に暮れていた。

なにしろなりたいものがない。生前、叫ぶほど異世界転生を夢見ていたのに。

私は冷静に考えてみた。

まず、ナオには悪いけど勇者関連の職業は避けたい。世界の運命を背負って戦うなんて私には重すぎる。試練に次ぐ試練が押し寄せてくるだろうし。

毛虫1匹で涙目になるナオは本当に立ち向かえるのだろうか。

貴族令嬢も人間関係が難しそうだからパス。

感情がすぐに表に出てしまうエリカは、貴族社会を生き抜いていけるんだろうか。

それ以前に本気で贅沢しまくって民衆の怒りに火をつけて断頭台送りにされなきゃいいけど。

聖女も、どう考えても私向きじゃない。

誰かのためになんて、無理。めんどい。

ユイは、なんだかんだうまくやっていく気がする。

「あの、アシス様。私、異世界転生することに異存はないですし、むしろ熱望していたのですが、具体的に希望する職業や地位がないことに気づいてしまいました。気楽にやっていきたいと思うのですが、オススメはありますか？」

「そうですね。オススメはありませんが、では、ゲーム的な思考で自分を構成してみてはいかがですか？」

「キャラメイクってことですか？」

「ええ。そうです。能力から決めていくのです」

「キャラメイクかぁ……。そうだなぁ……。グレアリング・ファンタジーのマイキャラが理想かなぁ……。それでいけるならそれがいいんだけど……」

「いいですよ。では、そうしましょう」

「いいんですか？　ならそれでお願いを――。と、あ、でも……、私のキャラって人間族じゃなくて精霊族なんですよ」

人間じゃないのは、どうなんだろうか。

エルフやドワーフならともかく、精霊って、ものすごく普通じゃない感じになってしまう気がしなくもない。

『グレアリング・ファンタジー』では種族のひとつというだけで特別扱いはされていなかったけど、むしろそれのほうが例外的だろう。

そのあたりの懸念を話すと、アシス様もうなずいた。

「そうですね。私の認識でも、精霊は人間と社会生活を行う存在ではありません。したければしてくれて構わないのですが」

「構わないんですか」

「間違いのないように、クウさんのキャラクターを見せてもらえますか？」

「見せてと言われましても……」

「ゲームのデバイスをイメージしてください。具現化します」

してみると、ポンと手のひらにデバイスが現れた。

さすがは女神様。

「では、存在を同化させていただきますね。クウさんは普通に遊んでみてください」

「うわっ！」

浮遊して近づいてきたアシス様が私の中に入ってきた。幽霊みたいに、すうっと。

瞬間、体がカッと熱くなったけど、すぐに収まる。

なんだか体が発光しているけど、これは気のせいだろう。

いや絶対に気のせいではないけど。

『声、聞こえますよね』

「はい。えっと」

『大丈夫ですよ。存在を重ねさせていただいただけなので。クウさんに悪い影響はありません』

デバイスを頭につけて起動した。なんと、普通に神経がデバイスとリンクする。

さすがは女神様。

ログインすると私は女神様と共に、精霊族のクウ・マイヤになる。

名前は本名、名字は好きなゲームキャラからつけた架空世界の私だ。

プレイヤーキャラクターに年齢の項目はないけど、自分の中で勝手に決めた年齢は11歳。

理想の魔法少女を目指して、10時間以上かけて可愛らしさと明るさを追求して作った私の分身たる女の子だ。

何もかも気に入っているけど、空色の髪と明るい瞳が特に好きだ。

背中に羽は生えていない。

オプションでつけることはできたけど私はつけなかった。

ちなみに可愛いクウだけど、実はサーバー最強の精霊族だったりする。

私はガチプレイヤーだったのだ。

加えて精霊族はガチプレイヤーに人気がなかった。

最高に可愛い見た目にできるので一般プレイヤーには人気だったのだけど、精霊族は筋力と体力が低い。

重い武具を装備できないので前衛職には向かないし、高い魔力を生かして後衛職についても体力が低いので倒れやすい。

生成や採集でも、筋力と体力のなさは時間効率の低下を招く。

見た目以外はエルフ族の下位互換と言われたものだった。

精霊族には『浮遊』と『透化』という、空を飛んだり姿を消したりできる固有技能があるけど……。

どちらも同じ効果の魔法があったので、価値は低かった。

私はそんな精霊族で、サーバーでただ1人、最高難易度レイドをひたすら攻略することで入手できる神話武器――。

精霊族専用のショートソード『アストラル・ルーラー』を手にしていた。

サーバーで私だけだったのは運営発表なので間違いない。

対人戦でも『アストラル・ルーラー』の入手以降、精霊族相手には全勝だった。

『精霊第一位』の称号持ち。

全ランキングでは10位台だったけど。

さらに神話武器の取得で、『精霊姫』という称号を手に入れていた。

どちらの称号も私の自慢だ。神話武器の入手は本当に苦労したものだ。

他人が主催するパーティーに入りたくても精霊族では嫌がられる。

なので自分で主催した。

メンバーを集めて、魔法主体の作戦を立てて、全滅してもメンバーが萎えないように明るく振る舞って。

攻略できずに解散することも多かったけど。

そのうち、気の合う人たちと固定パーティーを組むようになって。

ついには連勝できるようになって――。

いやー、ホント。うん。

あの情熱を就職活動に向けていれば、私はきっと就職先が決まっていた。

泣ける。ホント泣ける。

ちなみにエリカとナオとユイは、最高難易度レイドに挑戦するほどゲームにのめり込んではいなかった。

よくそこまで頑張るね、と、呆れられていたものだった。

アシス様に、そんな風に頑張ってきたクウを紹介する。

愛する我が身だ。がっつり語ってしまった。

その後、興味があるというので『浮遊』しながら世界をアシス様に見せた。

『素晴らしい世界ですね。いろいろなものが新鮮で参考になります。とても架空のものとは思えません』

「ですよねー。すごいですよね、VRMMOって」

アシス様の反応がよくて、私も気持ちがどんどんよくなる。

結局、あれもこれもと紹介して、ゲーム時間で10日を過ごしてしまった。

ちなみに世界はアシス様のものとは違っていた。

「そうだ、アシス様。私がこの子になるとしたら、今使っているユーザーインターフェースもいただくことはできるんでしょうか？　ステータスを見たり、マップを見たり、生成のリストを呼び出したり、アイテムを管理したりで、すごく便利なんです」

『いいですよ。覚えましたので可能です。このゲームのシステムを私の世界に適合するようにアップデートして、クウちゃんの固有技能としましょう。このままのクウちゃんで違和感なく自然に活動できるようにしますね』

「ありがとうございますっ！　嬉しいですっ！」

いつの間にか私の呼び方がクウさんからクウちゃんになっていたけど、気にしないでおくことにしている。

ともかくユーザーインターフェースの実装は嬉しい。システムの適合も大いに助かる。便利に生活できること確実だ。

「あと、装備とかアイテムとかは……？」

『申し訳ありません。さすがにそこまでは厳しいですね。転生の許容量を超えてしまいます』

「あはは。ですよねー」

残念。まあ、生成技能は全系統カンストだし、なんとでもなるだろう。

『でもひとつだけならなんとかしましょう』

「おお、ありがとうございます。では、これでお願いします」

迷わず選ぶのは神話武器『アストラル・ルーラー』。私の大切な相棒だ。

「でも、そうすると私、もしかして裸で転生ですか？　あと言葉とかはどうなるんでしょうか」

『服はプレゼントしてあげます。言葉や文字についても問題ないようにしておきますね』

「よかった。ありがとうございます」

そんな感じで転生のことも決めつつ、たっぷりと遊んで、私たちは元の白い世界に戻った。

「最後にアシス様と遊べて本当に楽しかったです。ありがとうございました」

「私にも新鮮な一時でした。思わず時間を忘れてしまいました」

お互いに笑い合った。すっかり打ち解けてしまった気がする。

「ねえ、クウちゃん。このデバイスは私がもらってもいいかしら」

「はい。どうぞ。アシス様の力で造ったものですし」

「ありがとう。うふふ～。これはなかなかに素敵なアイテムの予感なの～。私も自分のキャラクターを作っちゃお～っと」

女神様が浮かれている。口調が変わっていますと突っ込みかけたけど、やめた。

デバイスを胸に抱いて無邪気にくるくる回った後、女神様は元通りの優雅な姿で私に向かい合った。

「精霊といっても人間に近い存在であることは理解できました。これで間違いなく送ることができます。クウちゃんの場合は転移に近い転生となるので、他の皆さんとは年齢的に釣り合う時点に送りますね」

「ありがとうございます」

つまり私は22歳からのスタートか。

大人、すなわち最初からお酒が飲めるということ。

異世界のお酒。どんな味がするのか楽しみだ。

いや、待って。さすがに懲りようね、私っ！

「同化時間が長かったので私の力がクウちゃんの中に溶けていますが、イデルアシスに出た時に祝福として放出されます。ほんの少し光ってしまうと思いますが害はないので気にしないでください」

「はい。わかりました。あと、そうだ。向こうの世界で、精霊として何かするべきことはありますか？」

「そうですね……。クウちゃんに義務を課すつもりはありませんが、もしよければふわふわしてください」

「ふわふわ、ですか？」

「はい。精霊はふわふわするのが仕事です」

「わかりました。ふわふわします。ああ、でも、そうかぁ……」

「どうしたのですか？」

「いえ……。あの……。私、現実では就職すらできなかった子なので……。仕事と思うと妙に緊張するというか……」

「ふふ。クウちゃんの現実は、これからはクウ・マイヤですよ。でも、そうですね。せっかくの門出です。心にも軽さを差し上げましょう。新しいクウちゃんとして、新しい世界を、気楽にふわふわと楽しんでください」

「ありがとうございます。本当に何から何まで」

「では11歳の世界へ」

「あ。私、クウの年齢で行くんですね」

「それではよい旅を」

こうして私は、異世界イデルアシスに降り立つことになったのだった。

第２話

祝福の帝都！　世界はとっても輝いていました

気づいた時、そこは水の中だった。

正確には息もできているし違うのかも知れない。

だけどそこはどこまでも広がった透明な世界で、上にも下にも自由に動くことができた。

まわりには色とりどりの光が漂っていて――。

ヒメサマ――。

――ヒメサマウマレタ。

つたない声でそう言いながら私に近づいてくる。

「私？」

ヒメサマ――。

光の球が楽しそうに私のまわりで舞う。なぜだか自然に、私はこの子たちも精霊なのだとわかる。

「ありがとう。生まれたよー」

私は本当に、精霊のクウ・マイヤになったのだろう。

人間だった頃より、手足が細くて可愛い。体もかなり小さくなった。流れる髪は青空の色。

とはいえ、ＶＲＭＭＯでずっと動かしてきたもう１人の自分なので、まるで違和感はなかった。

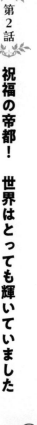

心も実に軽やかだ。

「ねえ、ここってどこかな？」

人間の町に落ちるとばかり思っていたけど、ここはどう見ても人間の町ではない。

セイレイカイダヨ――。

サカイメダヨ――。

――ゲートノチカクナノ。

「なるほど。ありがとう。ゲートって、人間の世界への出入り口？」

たずねると一斉にソウダヨと返事がきた。

「ありがとう。どっちかな？」

――アッチ。

――アッチダヨ。

光の球に連れられて行ってみると、他とは違う黒い色彩で揺らめく場所があった。

これがゲートのようだ。光の差し込む黒い揺らめきに邪悪な雰囲気はない。

水面に景色が映っている感じだ。夜空かな？　光は人工のものっぽい。

たぶんこれ、人間の世界の、どこかの公園の泉につながっている。

「えっと、飛び込んじゃえばいいのかな？」

――アブナイヨ。

――キケン、キケン。

「う。……でも、ゲートなんだよねえ」

危険と言われると怖い。

とはいえ、いつまでも水の中みたいな世界にいるわけにもいかない。

「みんな、案内ありがとね。私は人間の世界で生きてくるよ」

私は黒い揺らめきに触れて、痛みとかがないことを確かめつつ、まずは腕だけ入れてみた。

すると一気に引き込まれて、体ごと中に入ってしまった。体が強く浮いた。

ざぱんっ！

弾けた水面から、私の体は空中に放り出された。

石畳に囲まれた泉の上だった。

まわりには、よく手入れされた庭園が広がっている。あちこちに照明が灯っていて、幻想的だ。

庭園の向こうには白亜の宮殿――としか思えない、西洋風の巨大で立派な建物がそびえている。

ついに来たのだ。異世界！

感動した次の瞬間、私の体から光が溢れた。

「うわあああぁ!?　ナニこれぇー！」

しばらくの後……。

ようやく眩しさが収まって、私はあらためて世界に目を向けた。

「あー。これが祝福かぁ……。アシス様、少しじゃないよぉ……」

夜なのに、世界がとても明るかった。

うん。間違いない。私から溢れた光たちだ。

世界いっぱいに満ちて、星が降りてきたみたいに輝いている。

そんな中、私は1人の女の子と目が合う。

私の足元、泉のほとりで、仕立てのよい長袖の服を着た女の子が尻餅をついて私を見上げていた。

その女の子の全身は、至近距離で大量に光を浴びたせいか――というかそうに決まっているけど、私と同じくらいに輝いている。

「えっと……。ごめんね、いきなり……。大丈夫だった？」

私は地面に降りて女の子に目線を合わせた。

10歳くらいかな？　金髪碧眼の可愛らしい女の子だった。

「私はクウ。見ての通り――。かはわからないけど、精霊だよ」

「あの、わたくし……」

「よろしくね」

「は、はい……」

私を見つめながら、女の子は硬直している。かなり驚かせてしまったようだ。

「ごめんね、本当にいきなりで」

申し訳ない。

しばらくすると女の子は、ふいに何かに気づいたような顔で、私から自分の両手へと視線を移した。

心底驚いた様子で女の子の目が見開く。

そしてなぜか、いきなり、ボタンを外して長袖の服を脱ぎ始めた。

「えっと……。どうしたの……？」

たずねても返事はない。自分のことに夢中のようだった。

女の子は半袖のシャツ姿になると、ますます驚愕の表情を浮かべて自分の腕をさすって、さらにはシャツをめくってお腹《なか》を確認する。

「ご、ごめんね!? びっくりした!? したよね！　錯乱するのはわかるけど服を脱ぐのは問題があるようなっ！」

「あの、わたくし……。呪われていて、体に黒い痣《あざ》が巻き付いていて……」

「うん？」

「でも、体が軽くて……。すごく気持ちよくて……。腕にもお腹にも、どこにも痣がなくて……」

女の子の目から、大粒の涙が落ちていく。どうやらこの子は、かなり不幸な状態にあったようだ。

それが治った、と。

だって彼女の肌はつるつるのすべすべだ。

「たぶん、女神様の祝福の効果かな。ごめんね。あ、おめでとうかな？　とにかく治ってよかったね」

「はい、ありがとう――。ありがとうございます、精霊さま！」

私はとりあえず女の子の横に座った。

「顔、涙ですごいよ。ハンカチとかは持ってる？」

「すみませんっ！　はい、ありますっ！」

女の子はハンカチで涙を拭う。暖かい夜ではあるけど、私は彼女が着ていた服をかけてあげた。

「私はクウ。貴女は？」

「はいっ！　わたくしはセラフィーヌと申しますっ！　どうぞセラとお呼びくださいま精霊さま！」

「精霊さまはいいよー。クウって呼んで。それが私の名前だよ」

「クウさま？」

「さまはいらないよー」

「では、あの、クウちゃん。……どうでしょうか？」

年下の子にちゃん付けで呼ばれてしまった。

とはいえ、見た目的には、今や私は同年代なのか。

「うん。いいよー。よろしくね、セラ。ねえ、それでさ、少し質問してもいいかな？」

「はい。なんでしょうか？」

「ここってどこかな？」

「どことおっしゃいますと……」

「国の名前とか、場所の名前とか」

「はい、ここはバスティール帝国の帝都ファナス、その中にあるセリエアス大宮殿の奥庭園――願いの泉のほとりです」

「大宮殿……。すごい場所なんだねえ。ということは、セラは？」

「セラフィーヌ様――。そちらの御方は――？」

うしろから声が聞こえた。

振り向くと、離れたベンチの前で立ちすくむ若いメイドさんの姿があった。

「姫ー！　姫様ー！　ご無事ですかー！」

さらに大宮殿の方から男の大きな声。

「グラバム騎士団長！　こちらです！　セラフィーヌ様はこちらです！」

メイドさんが叫ぶ。これは騒ぎになりそうだ。

「私、そろそろ行くね。面倒なことになるのも嫌だし」

「どちらに行かれるのですか？」

「街かな。私、しばらくここで――帝都ファナスだっけ。ここで暮らすつもりだからよろしくね」

「はい。こちらこそ。あの、それでしたらわたくし、お手伝いを――」

「ありがとう。気持ちだけもらっておくよ。まずはせっかくだし自力でやってみるね」

「何をされるのですか？」

「そうだなぁ……」

どうしようか。今の私はクウ。クウと同じようにやってみるのがいいよね。と、すれば……。

「冒険者！　私、冒険者になってみるよ！」

ゲームの世界で、クウは一流の冒険者だった。冒険者ギルドで依頼を受けて、たくさんの仕事をこなしてきた。初めての仕事も冒険者としてだった。

きっと私にもやれるはずだ。この世界に冒険者という職業があればだけど。

さあ、のんびりしている暇はない。急がないと大勢の人が来てしまう。

私は、ＶＲＭＭＯと同じ感覚で『浮遊』の能力を発動した。

すると私の体は簡単に浮き上がった。移動も自由にできそうだ。

「いきなりの祝福ごめんね。害はないはずだから、そう伝えといて」

「クウちゃん！　わたくしとお友だちに！　お友だちになってくださいっ！」

「うん！　ありがとう、セラ！　よろしくねっ！」

私は夜空へと舞って、大宮殿の敷地から離れた。


大宮殿を空から抜け出した私は、すぐに市街地には向かわなかった。

祝福の残滓《ざんし》で輝き続ける夜の空を飛んで、大宮殿と市街地をつなぐ、美しい広場の上空で静止する。

宙に浮かびつつ、自分の確認だ。まずは、『ユーザーインターフェース』を使ってみる。

ゲームの世界と同じように開けと念じたらメニュー画面が現れた。ステータスを開く。

種族は精霊、名前はクウ・マイヤと出ている。

レベルはカンストの１２０、各種ステータスはゲームのまま。

称号は精霊姫。称号もゲームから持ち越せている。

サーバーでは私しか持っていなかった超レアな自慢の称号だったので嬉しい。

あと称号欄には、精霊第一位、女神の友人、女神の加護、ともあった。

ゲームでは、称号はひとつしかつけることができなかった。なので精霊第一位の称号はつけていなかったけど、アシス様が気を利かせてつけてくれたのだろう。

女神関係もアシス様がつけてくれたのだろう。ありがたや。

次は、早速だけど魔法を使ってみよう。

技能や特性は、自由にすべてを使えるわけではない。

ゲームシステムとして、魂の器『ソウルスロット』への装着で、アクティブ化させる必要があった。武技は武器種、魔法は系統ごとに装着可能だ。スロットは3つ。

1：黒魔法

2：古代魔法

3：敵感知

さくっとセット完了。

スロットの変更は、ゲームの世界と同じなら、平時はいつでも可能だけど危険地帯では不可になる。お遊びセットのまま危険地帯に行かないように注意せねば。

ちなみに技能には熟練度がある。

熟練度は、その技能を使えば使うほどに上昇する。

数値が伸びれば、伸びた分だけ難しいことができるようになっていく。

私は戦闘系では、魔法全系統と小剣武技の熟練度をカンストさせていた。

系統は、武器については一般的な感じなんだけど――。魔法については少しだけ独特だ。

私の魔法はゲームのまま、白魔法、黒魔法、緑魔法、銀魔法、古代魔法という名称で分類されていた。白魔法は回復系。黒魔法は攻撃系。緑魔法は強化と弱体。銀魔法は空間系で、透化、飛行、転移、各種フィールド設置、重力操作など。

戦闘では、どれをセットして、どう戦うのか。考えるのは本当に楽しかった。

さて。敵感知に反応がないことを確かめてから、私は古代魔法のリストに目を向けた。

古代魔法は、究極魔法や広域殲滅《せんめつ》魔法といった、ひたすらに殺傷力の高い魔法が主に集まっている系統だ。発動までに長い精神集中がいるので、レイドでは使いものにならない。

フィールドの敵に撃ち込んで倒しても、例外なくオーバーキル扱いでアイテムドロップなし。

ゲームではイベントバトルで、古代竜を一撃で消滅させたり、魔物の大軍を薙ぎ払ったりしたい時に使う程度だった。

さらに成長に合わせて覚えていく魔法がひとつもなく、すべてスクロールを読んで覚える必要があった。

そして、スクロールの入手難易度は高い。

古代魔法を極めるのは大変で、そして、あまり意味がなかった。

でもロマンのため、私はすべての古代魔法を集めて、極めた。

ここでも使えるなら嬉しいと思って、確認のためにセットしてみたのだけど。

うん。使えるようだ。やったね。

でもこれ、使ったらどうなるんだろう。

ゲームでは派手なエフェクトと共に敵を薙ぎ払うだけで、特に地形が変わったりはしなかったけど。

下手に確かめたらとんでもないことになりそうだ。使うのはやめておこう。

まずは簡単なレベル1の黒魔法にしよう。

魔法は、発動の意思を明確に示すことでその効果を現す。簡単なのは、魔法名を口にすることだ。

「マジックアロー！」

指を突き出して叫ぶと、指先から魔法の矢が勢いよく飛んでいった。

「おお」

ゲームでは見慣れた魔法だけど、感動した。

他にもいくつか魔法を使ってみた。どれも、ちゃんと発動してくれた。

次にマップを開いてみる。

ほぼ真っ白だった。行ったことのあるエリアしか表示されない仕様なのだろう。ゲームでもそうだったので仕方がない。

アイテム欄には、『アストラル・ルーラー』だけがポッンと入っていた。

ゲームと同じ感覚で取り出すことができたし、収納することもできた。

装備欄には私が今身につけているものとして、精霊の服、精霊のスカート、精霊の靴があった。

ゲームの世界で精霊族の女の子が最初から身につけている初期装備だ。

だけどゲームよりも性能がいい。なんと、私が使っていた防具と同等の性能だった。

さらに、汚れない、破れない、なくさないという付与効果がついていた。

説明欄には女神の贈り物とある。ありがたや。アシス様に感謝。

しかし所持金はゼロだった。

これは……。大丈夫なのだろうか。さすがにお金がないというのは不安だ。

いや、待て。これはアレだ。アレかもしれない。

アシス様は、精霊はふわふわするのが仕事です、と言っていた。

つまりふわふわしていれば仕事になって、所持金が増えるのだ。

ふわふわしてみた。

ふわふわ。ふわふわ。

しばらく頑張ったけど、所持金が増えることはなかった。

うーむ。もっとふわふわしなくてはいけないのか、それともそもそも、ふわふわしたって所持金は増えないのか。悲しいけど後者の気がする。

「まあ、頑張るしかないかー」

私は冒険者になるのだ。たくさん依頼を受けて、稼げばいいのだ。

なにしろ私は強い。魔物退治だって余裕のはずだ。たとえ現実だとしても。

意気込んで、私はふと思った。

現実での戦闘……。それは、どんなものになるのだろうか。

ゲームの世界でなら、単にHPを削り合うだけだけど……。HPを0にすれば、魔物は消えてアイテムに変わるだけだけど……。

ここはゲームの世界ではない。私は転生して、現実の異世界に来たのだ。

いろいろと飛び散ったりするのだろうか……。

グシャッとして、プッシャッとして、顔にかかったりとか……。

生暖かくてね……。血とか肉とか……。

「あああああああ！　ヤダぁぁぁぁ！　それはヤダぁぁぁぁぁ！」

そんなことになったら、私は卒倒しかねない。

マズイ。最強のゲームキャラになれば気楽にやっていけると高をくっていたけど、これはどうにもならないのでは。

最悪、精霊界に戻ってふわふわするしか……。

「いや、ふわふわするにしてもこっち側の方がいい。あの水の中みたいな世界で過ごすのはいくらなんでも悲しぃ」

いや待て。

「私には生成技能があるじゃないか。物がなければ作ればいいじゃない」

私の生成技能は全系統カンスト。なんでも作れる。

……作れなかった。

何故なら、何を作るにしても素材が必要なのだ。私は何も持っていない。

「取ってくるしかないかぁ……」

ただ、私の採集技能は低い。生成は大いにしていたけど、素材は市場や他の冒険者から購入していたのだ。

まあ、うん。空の上で、1人でぼやいていても仕方がないか。市街地に行ってみよう。

私は空を飛び、目立たないように『透化』で姿を消してから、いかにも賑やかそうな通りに降りた。広い道の左右に、石と木で組んだ大きな建物が連なっている。なかなかの発展ぶりだ。あたりは、外灯やお店から広がる人工の光とは別に、夜空と同じように全体的に薄く輝いていた。祝福の光がまだ残っている。

そんな中、多くの人が大騒ぎをしていた。

「皇帝陛下万歳！　帝国万歳！　精霊様万歳！」

人間の男性と獣人の男性がジョッキを片手に肩を組んで笑っている。

完全に酔っ払っている。羨ましい。

なんにしても、やはり私は本当に異世界に来たのだ。

景色としては、実は西洋のどこかの町でしたなんて言われても納得できそうだけど……。獣耳と尻尾のヒトがお酒を飲んで騒いでいる光景は決して前世の世界にはなかった。

ゲームの世界とも違う。ゲームの世界では、ノンプレイヤーキャラクターが通りでお祭り騒ぎをすることなんてなかったし。

他の人の会話も耳に届く。

「しかし、精霊様の祝福は凄いな。俺んちもよ、臥《ふ》せっていた婆さんがすっかり元気になって酒飲みに走っていっちまった」

「祝福の光って大宮殿から広がったんだろ？　皇帝陛下万歳だよ」

説法をしている神官もいた。

「精霊様はお許しになられたのです！　我ら罪深き大陸の民を！　さあ、皆様、喜びと共に祈りましょう！」

食堂の店先では猫耳のお姉さんが通行人に声をかけていた。

「みんなー！　食べていってねー！　今夜はAランク冒険者ロック・バロットさんが復活記念に全部奢ってくれるよー！」

どうやら女神様の祝福は帝都にしっかりと広がって、セラと同じように住民たちの怪我や病気を治したようだ。あちこちのお店からタダだの大サービスだのと威勢のよい声が上がっている。

そしてなぜか、女神ではなく精霊の祝福になっている。

うん、誤解だ。振りまいたのは私だけど、私の力ではない。

というか、もう私のことがそんなに広まっている？

さすがにそれはないか。たぶん私とは無関係な、信仰的な話だろう。

あと、冒険者という職業はあるみたいだ。やったね！

いろいろと想像して萎えた私ではありますが、あるというならば、なろう！

依頼は選べばいいよね！　とりあえず、お金は稼がないといけないわけだし。

頑張ろう。おー。

やる気になったところで、お腹が空いてきた。治安はよさそうだし、私は『透化』を解いてロック・バロットさんがタダで食べさせてくれるという食堂に入った。

賑わう店内の真ん中では、20代前半に見える人間の男性が串に刺された肉を掲げて大きな声を上げていた。

「みんな、どんどん食ってくれー！　俺が破産しても構わねえ！　足が動くようになったんだ！　またいくらでも稼いでやるぜー！」

彼がロック・バロットさんのようだ。私と目が合うと近づいてきた。

「ようっ、嬢ちゃん！　うるさくして悪かったな、目が覚めちまったか？」

「いえ。お腹が空いたので来ました。私もいただいていいですか？」

「おう。食ってけ。メアリーちゃん、この子にも食いもんと果実水を用意してやってくれ！」

「はーい！　ちょっとまっててねー！」

「ありがとうございます」

「かたっ苦しい言葉はなしだ！　気楽に行こうぜ！」

「うん。わかった」

私はロックさんに促されて、テーブルについた。

「嬢ちゃん、見たことのない髪の色艶だな。どこの国の――。いや、もしかして夢幻の森のハイエルフか？」

「ううん。私は精霊だよ」

「ほーう。なるほど！　今夜はそういう夜だもんな！」

横からバシバシと肩を叩かれた。

「いーたーいー」

「悪い悪い。ま、楽しんでってくれや！　お父さんに怒られないように早めに部屋に戻るんだぞ！」

ロックさんは酔っ払いのおじさんたちに呼ばれて行ってしまった。

「はい、どうぞ」

「ありがとう」

給仕のメアリーさんが食べ物と飲み物を持ってきてくれた。

さっき外で声を上げていた猫耳のお姉さんだ。

「メアリーさん、私にもお酒って……。もらえ……。あ、ううんっ！　なんでもないのいいのっ！」

「うん。お酒は大人になってからだよー」

メアリーさんは行ってしまった。

まわりでは、大勢が楽しそうにジョッキを掲げているけど……。とっても美味しそうだけど……。

私は、お酒で一度死んだ身なのだ。同じ失敗を繰り返してはいけない。お酒は、気にしないでおこうっ！

食事を楽しもう。テーブルに来たのは、茹でた芋と焼いたソーセージ。

まずはソーセージをフォークに刺していただいてみる。

クウちゃんだけに、くう。パク。うん、美味しいっ！

口の中でパリッと皮が破れて、肉汁が溢れた！　芋もほくほくで素晴らしい！

そして、ジョッキにたっぷりと注がれた果実水。飲んでみるとリンゴだった。

ああ、生きているんだなぁ、私。本当に転生したんだなぁ。

実感すると涙が出てきた。

「なんだ？　泣きながら食って。そんなに嬉しいのか、この祝福の夜が。まあ、俺も少しだけ泣いたけどよ」

ロックさんが戻ってきて、私の対面に座った。

ちょうどよかった。私は気になっていたことを聞いた。

「ロックさん、冒険者って誰でもなれるの？」

「おう。ギルドで鑑定を受けて、犯罪者じゃなければオーケーだぞ」

「どんな仕事をするの？」

「そりゃおまえ、なんといってもダンジョンだろ」

「ダンジョンって？」

「おまえ、いいとこ育ちなんだな。ダンジョンっていうのは、地下に広がる魔素に満ちた空間のことさ。危険な魔物がたくさん生まれてな、そいつらをぶっ殺して魔石を集めるのが冒険者の主な仕事さ」

「魔石って？」

「魔力が詰まった石さ。この店の明かりも、料理を作る火も、便利なもんはだいたい魔石の魔力から生まれているんだぞ」

「そうなんだ。なんかすごいね」

「ははは っ！　そりゃすごいさ。死ぬ気で取ってくるだけで、施設育ちの若造が帝都で一軒家を買えるんだからな！」

「それってロックさんのこと？」

「そ。俺のことさ！　でもな、失敗しちまってよ、片足がほとんど動かなくなって絶望してたんだよなぁ、俺」

「祝福があってよかったね」

「ホントにな」

ニカッと笑うとロックさんは立ち上がって、みんなに向かって声を上げた。

「みんな！　ここにいるこの子こそが、精霊様だそうだ！　俺たちに祝福を与え、この俺に再びの力をくれた精霊様に乾杯！」

皆が一斉に私に向けて乾杯をしてきた。

ふむ。ここはアレだ。私、違います、とか言って、せっかくの盛り上がりに水を差すのはダメだ。

「よーし！　今夜は特別だ！　このクウちゃんさまがもういっかい祝福してやるぞー！　かんぱーい！」

私は乗っかった。思いっきり声を上げて、高々と果実水の入ったジョッキを掲げた。

その後はたくさんの人が来て祝福してくれとせがむので、形だけテキトーに祝福してあげて大忙しだった。

みんな、本気で私が祝福したって信じているわけではない。ひたすらに盛り上がっているのだ。

普通の人間も獣耳や尻尾のある人も私のテキトーな祝福で喜んでくれた。

猫耳のお姉さんに頬をすりすりされた時には困った。

なんにしても、食堂の中で種族差別はないみたいだ。

冒険者のことも追加で聞けた。

冒険者は基本的には、ダンジョンで魔物退治をしたり、野外で商隊の護衛をしたりと危険と隣合わせの仕事だ。

けど、もっと簡単な、狩猟や採集、掃除や力仕事の依頼もあるらしい。

なので戦闘力がなくても冒険者はできる。冒険者とは言うけれど、アルバイターでもあるわけだ。

さらに。なんと。

ダンジョンの魔物は倒せば消えて、魔石だけが残るというゲーム仕様だった。

素晴らしい。感涙だ。ダンジョンに挑戦しようと私は決めたのだった。

なにしろ私は強い。精霊姫の称号は伊達ではないはずだ。

……まあ、冒険者になれるのは15歳からなのだそうですが。

私は22歳。11歳なのは見た目だけだ。登録できるはず。たぶん。

結局、その夜、私はかなり遅い時間まで食堂にいて、知らない内に寝てしまった。

目が覚めると朝、ではなくて、昼くらいだった。居るのは、宿屋の部屋かな？

ベッドから身を起こして窓から空を見ると、太陽の位置が高い。

祝福の光は消えていて青空が広がっていた。

部屋を出て、廊下を歩いて、階段から一階に下りると、昨夜の食堂で猫耳のメアリーさんが働いていた。私の姿を見ると、声をかけてくれる。

「おはよっ！　よく眠れた？」

「うん。ぐっすり。泊めてくれてありがとう」

「お代はロックさんからもらっているからいいよー。昼も食べていってね」

「ありがとう」

ありがたく、パンとスープをいただいた。

なんとおかわり自由だったので、遠慮なく、たっぷりと食べさせてもらった。

満腹になって、私は席を立った。メアリーさんにお礼を言って店から出る。

宿屋も兼ねているこの食堂は『陽気な白猫亭』と言うらしい。

看板の文字を私は読むことができた。

と、ひとつ忘れていた。私は店に戻ってメアリーさんに冒険者ギルドの場所を聞いた。

「冒険者ギルドならそんなに遠い場所じゃないけど。それより早く家族のところに戻ったほうがいいよ。絶対に心配してるよ」

「私、1人なので」

「そうなんだ……。何かあったの？」

「ううん。普通に1人で来ただけ」

「んー。まあ、いいか。怖い人たちがいるから裏通りには行っちゃダメだよ。表通りだけを歩くこと」

「うん。わかった」

場所は聞けた。

「ありがとう。行ってくるね」

私は再び通りに出た。

「気をつけてねー！　また食べに来なよー！　待ってるからねー！」

「うん。ありがとー」


大通りを歩いて冒険者ギルドに向かう。

昼になっても街は賑やかだ。昨夜の祝福の興奮が収まることなく続いている。

私は姿を消すことなく普通に歩いた。

最初は念の為に『透化』していたのだけど、姿を消すと、太陽の暖かさや風の心地よさや屋台から広がる肉の匂いがすべて消えてしまった。

昨日の夜は祝福の余韻もあったし、初めての異世界で私も興奮していたし、ぜんぜん気づかなかったけど……。

どうやら『透化』の能力は、単に姿を消すだけではなくて霊体化する能力へと変化しているようだった。

なにしろ、壁をすり抜けることも自在だった。私は、ほんのちょっとだけ思ったものだった。

……これって、金銀財宝を盗みたい放題だね。

もちろんしないけど。そんなことをする度胸はないです。

なんにしても、せっかく異世界の街を歩いているのに無機質なのは寂しい。

光も匂いも感じたいのだ。

途中で広場を通ったら、大きな女神像があった。

アシス様に似ているなーと思って近づいたら、台座に創造神アシスシェーラの像と書かれていた。

アシス様いるじゃん！　精霊じゃなくてこっちに祈ろうよ！

思わず叫びかけてしまった。この世界の宗教は、どういう構造になっているのだろうか。

それにしても帝都は広い。

大通りをまっすぐに進むだけでいいので、冒険者ギルドまで迷わずに行くことはできそうだけど……。そんなに遠くないってメアリーさんは言っていたけど……。

気づいたら、なんか気が抜けていて、幽霊みたいに膝を曲げて、ふわふわと浮かんで進んでいた。

どうも視線を感じるなぁと思ったら、そういうことだった。

浮かんでいる方が、今の私には楽な姿勢のようだ。

まあ、いいや。面倒なのでこのまま行こう。

やがて、冒険者ギルドには無事に到着した。

儲かっているのだろう。大きな建物だった。

布で巻いた武器を身につけた人たちが出入りしている。

私は着地して、歩いて中に入った。

「おお」

思わず声が出た。なんというか、うん、イメージ通り。

奥に受付窓口があって、受付のお姉さんが冒険者とやりとりをしている。壁のボードには、たくさんの依頼書が貼ってあった。ロビーはパブも兼ねていて、カードで遊んだり飲んでいる人がいる。ガラの悪そうな人もいる。

だけど、誰も絡んではこなかった。私は、何事もなく受付窓口にたどり着いた。

「えっと、すみません」

「はい！　しばらくお待ちください！」

私が声をかけると、受付のお姉さんが奥に走り去った。

ん？　わけがわからずに待っていると、すぐに息を切らしながら戻ってきた。

「どうぞ。対応させていただきますので個室へご案内します」

「はい。ありがとうございます」

よくわからないけど、話を聞いてくれるならよしとしよう。私は素直についていった。

「それで、どういったご用件で？」

「実は私、こう見えて人間の22歳なんですけど、冒険者になりたくて……」

少しだけ嘘をついてしまった。だって精霊と言っても信じてもらえないだろうし。

でもまあ、子供はダメって言われそうだなぁ。

「それでは、魔道具にて素性を鑑定させていただきますが、よろしいですか？」

「はい。平気です」

うなずくしかないのでそうしたけど、やっぱりダメかも知れない。

とはいえ今更どうにもならない。いざという時には、笑ってごまかそう、うん。

「あと申し訳ありません。少し事情があってギルドマスターも同席しますが……。よろしいですか？」

「はい。いいですけど……」

なんだろうか。不穏な空気を感じなくはないけど、これもまたうなずくしかない状況だ。

お姉さんは部屋を出ると、また走っていった。

しばらくすると、筋骨隆々とした中年の大男と一緒に戻ってくる。いかにも歴戦のツワモノだ。

「おう、俺が冒険者ギルドのマスター、ギルガ・グレイドールだ。よろしくな」

「よろしくお願いします」

「なるほどな。たしかに、青空の色みてーな髪だ。これか」

「……あの、なんでしょうか？」

「あー悪い悪い。なんでもないぞ。おう」

いや、うん。絶対に確実に何かある状態だよね、これは。

「じゃあ、さっそくだがこれに手を置け。これは『女神の瞳』と言ってな、触れた者の素性を映す

「魔道具だ」

テーブルの上に置かれたのは、黒くて艶やかな板だった。たくさんの小さな光が点滅している。

私は言われた通りに手を置いた。

すると、すごいことに、手の甲の上にスクリーンが浮かび上がった。

やがてスクリーンに文字が現れる。

氏名：クウ・マイヤ
種族：精霊
出身：神界
年齢：11
犯罪記録：なし

「……えーと。……クウ・マイヤさんですね。……精霊の、11歳。……神界のご出身なんですねえ」

「みたいですね。私も知りませんでした」

私のステータス画面には、なかった情報だ。

「確か、人間の22歳とおっしゃられていたような……」

「あはは」

「えーと」

受付のお姉さんは固まってしまった。

「おし、わかった！　おまえは人間の22歳！　それで冒険者カードを作ってやるから死なない範囲で好きにしろ！」

「おお。ありがとうございます」

もうダメかと思いきや、あっさりギルドマスターが認めてくれた。

「ダ、ダメですよ！　何をそんな簡単に認めているんですか！　そもそも精霊ですよ！　精霊様ですよ!?」

「様じゃないけどねー」

「だいたい11歳ですよ！　まだ子供ですよ！」

「大丈夫だ。安心しろ。すべて上からの指示だ」

そうなのか。何がどうなっているんだろう。

「私、どっかに連行されちゃう感じ？」

「ああ？　んなわけねーだろ。死なない範囲で好きにしろって言ったろうが！」

「ならいいけど。じゃあ、いろんなことを教えて？」

「ああああ？」

迷惑そうに睨まれた。

「私、この国に来たばかりで、まだなんにも知らなくて。国のこととか宗教のこととか教えてくれると助かるなーって」

「……俺はカードを作ってくる。後は任せたぞ、リリア」

ため息をついて、ギルドマスターは部屋を出て行ってしまった。

私は受付のお姉さんと2人きりになった。

「リリアさんって言うんですね、よろしくお願いします」

「はい。えーと、精霊様？」

「様じゃなくて、私、22歳の普通の人間だよ？」

「と言われましても」

「クウ。クウちゃんでいいよ。普通にしゃべってね、様とかいらないし。私はリリアさんって呼ばせてもらうね」

「……はぁ。もういいです、わかりました。それで何が聞きたいの？」

「私ってどういう状態なの？　なんか対応がすごかったけど」

知りたいことは多いけどまずは自分のことだ。

「朝、マスターから告知があっただけよ。空色の髪の女の子がもしもやってきたら、とにかく普通に扱って俺を呼べってね」

「誰の指示なんだろ？」

上とか言っていたけど。

「私、余計なことは聞かない主義なの」

「まあいいか。じゃさ、宗教のこと教えてよ。なんで精霊なの？　創造神様だって知られているんだよね」

「それは精霊様が、この世界を守ってくれているからに決まってるじゃない。季節を巡らせて、光を与えてくれて、雨を与えてくれて、大地を豊かにしてくれて、命を与えてくれて――いるんだよね？」

「私に聞かれても」

困るというものだ。

「……クウちゃんは、精霊様だよね？」

「うん。そうなんだけど」

精霊と言ってもゲームキャラからのコンバートなので。

ともかくこの大陸では精霊を神と崇める精霊神教が大正義のようだ。

「そういえば、神官が許されたとか言っていたけど、何かあるの？」

「ああ、それね。１０００年前に、精霊界とこちらの世界をつないで無限の魔力を得ようとする計画があったって記録が残っていてね――」

こんな話だった。

昔、精霊はごく普通にこの世界――物質界でも暮らしていた。

精霊は、目には見えないし会話もできない存在だったけれど、人の願いを聞き、力を貸してくれていた。

人は精霊を愛し、精霊も人を愛した時代だった。

でも、精霊を拘束して、強引に魔力を引き出す技術が、大陸東端のギザス王国において発明されてしまった。

精霊はダンジョンで取れる魔石よりも、遥かに高出力に遥かに長い時間、魔道具を稼働させることができた。

ギザス王国はその技術を秘匿して利用し、他国から抜きん出た繁栄を築いた。

さらに様々な研究が進められた結果、ついにギザス王国では精霊界への扉を開ける計画が立てられた。

多数の精霊を核として王国の中心地に巨大な塔が作られた。

成功すれば、世界中の魔力を独占して、名実ともにギザス王国が世界の指導者となる大計画だった。

結果として計画は失敗した。

塔は爆発し、王国本土は岩と毒沼しか存在しない不毛の荒れ地となり、一夜にしてギザス王国は滅びた。

もう１０００年も昔の話だが、今でもその土地は死に絶えたままで、『無の領域』と呼ばれているそうだ。

そして物質界から精霊は消えた。

だけど、今でも精霊は、精霊界から物質界の営みを守ってくれている。

精霊に感謝して、許しを請う。

そしていつか、再び戻ってきてくれることを願う。

それが精霊神教ということだった。

ちなみに精霊を拘束する技術は、ギザス王国と共に失われた。魔道具も現存していないそうだ。

よかった！

「もちろん、創造神アシス様だって信仰しているわよ？　でも創造神様は神界にいる御方で、この世界にいるわけではないよね。だから祈りは捧げるけど、感謝や願いの向かう先にはなっていない。って感じなんだけど……。合ってる？」

「私に聞かれても」

困るというものだ。

「クウちゃんは、神界生まれだよね？　アシス様のご意思とかご意向とか、ご存知ではないのかな？」

「んー。信仰どうこうの話は聞いてないなぁ。たぶん気にしてないと思うよ。私もふわふわするだけでいいって言われてるし」

「ふわふわ？」

「そ」

ふわふわすることが私の仕事だ。

「ほら、こんな風に」

宙に浮いてみせた。

「これが私の仕事だよ」

「羨ましい仕事ねー」

「でしょー。でも、この仕事、お金にならないんだよね。だからお金を稼ぐために冒険者になろうと思ったのです」

「薬草採集とか、安全なのにしておきなさいね」

「ダンジョンに行くつもりなんだけど」

「クウちゃんには無理」

「無理じゃないよー。だってダンジョンの魔物って死ねば消えるんだよね？　血みどろでグログロしたりしないんだよね？」

「確かに死ねば消えるけど、殺すまでは血みどろでグログロよ？」

「……う」

そうなるのかぁ。

過程を考慮していなかった。

「で、でも、魔法で一撃で消滅させちゃえば」

「死体を残さないと、魔石が生まれないよ？」

「い、威力を調整して……と思ったけど、そんなことできるのかぁ!?」

少なくともゲームでは、魔法の威力は魔力に比例して一定だった。

「失敗したら食べられちゃうよ？　痛いよ？　怖いよ？　苦しいよ？」

「ううう……」

「薬草採集、頑張ろうね。ちゃんとやり方は教えてあげるから」

にっこりとリリアさんに微笑まれた。

「……はい」

国のことも教えてもらった。

バスティール帝国。

今から約300年前、前身となるティール王国が近隣諸国や獣人集落を攻め落として生まれた大国だ。

皇帝を頂点として貴族たちが国を支配している。

人間国家だけど、他種族にも平民としての暮らしが保証されている。

治世は安定している。私も街を見てきたけど平和な雰囲気だった。

「そういえば、勇者とか聖女ってどうなんですか？」

「どうって？」

「ほら、いるのかなーって」

「勇者は知らないけど、聖女様ならいるんじゃない？」

「いるんだ」

「帝国にはいないよ？　リゼス聖国に1人いるだけで」

「そこはどんな国なの？　聖女ってどんな存在？」

「リゼス聖国は、精霊神教の中心たる大聖堂がある宗教国家で、聖女様は光の魔術が使える特別な存在ね」

「おー。すごいんだ、聖女」

光の魔術って、私が使える白魔法の上位版なんだろうか。白より光の方がすごそうだ。

「そりゃあね。光の魔術はどんな怪我や病気でも治せるって言うし。水の魔術の癒やしとは次元が違うみたいよ」

「どんな人が聖女なのかはわかる？」

「聖国の伯爵令嬢で、まだ11歳の女の子。クウちゃんと同い年だね」

「名前は？」

「ユイリア・オル・ノルンメスト。ユイ様って呼ばれて、聖国ではそれはもう愛されているみたいよ。たまに聖国からの商人がギルドに来るけど、会話すると呆れるくらいに自慢してくるし」

「おお……」

「彼女の公式姿絵なんて家が買えるくらいの値段に高騰してて、それでも10年先まで予約が一杯なんだって。彼女個人を崇拝する団体もいくつもあるらしいよ。聖女親衛騎士団なんてのも結成されたって話だし」

「素晴らしい」

感動だ。ユイは、信じられないレベルの愛され聖女になっている。

夢が叶って、毎日、楽しくて仕方ないだろう。羨ましい。

しかし勇者の方は、知られた存在ではないようだった。残念。

ナオ、転生の時に調子に乗って我に七難八苦とか言っていたけど、まさか本当に地獄の人生を送っていないよね。アシス様は加減してくれているだろう。うむ。

「あ、ならならっ！　エリカって王女は？　どこかの国にいない？」

「いるよ。ジルドリア王国の王女。エリカ・ライゼス・ジルドリア」

「すぐに言えるってことは、もしかして有名？」

「有名だよ。去年、国中を巻き込んだ誕生10年祭を催して、帝国にもその話題がすごく届いてきていたし」

なんと、国中の町と村にお祭りを開かせ、祝わせたのだそうだ。

王都に至っては1週間に亘《わた》るお祭りと盛大なパレード。

夜には多数の魔石を使って王城を照らし、その城内では国中の貴族を集めた豪華絢爛な舞踏会が開かれた。エリカ王女は、それを自分で企画したという。

「……エリカ王女、嫌われてないよね？」

「嫌われてはいないと思うよ。だって国の負担で国中にお酒と料理が配られて、それはもう盛り上がったって言うし」

「ならいいけど……」

幼なじみを疑いすぎるのはよくない。エリカはよい王女をやっている。

無駄遣いなんてしていない。きっと予算の範囲内。

そうに違いない。信じることにしよう。

第3話 皇帝一家とお食事を

今、このイデルアシスの世界は晩春くらいなのだろうか。緑は鮮やかで、空気は新鮮だ。

そして、午後の空はいつまでも青い。空が赤くなったら帰ろうと思いつつ、私は森の中で薬草を摘んでいた。樹冠からの光が揺らめく、帝都近郊の静かな森だ。

森には銀魔法の『飛行』で、あっという間に来ることができた。

『飛行』の魔法は、『浮遊』よりも遥かに速く飛べる。

今のセットは銀魔法・採集・敵感知。

銀魔法といえば、『転移』もあるんだけど残念ながら使えなかった。

触れたことのある転移陣に瞬間移動する魔法なので、この世界でまだ転移陣に触れていない以上、仕方がないんだけど。転移陣はあるんだろうか。

まあ、それはともかく、今は薬草。1本ずつ、根本から丁寧にちぎる。

薬草の生えている場所は、私の固有技能『ユーザーインターフェース』に搭載されたミニマップ機能をオンにすれば、採集技能の効果でミニマップに表示されるので、大まかにはわかる。

あとはリリアさんに教えられた薬草の知識と照合して、それっぽい草を摘んでアイテム欄に入れるだけだ。アイテム欄に入れれば、そのアイテムの名前が表示される。雑草だったら捨てる。

草を摘む。草を摘む。

地味な作業だった。しかもこれ、薬草を3本集めて、やっと小銅貨1枚。

だいたい100円。虚しい。

私は最強の戦闘力を持っているはずだ。究極魔法でも広域殲滅魔法でもぶっ放すことができる。

戦闘経験だって豊富だ。体の動きもVRMMOの時と同じで自由自在だ。

まだ何とも戦っていないので真偽はわからないけど、弱いはずがない。

どうしてこんなことをしているのだろうか。

しかし、ギルドで話を聞いただけで一日はおわれない。なぜなら私は一文無しだ。

冒険者カードは無事にもらうことができた。そして言われた通りに採集の依頼を受けた。

そして森に来ている。

それなりに薬草採集はできているので、宿屋に泊まるのは無理でも夕食を取ることはできそうだ。

……寝るのは『透化』して、どこかの橋の下かなぁ。悲しい。

寝ている間に『透化』が解けてしまわないかは心配だけど、他に思いつく方法もないので仕方がない。

「あー今夜も、誰か『俺の奢りだ』してないかなー。してるといいなぁ。きっと誰かがしてるよねえ。うん、してるに違いない」

…………帰ろ。

気力が尽きたので帝都に戻ることにした。

と、ここで私はユーザーインターフェースを閉じかけて、とある魔法に気づいた。

それは『帰還』の魔法。

すべてのキャラクターが最初から使える、設定した安全地点への瞬間移動魔法だ。

普通に使える状態になっている。

「使ってみようかな……？」

ゲームでは、私の帰還場所はマイハウスの中だった。

マイハウスに帰ることができれば。

そこには、アイテムたっぷり。ピザでもパスタでもケーキでもお寿司でも食べ放題だ。

「帰還！」

ヒュンと世界が変わって、私は見覚えのある場所に帰還した。

「……クウちゃん！」

「あ。セラ。やっほー」

なんと帰還したのは、金髪碧眼で同年代の美少女、たぶん皇女様――セラと出会った泉の上だった。しかも今回もセラが泉のほとりにいた。

「あはは、ごめんね、またも唐突で」

「いえ、平気です。それよりお会いできて嬉しいですっ！　またお会いしたいなってお祈りしていたところだったんです！」

近づくと、手を取って満面の笑顔で喜んでくれた。

「それで、どうしてここに？」

「あーうん。仕事に飽きたから帰ろうかなーと思ったら、ここにね」

「お仕事……。冒険者としての、ですか？」

「うん。そうだよー」

「すごいですっ！　本当に冒険者になられたのですね！　おめでとうございます！」

「うん。ありがとー」

「それで、どんなお仕事をされていたんですか？」

「薬草採集をね」

「すごいですっ！　尊敬しますっ！」

「そんなたいしたもんじゃないよー。食べるだけで精一杯だしさー」

「食べる……ですか。精霊でもお食事は取られるのですね」

「まあねー」

　実体化しているしね。

「そうだ。もしよろしければ、わたくしと一緒に夕食をどうですか？　準備に問題はないと思います し」

「いいの？　いきなりだと迷惑じゃない？　しかも夕食なんて」

「シルエラ、問題はないですよね？」

「はい、姫様。問題はございません」

うしろに控えていたメイドさんが一寸の迷いもなく肯定した。

「いいなら助かるけど……」

「決まりですねっ！　嬉しいですっ！」

「いやー、こちらこそ」

「では時間まで、私のお部屋でおしゃべりをしませんか？　美味しい紅茶もご用意いたしますので」

「ほんと？　それは嬉しいなー。私、紅茶、大好きなんだよねー」

私はセラに手を引かれて、大宮殿へと向かって歩いた。

「あ、でも、私、ただの不審者だし、やっぱり不味くない？」

「そんなことはないですっ！　クウちゃんはわたくしの恩人でお友だちですっ！　お父さまもクウちゃんがまた来たら、朝でも夜でも深夜でも、最高のおもてなしをしてあげなさいとおっしゃっていました！」

「……いいの？」

私はメイドのシルエラさんに聞いてみた。

「問題はございません。陛下のお言葉は確かにいただいております」

「ならいっか」

タダ飯。それに勝るものはない。

お父様イコール陛下っていうのは、まあ、なんとなくわかっていたことだし気にしないでおこう。

だって正直、お腹が空いた。

「そういえば昨日、シルエラさんは大丈夫だった？　迷惑かけてごめんね」

メイドのシルエラさんは、昨夜もセラのうしろにいた人だ。

「謝罪の必要はございません。私にはお構いなく。むしろ昨夜は醜態をお見せして大変に失礼致しました」

間近で見る大宮殿は、ポカンと見上げてしまうくらいに荘厳で巨大だった。

出入り口には左右に衛兵さんが立っていた。２人とも見るからに強そうだ。

「こちらはクウちゃん様、姫様の大切なお友だちです」

「「はっ！」」

シルエラさんに紹介されて衛兵さんはあっさり私を通してくれた。

いいのかそんな簡単に。と思ったけど、まあ、いいならいいか。

セラの部屋に入る。シルエラさんが淹れてくれた紅茶を飲みながらいろいろとおしゃべりをした。

「ホントびっくりしたよ。セラ、いきなり服を脱ぎ始めてさ。私、どうしていいのかわからなかった」

「だって、ふと手を見たら、ずっとへばりついていた黒い痕が消えていて。本当に驚いてしまったんです、わたくし」

「お互いびっくりだったね」

「はい。そうですね」

「それでね、あの後、私、街に行ったんだけど、大騒ぎでさ――」

セラは興味深そうに聞いてくれた。セラはこの5年、大宮殿の敷地から1歩も出ていないらしい。

「わたくし、7歳の時に呪いを受けて、体に蛇のような黒い痣が巻き付いて、胸が苦しくなることも多くて。人前に出るのは無理だったんです。本来なら10歳から外に出てご挨拶をさせていただくのですけど」

セラは今年で11歳とのことだった。

私も（見た目的には）11歳だと言ったら、同じだと喜んでくれた。

「呪いの話、聞いてもいいのかな？」

私がたずねると、セラは「それは……」と困った顔を見せた。

しまった。ふと聞いてしまったけど、いけないことだった。

「あ、ごめん。いいや」

「姫様、私は構いません」

「でも――。いいのですか？」

「はい。よろしければ私がお話をさせていただきます」

「でも――」

「あ、ほんといいからっ」

「いえ、どうぞお聞きください」

私に一礼して、シルエラさんは語った。

「貴族の裏切りがあったのです。その者は狂気と欲望に身を狂わせ、自らの領地で人をさらっては、おぞましい行為を繰り返していました。そのことが露見し、激怒された陛下はただちに騎士団を派遣、徹底的な事実確認を騎士たちに命じました。そして、追い詰められたその貴族は、騎士たちの前で自らの胸に短剣を突き刺し、邪神に願いました。皇帝の子、セラフィーヌに呪いあれ、と。その声は届き、姫様は突然に苦しみ出し、高熱と共に倒れられ、目覚めた時には呪いに侵されていました」

「どうしてセラが？」

「姫様は、大宮殿の物陰で、その貴族が自らのメイドに暴行を加えている現場を目撃されたのです。激怒された姫様はメイドを引き離させ、身寄りのなかったそのメイドを自らの庇護下に置きました。その貴族は、そのことを逆恨みしていたのです」

「……そんなことがあったんだ。……大変だったんだね」

そのメイドって、シルエラさんのことなのだろうか。先程のやりとりからして、そうなのだろう。

でも、そこに触れるのはやめておいた。だって、何をどう言えばいいのかわからないし。

「治ってよかった」

私はセラに笑いかけた。

「クウちゃん、わたくしを救ってくれて、本当にありがとうございます」

「気にしなくていいよ。そもそもアシス様の力だし」

セラは立派な子だと思う。

呪いに苦しみながらも、よくぞここまで綺麗な心でいられたものだ。

「セラはいい子だ」

思わず頭をなでてしまった。

「クウちゃん、さすがにそれは恥ずかしいです。同い年なんですから」

「ごめんごめん、つい」

22歳のお姉さんからすると可愛くて仕方がない。

トントン。ドアがノックされる。

夕食の準備が整いましたとメイドさんが報告に来てくれた。

夕食はセラの部屋ではなく、別の場所で取るようだ。私たちは案内されて宮殿を歩く。

悲しみの薬草採集から一転、まさかの宮殿ディナー。自然と笑みがこぼれてしまう。

果たして、どんな食事になるのだろうか。楽しみだ。


扉の先は広い食堂だった。

真っ白なクロスのかけられた長いテーブルに、一目で貴族だとわかる見目麗しい男女5人が座っている。壁際にはずらりと給仕さんたちが立っていた。

魔石の光を広げる天井のシャンデリアは、思わず見惚れる素晴らしい装飾だ。

なんだここは異世界か!? ……あ、そうか、ここは大宮殿でした。

「お父さま、お母さま、お姉さま、お兄さま、ナルタス。お友だちのクウちゃんと共にただいま参りました」

セラが優雅にお辞儀をする。

「うむ。さあ、座りなさい。クウちゃん君も遠慮せず、セラフィーヌのとなりに座るといい」

クウちゃん君って。

思わず突っ込みかけたけど、声をかけてきたのは、たぶん、セラのお父さまな皇帝陛下だ。

いきなり不敬罪で殺されてはたまらないので頑張って耐えた。

というか私、セラのご家族と一緒に食事をするようだ。

セラはまだ11歳なのでよく考えれば当然のことかも知れないけど、この事態は想定していなかっ

た。

いいんだろうか。帰ったほうがいいような気もしたけど、ここで帰るのは逆に失礼か。

あきらめて流れのままいこう。セラに続いて、メイドさんに促された席に座る。

「さあ、食事の前に自己紹介といこうではないか。まず俺だが、セラフィーヌの父で名はハイセル・エルド・グレイア・バスティール。この帝国で皇帝を名乗る男だ」

皇帝陛下は30代の後半くらいだろうか。精悍な顔立ちの男性だ。

「わたくしはここにいる4人の母でアイネーシアと申します。よろしくお願いしますね、クウちゃんさん」

皇妃様は、気品があってスタイル抜群で、そこそこの年齢のはずなのに、ものすごく若く見えた。とても子持ちとは思えない美人さんだ。

「俺はカイスト。長男だ」

兄は冷然としていた。目が合っても微笑んですらもらえない。

両親と違って、あまり愛想のよいタイプではないようだ。

私が歓迎されていないだけの可能性もあるけど……。年齢は、10代の半ばだろう。

「わたくしは長女のアリーシャですわ。今年で13歳になります。本当に青空のような髪をしていらっしゃるのね。驚きました」

姉は頭がよさそう。貴族のやり取りもお手のものな感じだ。

「弟のナルタスです。7歳です。初めまして」

弟くんは、温厚そうで可愛らしくて、頭をなでなでしたくなる感じの子だ。

相手から挨拶してきたので私が最後にすることになった。

「クウ・マイヤです。本日はお招きいただきありがとうございました」

不意打ちだったけどね！　とはさすがに言わない。

「自己紹介も済んだところで礼を言わせてくれ。娘の呪いを解いてくれて本当に感謝する。あらゆる手を尽くしたが結果は出ず、もはや国辱に耐えて聖国の聖女に懇願するしかないところだったのだ」

なんと陛下が頭を下げてくる。

「私は本当に何もしていないので、気にしないでください。祝福は、すべてアシス様のお力なので」

「アシス様というと創造の女神アシスシェーラのことかな？」

「はい。ここに来る前に一緒に遊んでいて、アシス様の力が私の中に入ってしまっていたんです。あれはその力が溢れただけなので」

「それでは明日にでも、女神を奉じる神殿に感謝の寄付をするとしよう」

「……えっと、信じてくれるんですか？」

「当たり前だ。嘘や冗談で、邪神の呪いを打ち消し、あまつさえ帝都全域に祝福を振りまけるものか」

「よかった。ホント、あれ、私の力じゃないですからね。私自体は、たいしてすごくもないので」

少なくとも現状では、薬草摘みしかできません。泣けます。

「クウちゃんはすごいですよっ！　すごい優しくて、すごい楽しくて、すごいわたくしのお友だちです！」

「セラフィーヌ、安心するといい。悪いがクウちゃん君のことは『女神の瞳』で見させてもらった。間違いなくすごい」

ギルドマスターの言っていた『上』って皇帝陛下のことか。それは特別待遇になるわけだ。

「ねえ精霊さん、少しだけ髪に触らせてもらってもいいかしら？」

「はい。いいですけど」

姉に言われて私はうなずいた。

「あら。ならわたくしも」

おおう。皇妃様と姉に、髪をさわさわされる。

「もう！　クウちゃんはわたくしのお友だちですよっ！」

なぜか声を荒らげたセラが、腕を摑んでくる。

「ああ……。一目見た時から感じていましたが、最高級の絹よりも柔らかで優しい触り心地ですわ……」

姉、そんなにうっとりした声を漏らさないで。照れる。

「2人とも程々にしておけよ、クウちゃん君が困惑しているぞ。そもそも食事前にすることではないぞ」

「あと少しだけえ……」

姉、さらにうっとりしないでください。

皇妃様はずっと無言だけど、私の髪を愛撫する指の動きが艶めかしくて、こっちもすごく恥ずかしい。でも払いのけるわけにもいかないので、しばらくお人形となった。

やがて皇妃様が指を離してくれる。

「ごめんなさいね。あまりの心地よさに、つい夢中で堪能してしまったわ。そろそろ席に戻りますよ、アリーシャ」

「はい、お母さま。素晴らしい髪でしたわ、精霊さん」

「あはは。どうもです」

やっと解放されたところで食事開始。

出てきたのは、予想していた通りの、いや、予想を超えるほどに豪華な宮廷料理の数々だった。

食事マナーは前世に類似していたので、それほど問題はなかった。

前世では高級レストランなんて行ったこともない私だけど、食事マナーだけはそれなりに知っていた。見栄っ張りのエリカとよくやっていたのだ。なんちゃってフルコースを準備しての、お上品なお食事ごっこ。

なんにしても、美味しかった。生きててよかった。

というわけで、満腹です。

「父上、食事もおわりましたので私は失礼します」

毅然と身を翻した兄が食堂から出ていく。兄とは結局、会話もなかった。

まあ、うん。露骨に嫌われなかっただけ、よしとしよう。

むしろセラや陛下たちは、それこそポンッと現れただけの私に、よく友好的に接してくれるものだ。

「ああ、おまえたちも、もう退出してくれて構わないぞ。クウちゃん君は少し話があるので残りなさい」

皇妃様と姉と弟くんは、私にも挨拶してくれて席を立った。

セラは残ると言い、陛下の了承をもらった。私とセラの前に紅茶が出された。

皇帝陛下は赤い液体を口にする。私は息を飲んでそれを見つめた。

ワイン……。かな……？

「ところでクウちゃん君、君はこれからどうするつもりなのかな？」

「あの、質問が……」

「何かな？」

「それって、あの……えっと……」

「それとは？」

「今、陛下が口にされているものなのですが……」

「これはワインだが？」

やっぱりワインだぁ。お酒だぁ。……ごくり。

「あのお……。美味しそうなので一口だけ……」

「クウちゃん、あれはお酒ですよ。成長が阻害されるから、子供はお酒を飲んじゃいけないんですよ？」

セラに諭される。

「セラフィーヌの言う通りだ。興味を持たせたのならすまんな」

ああ……。ワインが片付けられて、紅茶になってしまった。

帝国の人たち、みんな倫理観が高い。

……でも、うん。それでいいのだ。

わかってはいるのだ。前世の私はゲームとお酒に溺れて自堕落な生活を送っていた。

悪い意味でふわふわだった。その結果がトラック大激突だった。

でも今は、よい意味で、ふわふわできるのだ。

ふわふわしていこう。お酒は駄目です。

精霊としての仕事を、よい意味でのふわふわを、見事にやり遂げよう。

「セラ、私やるよ。頑張る」

私は、セラの手を取った。

「はい」

セラは力強くうなずいてくれた。

「頑張ってふわふわする」

「はいっ！　頑張ってふわふわしてくださいっ！」

「ありがとう、セラ」

「クウちゃんっ！」

「セラっ！」

私はふわふわを、今、セラに誓った。

「話を戻すが、それでクウちゃん君、君はこれからどうするつもりかな？」

「どうすると言われましても」

繰り返して聞いてくる陛下に私は困った。

「……うーん。とりあえず、地道に薬草採集でもしていこうかな、と」

「神から与えられた使命等はないということかな？」

「ありますよ」

「ほほう。聞いてもいいかな？」

「ふわふわすることです」

「先程もそう言っていたな」

「はい。精霊はふわふわするのが仕事ですとアシス様に言われたので」

「君は女神と仲がいいのだな」

「たぶんそう思いますけど、聞いていないのでわかりません」

称号には友人とあったけど。

「あの、クウちゃんは、こちらで暮らすんですよね？」

セラがおずおずと話に入ってきた。

「うん。そだよ」

「お住まいは決められたのですか？」

「橋の下」

「え？」

「今のところお金もないしね。やむなし」

「ははは っ！　それは難儀だな。俺が資金援助してやろうか？」

「えーいいですよー。どうせアレですね。そのかわりにアレやれコレやれってこき使う気ですよね？」

「こきは使わないがお願いしたいことはあるな」

「……なんですか？」

一応、聞いてみる。

「たまにでいいからセラフィーヌと遊んでやってくれ」

「友達だし、ここに来る許可がもらえるなら頼まれなくても遊びます。むしろお金なんていりません」

「よし許可を出そう」

「そんなあっさり」

「俺は皇帝だからな」

「嬉しいですっ！　毎日でも遊びに来てくださいっ！」

セラが手を叩いて満面の笑みを浮かべる。そこまで喜んでもらえると私も嬉しい。

「お金を稼ぎたいから毎日は無理だけど、たまには来るよ」

「でもクウちゃん、橋の下は駄目です。お父さま、なんとかしてあげてください」

「よし、家をやろう」

「ほあ？」

変な声が出た。

「安心しろ、大袈裟にはしない。適度なものを用意してやる」

「いやいやいや。もらえないです」

いくらするんだ家なんて。薬草何万本分だ。

「しかし、橋の下だと雨の日は辛《つら》いぞ。不埒《ふらち》な輩も現れるだろう」

「遠慮しておきます」

「夜を想像してみろ。暗いぞ？　怖いぞ？」

「う……」

ぞっとする。想像してしまったじゃないかっ！

「悪いことは言わん。住処だけは確保しておけ。別に何もせぬ。君に何かしたら俺がセラフィーヌに嫌われる」

「そうですクウちゃん。もらってください」

「うう……」

「ね？」

セラまでぐいぐい押してくる。

「遠慮するな」

「ううう……」

結局。

「……じゃあ、よろしくお願いします」

もらってしまいました。

「決まりだな。今夜は宮殿で泊まっていけ」

「クウちゃん、わたくしの部屋に来てください。一緒に寝ましょう。お父さま、よろしいでしょうか？」

「好きにしていいぞ」

「やったあ！」

「うう……」

私、弱い。いいのかこれで。最強はどこへ行ったのか。

「ああ、そうそう。君のことを公にするつもりはないから安心しろ。むしろ隠蔽してやる。君もふわふわしていたいのなら、わざわざ自分から注目を集めるようなことをするんじゃないぞ」

「それはどうも……」

正直、ありがたいことはありがたい。

いやむしろ、とてもありがたい。

だって、うん。橋の下なんて、オバケに取り憑かれそうだ。

しかし、これではカゴの鳥だぞ、私。

家をもらうことになって言うセリフじゃないけど、癪《しゃく》に障る。

でも、前向きに考えてみれば、いろいろ好きにできるようになったわけだ。隠蔽してもらえるわけだし。

ふむ。家がある、か。少しくらい目立っても平気、か。

私はお金を稼ぎたい。商売、できないかな、お店……とか。

冒険者は、勇んでなってはみたものの、いきなり前途多難だし……。

なんとか、私の全系統カンストな生成技能を活用したい。

依頼を受けて作る、というのはどうだろうか。

それならば素材は相手に準備してもらえる。並べる商品もサンプル程度で済む。

お店というか、アレだな、工房。いいかも知れない。

問題はどこでお客さんを集めるか……。冒険者ギルドがいいかな？

生成技能のデモンストレーションをやれば確実なんだろうけど、それはやらない。

まだ使っていないから違うかも知れないけど、多分、生成技能を使うと素材が光に包まれて5秒ほどで完成品に変化する。ゲームではそうだった。

たぶん、この世界でそんな作られ方はしていない。少なくとも料理は手順を踏んで作られていた。

秘密にしたほうがいい。作るのは、あくまで工房、家の中だ。

最初はタダで、誰かよさそうな人に武器を作ってあげよう。それで宣伝かな。

Aランク冒険者のロックさんに提供したいところだけど、強い人に相応《ふさわ》しい武器を作るために必要な素材を集める自信はない。

初心者狙いでいこう。武器を作るために鉱石がほしい。

ミニマップをオンにしてひたすら岩山を飛んでみるか。

うん。あちこち飛んでみよう。考えてみれば、まだまともに探索していない。

素材、いっぱいあるかも知れない。あと冒険者ギルドなら、ポーションの販売もいいかも知れない。素材の薬草なら持っているし。

ん？　よく考えてみれば、自分でポーションにできるのか。メニューを開いてみる。

レシピ表から下級ポーションを選択。必要なのは薬草と水だけという初心者レシピだ。

レシピに記載された薬草の文字は白。

つまり、アイテム欄に入っている薬草で生成可能ということだ。

うん。需要と売価によっては、こっちでもいいね。

「見えてきた！　なんか見えてきたよ！」

「見えてきたんですねっ！　おめでとうございます、クウちゃん！」

「ありがとうっ！　セラっ！」

「クウちゃんっ！」

「……おい。仮にも皇帝を前にして長々と自分の世界に入り込み、やっと戻ってきたと思ったら何を叫んでいる？」

「あ、ごめんなさい。いやー、なんか一気に見えてきまして」

「だから何がだ」

「おうち、ありがたくいただきますね。ふわふわ美少女のなんでも工房にします」

「誰が美少女だ？」

「私ですけど？」

自分で言うのもなんだけど、この私ことクウちゃんさまが美少女じゃなかったら誰が美少女だと言うのだ。まあ、となりにいるセラも余裕の美少女だけど。

「クウちゃんは美少女ですよねっ！　わたくしなんて、もう本当に何時間でもクウちゃんのことなら見ていられます！」

「ありがとうっ！　セラっ！」

「クウちゃんっ！」

「……で、工房とは何だ？」

「既得権益から可愛い精霊さんを守ってくれること、期待しています」

美少女スマイルで陛下にお願いしておく。これは断れまい。

「商売するなら商業ギルドに登録しろよ？　ちゃんと帝国の法律を覚えて、それに準じて行動しろよ？　法律違反は許さん」

断られた！　でも私は負けないのだ。

「難しいことはわからないので、よしなにお願いします」

「……はあ。家と一緒に紹介状をくれてやるから登録してこい」

「ありがとうございます」

やったぜ。

「おめでとうございます、クウちゃんっ！　わたくしも手伝いますねっ！」

「ありがとうっ！　セラっ！」

「クウちゃんっ！」

私も一気に元気が出てきた！

「ああ、それはいいな。社会見学だ。商業ギルドにはセラフィーヌも同行しなさい」

「はいっ！　お父さまっ！」

「護衛もつけるから安心して学んでくるといい」

陛下が鷹揚に笑う。

「……皇帝陛下って、意外とざっくばらんなんですね。もっと融通の利かない怖いイメージがありました」

「それは褒めているのか？」

「はい」

本音なので美少女スマイルで答えた。

「俺は学生時代から戴冠するまで、普通に市井で遊び歩いていたからな。酒場で喧嘩しては女将に怒られて——。懐かしい話だ」

「やんちゃだったんですね」

「Dランク止まりだったが、友と冒険者をやったこともあるぞ」

「おお。すごいですね」

暴れん坊皇帝！　と、危うく言いかけたのは秘密だ。

「セラフィーヌも多くの経験を積んでくるといい。それは必ず生涯の力になる」

「はいっ！　お父さまっ！」

話がおわって食堂を出た。

「クウちゃん、せっかくですしお風呂もどうですか？」

「お風呂？」

「はい。わたくしも久しぶりに入りたいと思いまして。実は準備してもらっていたのです」

久しぶりというのは、きっと5年ぶりということなんだろう。

「せっかくだし頂戴しようかな」

断るわけにはいかない。セラの案内で私達は浴場に向かった。

何事もなく到着。脱衣所で下着を脱ぐ時は少し緊張した。

なぜならゲームでは、下着を取り替えることはできても、脱いで全裸になることはできなかった。

下着は、まさに絶対防衛ラインだった。ゲームでは、お風呂に入る時も下着姿のままだったのだ。

するっと脱げた。よかった、ちゃんと全裸になれましたー！

「こちらのお召し物は洗濯させていただきます。明日の出立のお時間までには部屋にお持ちいたしますので」

「え。あ、必要――」

私の衣服には汚れない特性があるのだけど……。

断るより先に、控えていたメイドさんに脱いだもの全部を持っていかれた。

さすがはプロ。無駄のない動きだった。

まあいいか。服は汚れないとしても、下着は洗ったほうがいいのかも知れない。

さあ、異世界の初風呂だ。スーパー銭湯も顔負けの豪華な大浴場だった。

身体を洗って、ざぼん。魔石の力でお湯の温度はぴったり快適。湯船、最高！

「はぁー生き返るー」

本当に生き返ったんだけどね。

「最高ですねぇ」

「そだねー」

まったりとお風呂を楽しんだ後は、パジャマに着替えてセラの部屋に入った。

シルエラさんはそこで退出して、セラと2人きりになる。

この世界の常識を確かめるためにもセラにいくらかの能力を明かしてみよう。

幸いにもテーブルには水が置いてある。

「セラ、水もらっていい？」

「はい。どうぞ」

「今からポーションを作ろうと思うんだけど、驚かないで見ててね」

コップに水を注ぐ。

「ここで作られるんですか？　道具も何もないようですが……」

「やっぱり普通は、道具とかいるのかな？」

「はい。そうだと思うのですが、違うのですか？」

「んー。どうだろ」

私もそこが知りたい。

「とりあえずやってみるから、おかしいかどうか後で教えて。大きな声を上げると誰か来ちゃうから静かにお願いね」

「はい。静かに見ています」

アイテム欄から薬草を取り出し、コップの横に置く。

「えっ！　なんですかこの草っ！　どこから出したんですか!?　クウちゃんが出したんですか!?」

「しー」

「……あ、ごめんなさい」

「後で説明するね」

「はい」

ソウルスロットに生成技能の錬金をセット。後は素材の上に手のひらを浮かせて精神集中。

「――生成、下級ポーション」

素材が光に包まれて5秒待機。光が収まって、完成。

テーブルの上には素材のかわりに下級ポーション――薄い青色の液体が入ったガラス瓶があった。

「どう？」

「……どうとおっしゃいましても」

「もしかして普通だった？」

セラはしばらく硬直した後、ぶんぶんと首を横に振った。

「とっ、とんでもないっ！　なんですか今のっ！　なんで草と水が消えて別のものになっているんですかっ！」

「しー」

「あ、ごめんなさい……」

「えっと、つまり、この世界では、こういう作り方はしていない？」

「しているわけないです！」

「しー」

「……しているわけないですよぉ。こんな不思議な作り方、見たことも聞いたこともありません」

「んー。そかー」

そうだとは思っていたけど、やっぱりそうか。人前で生成はしちゃダメだな。

「私の元いた世界だと、これが普通だったんだよね」

「さすがは精霊さんです」

「後、こういうのは？」

ポーションをアイテム欄に入れて、取り出す。

「……消えて、出てきました。魔術ですか？」

「というか能力かな。異次元収納って言えばいいのかな。私、アイテムを別の空間に保管できるんだよ」

「すごいです……。すごすぎて言葉が出ません……」

「こういうの、魔法であったり、道具であったりしない？」

「わたくしは聞いたこともありません」

「そかー」

「クウちゃん、すごいことはわかっていましたけど、やっぱりすごいんですね」

「秘密でお願いね？」

「わかりました。言いません」

「ありがと。そのかわり、商売が軌道に乗ったら、何かいいものを作ってプレゼントするよ」

「そんな――。ものなんてもらわなくても言いません」

「プレゼント、いらない？」

「ほしいですけど……」

頬を膨らませて拗ねられてしまった。

「じゃあ、あげる」

可愛らしかったので私は笑った。

「……ありがとうございます」

やがてセラも笑ってくれた。

私、思う。ふむ。笑いか……。

「ねえ、セラ」

「はい。なんですか、クウちゃん」

「もうひとつ、見てほしいものがあるんだけど、いいかな？」

「はいっ！　もちろんですっ！」

「ありがと」

では。

私はちょっと緊張しつつ立ち上がった。

果たして私の芸は、この異世界でも通用するのだろうか。確かめねばなるまい。

なにしろ私は、ゲームと同じくらい、お笑い事が大好きなのだ。芸はまさに私の魂を体現するものなのだ。

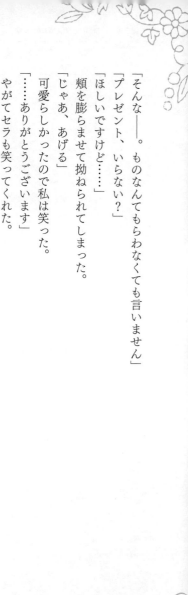

前世の最期、というか転生前には、見事に儚く5点で散っていった我が芸ではありますが……。ちなみに5点というのは100点満点中なことを私は知っている。何故ならば、ナオには以前にも5点をつけられたからです。ぐぬぬ。

さあ、それはともかく、前向きに披露してみよう！

私が誇る99の必殺芸のひとつ！

くるっと回って、

「にくきゅうにゃ〜ん」

私は笑顔で肉球ポーズを決めた。

セラはそれを見ていた。

「ど、どうかな？」

私は緊張しつつ、セラに感想を求めた。

いきなりすぎて、びっくりさせちゃったかな、と心配もしたのだけど……。

次の瞬間には、セラはぱぁぁっと表情に花を咲かせてくれた。

「す、すごいです！　すごすぎです、クウちゃん！　わたくしは今、あまりのクウちゃんの可愛らしさと表現の完璧さに、感動のあまり時が経つのすら忘れて呆然としてしまいました！　なんですか、なんですかそれは！」

「ふふー。私の得意技だよー」

「すごいです！　感動しました！」

「ちなみに、100点満点で言うと、何点くらいだった……？」

「100点どころか、100万点です！　わたくし、100万点をクウちゃんに差し上げたいと思います！」

セラの表情に私をからかっている様子はない。通じたのだ！

「ありがとう、セラ」

私はしゃがんで、セラの手を取った。

「クウちゃんっ！」

「セラ！」

私、この世界でやっていける気がしたよ！

この後も、セラとは楽しい時間を過ごした。難しいことは、また今度でいいよね。

子供らしく、わかりやすくて簡単に楽しめるゲームとして、あっちむいてホイをしたり、しりとりをしたり……。

セラは本当に素直で、私が勝ってばかりだったけれど、それでもセラも楽しんでくれたとは思う。

最後はセラのベッドに2人で並んで入って、ぐっすりと寝た。

朝、起きる。真っ先に、手持ちの薬草をあるだけ使って下級ポーションを作った。

薬草より完成品のほうが喜んでもらえるだろう。私も儲かりそうだし。

それから顔を洗ったり、お着替えとかいろいろ。

精霊の服と下着は綺麗に折りたたんでメイドさんが持ってきてくれた。

女神様特製の汚れない服、ちゃんと洗えたんだろうか。下着はどうだったんだろ。

気になったけど、なんか聞くのも恥ずかしい内容なので聞かなかった。

メイドさんは表情ひとつ変えず、用件だけ済ますとすぐに去ってしまったので窺い知ることもできなかった。今度、自分で試してみよう。

朝食は、昨夜とは別の食堂で2人で取った。新鮮な果実や野菜やパンや肉類が食べきれないほど置いてあった。昼の分も含めて容赦なく限界まで食べて大満足。

その後、執事さんから、家の受け渡しが10日後になることを伝えられた。

商業ギルドへの登録は、その後で行うことになった。

そして、通行手形となる紋章が入ったペンダントと、当面の資金として金貨10枚の入ったショルダーバッグを渡されたけど――。

涙を呑んで、歯を食いしばって金貨は受け取らないでおいた。

金貨10枚って、小銅貨何枚分なのか。金貨の価値はわからないけど、間違いなくとんでもない額だ。

うん。お金はダメだ。お金だけは受け取ったらおわりな気がする。

その代わり、大きな袋にパンと果実と干し肉を詰めてもらった。

重くて潰れそうになるほど、たくさん。大宮殿を出た後でアイテム欄に入れよう。

アイテム欄に入れておけば、腐ったりはしないだろう。これでしばらくは死なないっ！

私のプライドなんて、この程度のもんさー！

セラとは10日後の昼に、私の『帰還』の場所になっている、奥庭園の願いの泉で再会することを約束した。

考えたら私、許可証とかいらないね。そもそも正面から入っていない。

でもまあ、『帰還』の場所は家をもらったら変更するだろうし、今後もセラと遊ぶことを考えれば必要か。

10日か。食料も手に入ったし、素材探しの旅に出てみようかな。

この世界を見てみたいしね。

私とセラは、大宮殿から奥庭園に出た。

「じゃあ、これで行くね。セラ、昨日からありがとう。楽しかった」

「わたくしこそっ！　楽しかったですっ！」

セラともお別れの時だ。もう飛び去るだけのところではあったんだけど。

私はいったん大袋を足元に置いた。

「どうかされましたか？」

「うん。私、しばらく素材探しの旅に出るから近くにいなくなるんだよね」

「はい。寂しいです」

「離れてから、実は呪いが残っていましたとかだと嫌だなぁと」

女神様の力を信じないわけじゃないけど。女神様が治そうと思って治したものではないわけだし。

「お医者様だけでなく、魔道具を使って診断しましたから問題はないと思いますよ。体調もすごくいいですし」

「ねえ、セラ。魔法、かけてもいい？」

「はい。お願いします」

「そんなあっさりと。内容も言っていないのに」

「平気です。お願いします。クウちゃんがしてくれることなら、わたくし、なんでも大丈夫です」

「ありがと。じゃあ、ちょっと待ってね」

スロットに白魔法と古代魔法と技能「パワーワード」をセットする。

安全地帯でなら変更は簡単だ。まずはお試しに自分にかけてみよう。

「ヒール。ヒール。ヒール。ハイヒール。キュアポイズン。キュアデジース。リムーブカース」

「……あのクウちゃん」

「ん？」

「それって魔術ですか？」

「そだよ。魔法」

微妙に名称が違うけど、たぶん同じものだよね。

「なんの苦もなく一瞬で発動させているように見えるのですけれど……」

「そだねー」

魔法は基本的に意識するだけで発動可能だ。魔法名を声に出せば、より確実だ。

「よし。なんにしても問題ないかな」

回復魔法も普通に使える。

「じゃあ、セラ。とっておきの解呪魔法をかけてあげるね。万が一にも呪いが残っていたら大変だし、念には念を入れて」

「はい。お願いします」

「また光るけど、できるだけ秘密でお願いね。できるだけでいいから」

さすがに皇帝陛下とかには説明がいるだろうしね。

「はい。わかりました。言いません」

「ありがと。じゃあ、目を閉じて動かないでいてね」

「はい」

では。発動。

「パワーワード」

この技能は、名前を告げて世界に願うことによって、次に使用する魔法の効果を倍増させる。

10分に一度という使用制限はあるけど効果は凄まじい。

「我、クウ・マイヤが世界に願う。我に力を与え給え」

よし。ぐっと魔力が高まった。

「発現せよ」

古代魔法の欄から究極回復魔法を選択。集中ゲージが現れる。

「集中せよ」

集中ゲージを頑張って100まで上げていく。

心が乱れると失敗するので、しっかりと意識を研ぎ澄ませる。

よし、たまった。

「解放せよ」

あとは魔法の名前を言葉に出して、発動させるだけだ。

「エンシェント・ホーリーヒール」

天から降り注いだ光が柱となってセラを包む。

エンシェント・ホーリーヒールは、範囲内にいる者のHPを全快して、同時にすべての状態異常を回復する。

パワーワードを重ねれば、通常では時間回復を待つしかない戦闘不能ペナルティや罠解除失敗による呪いも打ち消す。

詠唱が長くてMP消費が激しいので、古代魔法のお約束で実戦向きの魔法ではないけど効果は最強だ。

「よしっ！　これでいいねっ！　カンペキっ！」

「……ありがとうございます。……ますます体が軽くなりました」

「よかったよかった」

これで後顧の憂いなし。

「じゃあ、行くね。また10日後に」

「はいっ！　お待ちしていますっ！」

「ぐへっ」

銀魔法をセットして『飛行』したら、大袋の重さに負けて潰れた。

我ながら変な声を出してしまった。

「クウちゃんっ！　大丈夫ですか!?」

「へ、へいきだよぉ……」

仕方がないので『浮遊』で行くことにした。

こちらは速度が出ないけど、重くてもそれなりに浮いてくれるのだ。

アイテム欄のことは、セラ以外には秘密にしたい。

食料は、もう少し離れてから、こっそりと収納するつもりだ。

「クウちゃーん！　いってらっしゃーい！」

「またねー。セラー」

こうして私は、ちょっとカッコよくなく、頑張って重い荷物を担ぎながら大宮殿を浮かび去るのだった。

＊

バスティール帝国皇帝ハイセル・エルド・グレイア・バスティールは、本日何度目になるのかわからないため息を自らの執務室でついた。

「――それで、あの娘はどうした？」

「大宮殿の敷地を出たところで消えたとのことです。背負っていた大袋が最初に消えたとの報告も受けております」

苦楽を共にしてきた同い年の腹心、内務卿バルター・フォン・ラインツェルからの報告は予想の範疇ではあった。

驚きはない。だがハイセルには疑問があった。

「なぜ、大袋だけが最初に消えたのだろうな」

「わかりかねます」

「消えた後の追跡は？」

「望遠の魔道具による空域調査、魔術師による魔力調査、獣人部隊による感覚調査、すべてで無理でした」

「やはり瞬間移動か」

「有り得るのでしょうか？」

バルターが怪訝に眉をひそめるのもハイセルには理解できる。

そのような魔術は聞いたことがない。

「そう考えるしかなかろう」

「本人に聞いてみては？」

「あれで隠しているようだからな、今はやめておこう」

2日前、愛娘のセラフィーヌから精霊様が現れて呪いを解いてくれたとの報告を受けた時、すぐさまハイセルは精鋭の密偵を街に向かわせた。

クウは簡単に発見され、以降、監視させていた。

街の中で、消えたり現れたりしていたこと。街を浮遊して進んでいたこと。放たれた矢のような速度で帝都から森へと飛んでいったこと。森の中で忽然と姿を消したこと。

すべて報告を受けている。さらには同時刻に、セラフィーヌのもとに現れたことも。

冒険者になると言ったことから冒険者ギルドにも連絡を入れ、登録はどんな条件でも許すから、拒否はすることなく、普通に、一般的に、魔道具『女神の瞳』に触れさせよとハイセルは命じた。

「バルター、おまえは『女神の瞳』の記録はもう見たか？」

「はい。許可をいただきましたので、おふたりの分は拝見させていただきました」

「どう思う？」

「まさに精霊であり、我々は許されたのだと」

ハイセルはため息をついた。あらためて『女神の瞳』に記されていた情報に目を向ける。

『女神の瞳』が読み取る情報は、その場で映されるものだけではない。

もっと深くまでを読み取り、その情報は『記憶の結晶』と呼ばれる大宮殿の地下に存在する古代遺産の魔道具に集まる。

それを見れば、様々なことがわかる。帝国の治世が安定を続ける、大きな要である。

――公開情報――
氏名：クウ・マイヤ
種族：精霊
出身：神界
年齢：11
犯罪記録：なし
――魔術情報――
魔力値：９９９９９
属性：光、闇、火、水、風、土

　――――秘匿情報――――
　善性値：１００
　称号：精霊姫、精霊第一位、女神の友人、女神の加護

「善性値１００というのは、祝福の故だろうが」

　善性値は悪を行う度に減少し、善を行う度に増加する。平均値は０。よほどの悪行、よほどの善行をしない限り大きく動くことはない。

　大半の人間はプラス10からマイナス10の間で生きている。

「バルター。この魔力値約１００万というのはどう考える？」

「精霊と我々では計測の基準が異なるのではないでしょうか。参考にはならない数値かと」

「そう考えるか」

　帝国が大陸に誇る魔術師団長の魔力値は１０３。

　その圧倒的な魔力で長く帝国に貢献してきた、誰もが認める大魔術師だ。

　クウの魔力値は、ざっと大魔術師の１万倍。

　さらに全属性持ち。

　全属性持ちなどハイセルは聞いたことがなかった。

　大半の人間は属性を持たない。

　属性を持つということは、すなわち、その属性の魔力を有するということ。属性持ち自体が希少な存在であった。

そして、持ったとしても基本的にはひとつだけである。

中にはふたつの属性を持つ者もいるが、それとて10年に1人。

ハイセルは心の中で唸る。精霊であれば有り得るのかも知れないが……。

「精霊姫かつ精霊第一位ということは、すべての精霊の主という意味なのかな？」

「申し訳ありません。わかりかねます」

「女神の友人ともあるが」

称号は、その人間の本質を示す。どういう基準でつくのかは不明だが、間違えてつくことはない。

反逆者であれば反逆者。忠臣であれば忠臣。殺人鬼であれば殺人鬼。

魔道具『女神の瞳』で修正することのできる犯罪記録とは違って、称号は偽ることのできない真の姿を表す。

「どう思う？」

「申し訳ありません。わかりかねます」

「何でもよい、言ってみろ」

「持病の腰痛を治していただき、感謝しております」

「おまえもか」

またもハイセルはため息をついた。水の魔術による癒やしは、完全なものではない。

妻アイネーシアも、水の魔術でいくら治しても再発する肌の疾患に悩まされていた。

それがあの祝福ですべて解決した。表立ってこそ騒がないが、アイネーシアはすでにクウの信奉者だ。

クウが精霊であると広く知られたら、どれだけの騒ぎになることか。

宮殿内でもクウが精霊であることを知る者は少ない。

当夜にセラフィーヌから話を聞いた者たちには、箝口令《かんこうれい》を敷いた。

そもそも奥庭園への立ち入りを許可されている者たちだ。

わざわざ命じずとも理解できているだろうが。

「セラフィーヌのことはどう思う？」

「まさに精霊の加護かと」

5年もセラフィーヌを苦しめてきた称号「邪神に呪われし者」は消えた。

もはや存在していない。代わりにセラフィーヌにはふたつの項目が増えていた。

属性：光
称号：精霊の友人

「光というと、聖女だな」

「はい。我が帝国に史上初の聖女が生まれたのです。素晴らしきことですな」

光属性は、聖女以外につくことのない属性として知られている。

光属性を持つことこそが聖女の証だった。現在の大陸では、ただ1人。

ユイリア・オル・ノルンメスト以外にはいない。

クウも持っているが、あれは精霊だし除外でよい。

「発表すべきだと思うか？」

「発表すれば国民は沸き立ちますが、確実に聖国は反発します。隣国との間に戦争の可能性がある今、それは危険かと」

「ジルドリアか」

苛立たしい隣国の名をハイセルは吐き捨てた。

「ザニデア山脈におけるジルドリア密偵の動きが明らかに活発になっております」

「ダンジョンに涎《よだれ》がかかりそうだな」

「左様かと」

ジルドリアとの国境地帯であるザニデア山脈。その帝国側にはダンジョンがある。

良質の魔石を多数産出する巨大ダンジョンであり、帝国の豊かな生活を支える基盤のひとつである。

「あそこは贅沢王女のせいで国庫が火の車のようだからな。王国では、贅沢王女ではなく薔薇姫と呼ばれているようだが」

「美姫ではあるようですが、中身には問題があるようですな」

「いざとなれば中央軍を派遣するから襲撃があればすぐに報告せよと、あらためてモルド辺境伯には伝えておけ」

「中央軍の派遣は拒否されるでしょうが、伝えておきます」

「武断の家風にも困ったものだな」

またもハイセルの口からはため息がこぼれた。

「ところで陛下、多数の中央貴族から謁見を求める声が上がっておりますが、いかがいたしましょうか」

「断る」

「……それは難しいかと」

「わかっている。調整しておけ」

「畏まりました。後、先程の光の柱を目撃したローゼント公爵が、陛下に会わせろと騒いでおりますが」

「断る」

「……それは難しいかと」

「わかっている」

セラフィーヌとクウが奥庭園で何をしていたのか。それはわからない。

監視していた者からの報告では、クウがセラフィーヌに魔術をかけ――そして天地をつなぐほどの光の柱が現れた。

扉がノックされる。専属メイドのシルエラを連れてセラフィーヌが現れた。

「お父さま、お呼びと聞いて参りました」

「話はわかっているな？　先程の光の柱の件だ」

「存じません」

にこやかに答えられて、ハイセルは眉間を手で押さえた。

「大事だ。教えろ」

「存じません」

「おまえは近くにいただろう？」

「わたくしはただ、お友だちのお見送りをしていただけです」

「何をされた？」

「何もされておりません」

セラフィーヌはにこやかな表情を崩さない。

「光っていただろう？」

「存じません」

「目撃していた者もいるが」

「では、その者にお聞きくださいませ」

「おまえがそばにいたと思うのだが？」

「わたくしはただ、お友だちのお見送りをしていただけです」

問答がループした。

ハイセルは父親として、愛娘の性格は知っている。たとえ呪いに侵されようとも守るべき者を守ることを選び、どれだけ苦しくても泣き言ひとつもらさなかった子だ。

「シルエラ、説明しろ。命令だ」

シルエラは無言のまま頭を垂れ、後は目を閉じる。

不敬罪を適用されても文句の言えない態度だが、ハイセルにその気は最初からない。

こうなるのは承知の上で、聞いてみただけのことであった。

「はぁ……」

ハイセルは、もう本当に何度目になるかわからないため息をついた。

「もういい。下がれ。言っておくが、おまえにもクウちゃん君にも含むところがあるわけではないぞ。故に追及はしないし、何もしないのだ」

「はい。お父さま。ありがとうございます」

セラフィーヌはにこやかな笑顔のまま、専属メイドと共に退室した。

「すっかりお元気なご様子ですな」

「まったくだ」

嬉しいことではあるが。

「陛下、セラフィーヌ様と言えば、早くもご縁談の話が――」

「断れ！」

「畏まりました」

「……あの子はしばらく、クウちゃん君と友誼《ゆうぎ》を結んでいればよい」

精霊姫。精霊第一位。女神の友人。

そんな存在を他国に奪われることは絶対に許されない。帝国につなぎとめておく必要があった。

しかし、自由に空を飛び、姿を消し、あまつさえ瞬間移動までしてしまう存在を鎖でつなぐことはできない。

つないだとしても、どうなるのか。

かつて精霊を道具として扱い、世界征服を目論んだ挙げ句、一夜にして滅び、１０００年の時が流れた現在でさえ、草木1本生えることすら許されていない古代ギザス王国と同じ轍は踏めない。

手がないわけではない。要はセラフィーヌが、このまま友人であればよい。

「贅沢王女と聖女のことも気にしていたようだが、どう思う？」

冒険者ギルドからの報告は詳細に上がっている。

クウは、エリカ王女と聖女ユイリアに対して、多大な関心を示していた。

「彼女はこちらの世界に来たばかりのようですし、大衆食堂で名を聞いて興味を抱いた程度だと愚考致します」

「それはそうか。そうだな……」

「むしろ勇者の名を出したことが気になるかと」

「勇者、か」

それはおとぎ話に出てくる名だ。

世界のすべてを滅ぼす魔王が現れた時――。精霊に導かれて――。

この世界に生まれる、ただ1人の人間。世界でただ1人、魔王を倒し、世界を救うことができる人間。精霊の祝福を受けし者。それが勇者だ。

ただ、あくまでもおとぎ話だ。子供向けのお話の中で、名前が出てくるだけの存在だ。

魔王などという存在が確認されたことはないし、世界の運命を背負って戦う人間の存在も確認されたことはない。

「精霊が現れ、勇者の名を口にした。いくらか気になってしまいまして……」

「下手をすれば、セラフィーヌがそれになってしまうな」

ハイセルとしては冗談のつもりだったが。

「その時にはすべての力を尽くし、協力することをご誓約申し上げます」

腹心であるバルターに真顔でかしずかれ、苦笑する他はなかった。

「それにしても、精霊か――。本来であれば、たとえ俺だとしても、片膝をついて祈りを捧げるべきところだろうが」

クウに対して、どう接するべきか。それは実のところ、ハイセルを大いに悩ませた問題だった。

なにしろ精霊、精霊様だ。誠心誠意に敬って、目上の存在に対する態度を取るべきかどうか――。

本来であれば、そうすべきなのだろうが――。

「そのようなことをすれば、むしろ嫌がって離れていくかと。大衆食堂での大騒ぎを好む子ですし」

「……そうだな。実際に話して、それは俺も確信した」

たとえば祭り上げて皆で敬っても、クウが喜ぶのは最初だけ――。

すぐに窮屈に感じて、嫌になる。そして、自由で気楽な環境を求めて出ていくだろう。

「精霊であることは認めて、その事実は敬いつつも、後は友人の父親として普通に接していくのが最良かと」

それがよいとハイセルも結論を出している。

懸念はある。クウのあのお気楽な性格では、きっとこれから色々なことをやらかす。

その度に説教しなくてはいけなくなりそうだが――。

「善処はしていこう。果たして、どうなることか」

「今後が楽しみですな」
「まったくだ」

第4話　行ってきます！　目指すは、とんがり山

大宮殿でもらった食料は、無事、密かにアイテム欄に入れることができた。私、カンペキ。

『透化』で霊体と化して目立たないように繁華街に戻る。

公園の隅で『透化』を解除。背伸びして、午前の空気を吸い込む。

うん。やっぱり世界は、風を感じて、陽射しを感じないとね。

『透化』は便利だけど、何も感じなくなるのは悲しい。

今回は普通に、門から外に出てみよう。そのほうが旅っぽい。

私には帝国印のペンダントがある。皇帝陛下にもらったこのペンダントがあれば、大宮殿だけでなく町の出入りも自由になるとのことだった。

せっかくなので使ってみよう。外に出たら、しばらく街道を歩いて、満足したところで飛ぼう。

と、その前に。今朝作ったポーションを大袋に詰めて冒険者ギルドに売りに行こう。

薬草の納品はできないけど、完成品があるんだから問題なし。いいよね。

「いいわけないでしょう」

通された個室でリリアさんに説教された。

「クウちゃんの仕事は薬草の採集だったでしょう？　確かにポーションは素晴らしい品質のようだ

けど、それとこれとは別。依頼の完了にはなりません」

「そんなー。よかれと思ったのにー」

「よくありません。このポーションは鑑定して買い取らせてもらいますけど、薬草採集は頑張ってね。でないと依頼放棄になっちゃうよ。そもそも依頼した人が何を求めていたかも知らないでしょ。塗り薬にしたかったのかも知れないし、研究用だったのかも知れないし。錬金ギルドからの依頼だったのなら錬金術師の仕事を奪っただけだし。マナー違反なんだよ、他人の仕事に無断で手を出すのは。皆それぞれ、領分というものがあるんだから」

「……ううう」

「依頼の最低本数でいいから。頑張ろうね？」

「はい……」

泣ける。

ポーションは、1本につき小銅貨10枚になった。全部合わせて銀貨で1枚。1万円くらいかな。それなりには儲かった。

残念ながら、「このポーション、凄すぎです！　神レベルです！」というお約束な展開にはならなかった。品質はいいけど、あくまで下級ポーションとのことだった。

薬草と水だけで作ったものだしね。やむなし。

気を取り直して仕事だ。再びの採集。経歴に傷がつくのは嫌なのでやるしかない。

フルスピードで飛んで昨日の森に到着する。

摘み。摘み。摘み。

フルスピードで帰還。

「え。もう採ってきたの!?　どこかで買ってきたの!?」

「頑張ったんだよー」

「コホン。わかりました。たしかに受領いたしました。初めてのお仕事お疲れさまでした」

「どうも。ありがとうございましたぁ」

「次も頑張ろうね」

リリアさんに笑顔で見送られて、冒険者ギルドを出る。

疲れた。お腹が空いた。『陽気な白猫亭』で何か食べていこう。お金はあるしね。

お店では、猫耳なメアリーさんが椅子に座ってアクビをしていた。

すでに昼食時はおわって、店内はガラガラだ。

パンとポタージュならあるとのことで出してもらった。

「どうしたの、どんよりして？」

「世間の厳しさを知りました」

「あはは。そりゃ世間は厳しいよね。なぁに、嫌なことでもされた？」

「ううん。失敗しただけ」

「失敗は明日の糧さっ！」

「そだね。そう思うことにする」

「そういえば、ロックさん、覚えてる？」

「うん。Aランクの人だよね」

「そそ。さっき挨拶に来てね、今日からダンジョンに行くんだって。金貨1000枚稼ぐまで帰ってこないってさ。いいよねー。金貨1000枚なんて私には夢のまた夢だよ」

「いいねー。金貨1000枚かー。よくわかんないくらいすごいねー」

「だよねー」

「……金貨1枚って、小銅貨で何枚なのかな？」

「えっと……。1000枚？」

「すごっ」

金貨1枚で約10万円か。

「すごいよねー」

「あ、冒険者といえば、私も冒険者になったんだよ」

「ホントに？　まだ子供じゃないの？」

「特例で」

「へー。そんなのあるんだ」

「薬草採ってきた」

「そっちのほうか。なるほど」

「小銅貨5枚もらった」

「よかったね」

メアリーさんに頭をなでられた。いかん子供扱いだ。

まあ、いいか。お食事をいただこう。

クウちゃんだけに、くう。なのです。パクパク。ごちそうさま。

美味しくいただいてお金を払う。小銅貨１枚でいいよ、と優しい顔で言われた。

「ありがとう。美味しかった」

「また来てね！」

「うん。10日は来られないと思うけど、また来るよ」

今度こそ、いよいよだ。気を取り直して、普通の旅人として出発しようっ！

帝都は、超巨大な城郭都市。いったい、どうやって作ったのか、ぐるりと外壁で囲まれている。

出入りできるのは東西南北に作られた４つの大門。検査を受けて出入りすることになる。

私は鉱石がほしいので、内陸に向かって飛んでいけそうな東門を選んだ。

門は広いので複数列で並んで、それぞれに検査を受けて通行できるのだけど、それでも待ち時間は長い。

何これめんどくさっ！　飛んだほうがよかった！

と、すぐに後悔したけどもう遅い。延々と並ぶ羽目になった。

最初は『ユーザーインターフェース』から生成のレシピを開いて、あれこれ見て待ち時間を楽しもうとしていたんだけど。

のろのろ歩きながら見るのって、無理。頭に入らないし、前の人にぶつかりそうになる。

「なーがーいー」

「わはは。長いよなホント」

私がぼやくと、となりの列にいた獣人のおじさんが笑って同意してきた。

「いつもこんな感じなんですか？」

「お嬢さんは帝都を出るのは初めてなのかい？」

「そうじゃないんですけど。いつもはさらっと出ていたので」

消えて浮かんでふわふわ飛んで。

「お貴族様の娘様かい？　なんでまた1人で平民の列に？」

「いえ、貴族ではないです」

「アンタ、余計なこと聞くもんじゃないよ。列は、いつもこんなもんさ」

おじさんと一緒に並んでいた獣人のおばさんが教えてくれた。

2人は夫婦のようだ。揃って、大きな荷物を担いでいる。

「おばさんたち、すごい大きな荷物だけど、何が入っているんですか？」

「食べ物とお酒だよ。ダンジョン町に売りに行くの」

ダンジョンの出入り口付近には、ダンジョンに潜る冒険者たちを相手にした小さな居留地があるそうだ。ダンジョン町とはそれのことらしい。

「市場で買って売りに行くだけで、なんとか暮らせるからねえ」

「精霊様の祝福で俺の腰もよくなったし、まだまだ働けるっ！」

豪快におじさんが笑う。着ている衣服は古びていて生活は大変そうだけど元気で何よりだ。

「そうねえ。精霊様に感謝しないとねえ」

「こんな俺でも見捨てないでくれてな。泣けてくるぜぃ」

本当に泣き始めてしまった。

「アンタ、こんなところで泣かなくても」

「てやんでい！」

江戸っ子か！

「そもそも奥さんが見捨ててないよね」

私は笑った。

「そりゃそうか。おまえ、これからも頼むな」

「こちらこそ」

よい夫婦だ。私の列が先に動き始めて、おじさんおばさんとの会話はそこでおわった。

それからまた、ぽけーっと並んで、やっと私の番が来た。

ペンダントを見せたら門番さんにひっくり返られて、別室に連れて行かれた。

ペンダントは、なんと帝室関係者の証らしい。

これさえあれば皇帝の権威を発揮できる、まるで時代劇の印籠のようにとんでもない代物だった。

なんてものを渡しやがった！

不敬があると重い罪に問われるので、お願いですから今度からは貴族用の門に並んでくださいと懇願された。

貴族用の門って、悪目立ちしそうで嫌だ。と思ったら、門を通るには普通に冒険者カードでよかった。今度があればこっちを見せよう。

門を出れば、そこには大自然が広がる。緑の丘陵。豊かな田園。どこまでも広がる青空。

薬草採集の時にはただ飛んで通り過ぎた景色だけど、こうして自分の足で立って見てみると感動が違う。帝都から出たばかりとあって、まわりにはたくさんの人たちの姿があった。

ここからみんな別れてそれぞれの道に進む。

おじさんとおばさんもダンジョン町に向かっていった。

またねー！

私が目指すのは山だ。ゲット、鉱石。

まずは目的地を決めよう。木陰で姿を消して、空に浮かんだ。高く高く上がる。

空の上から景色を見渡す。目を引くのは、遥か遠くの地平線に連なる山脈の中で一番に高い山だ。

とんがっている。まさに、とんがり山だ。

決めた。一番に高い山くん、君の名前はとんがり山だ。とんがり山に行ってみよう。

地面に降りて、『透化』を解除。ソウルスロットに銀魔法と採掘と敵感知をセットする。

草木を入手する採集と鉱石を入手する採掘は別の技能だ。両方使うにはスロットがふたついる。

敵感知をつけておきたいので、今回は採集はあきらめた。

ミニマップをオン。採掘できる場所があればミニマップに表示される。

ミニマップは便利なんだけど、これに頼りながら歩くと私はよくつまずくので普段は消している。

途中に村や町があったら、寄ってみたい。絶景スポットも見つけてみたい。

お金も銀貨1枚はあるので、少しくらいなら名物料理も食べられる。

さあ。とんがり山を目指して旅を始めますか。


私は、緑の丘の麓に続いた街道を歩く。

せっかくの旅だ。いきなり飛んでしまわずに、まずは大地の目線でのんびりと進むのがいいよね。

街道に物騒な雰囲気はないし、道端には小さな花がたくさん咲いているし。

目指すのは、地面からだとまだ見えないけど、彼方の山脈にそびえる一番高い山。

とんがり山だ。私が名付けた。

とんがった～♪　とんとんとんとんとんとん～♪　とんがって～る♪　とんがって～るね～♪

歌っていると、うしろから荷馬車が近づいてきた。

私が道を譲ると、横に並んだ御者のおじさんが笑いかけてくる。

「お嬢ちゃん楽しそうだな、帝都から出て散歩かい？」

「ううん、旅です」

「お嬢ちゃんが1人で？　荷物も持たずに？」

「近くの町に行くだけなので」

ちょっと嘘をついた。

「ネミエの町かい？」

「名前は知らないけど、この先です」

「ならネミエだな。俺も帰るところだし、乗って行くか？　近くの町と言ったたって子供が1人で歩くには遠すぎるぞ」

私は幸運なのかも知れない。今のところ、出会う人たちがみんな優しい。

せっかくなので乗せてもらった。おじさんの荷馬車は、屋根のついていないタイプで、干し草の中にたくさんの陶器が入っていた。帝都で買って、ネミエの町で売るのだそうだ。

私は荷馬車のうしろに腰掛けて、今までとは反対の景色を眺める。

巨大な帝都が、とても小さく見える。けっこう離れた。

空を見ると、大きな鳥が優雅に飛んでいた。

あー、気持ちいい。暖かい空気に包まれて眠くなってくる。

「お嬢ちゃんはエルフなのかい？　見かけない髪の色だな」

「違うけど、前にも言われた。珍しいんですか？」

「そりゃ珍しいさ。青空みたいな髪をした人間なんて、俺は生まれてから見たことがないぞ」

「そかー」

「エルフだと幼く見えても大人のこともあるし、子供扱いしたなら申し訳ないと思ってな」

「気にしてないからいいよー。ちなみに22歳です」

心はね。

「ほう。そりゃすまんかった」

「いいよー。でもエルフなら、変わった髪の色をしているんですか？」

「俺が見たことのあるエルフは、若葉のように煌めいた緑色の髪をしていたぞ」

「そかー。ちなみに、ドワーフとかもいるんですか？」

「おう。うちの町で鍛冶屋をやっているぞ」

おお、お約束だ。

「あと、ちょっと質問なんですけど……。街道って、盗賊が出たり猛獣が出たりすることはあるんですか？」

「このあたりではないな。平和なもんさ」

「ここからずっと先の、山脈のほうは？」

前に向き直って、とんがり山のある方向を指差す。

「ザニデア山脈かい？　あそこには大きなダンジョンがあるし、麓までならそれなりに人の行き来はあるだろうが……。このあたりほど平和ではないし、行くなら護衛がほしいところだな」

「山の奥は？　1番に高い、とんがった山のあるあたり」

「とんがった山というと……。聖なる山ティル・デナのことか？」

「たぶん、それかなー」

よくわからないけど。

「それは無理だ。そんな奥の方は完全に魔物の領域だ。入って生きて出られた者はいないって話だぞ。竜もいるって噂だしな」

「おお、竜！　いるんだー」

「噂だぞ、噂。聖なる山を守っているんだとさ」

「見てみたいなー」

リアルの竜。どんな感じなんだろうか。ゲームでは、古代魔法の熟練度上げで古代竜をよく倒していた。懐かしいなぁ。

古代竜は、私が通っていたバトルエリアだと最初は寝ているから、古代魔法を先制で確実に当てることができたのだ。また古代竜くん、ぶっ飛ばしてみたいねえ。あれは気持ちよかった。

「あ、そうだ。私、クウと言います」

「俺はオダンだ。よろしくな」

「よろしくお願いします」

「クウちゃん、丁寧な言葉は金持ちの子供しか使わない。狙われるから外では使わないほうがいいぞ」

「……そうなんだ。わかった」

これからは気をつけよう。

「あとはローブがほしいところだな。その高そうな服では、口を閉じていても獲物に見えてしまう」

「オダンさん、もしかして人さらい？　私、獲物にされた……？」

「笑えない冗談はやめてくれ」

「あはは。ごめんね」

さすがにそれはないか。

「クウちゃんが俺の娘と同じくらいの歳に見えたから心配になっただけだ」

「娘さん、いるんだー。どんな子？」

「いい子だぞー。元気で明るくてみんなに優しくできる子だった」

自慢話になるはずなのに、オダンさんの声はとても暗い。

「何かあったの？」

「最近は寝込んでいてな。そばにいてやりたいが薬も高いから働かないわけにもいかない」

「そかぁー……」

「クウちゃんは、精霊様の祝福は受けたのかい？」

「うん」

受けたと言えば、受けたはず。

「やっぱり健康になったかい？」

「そだね」

「そうか。娘を連れてきていれば……。まあ、俺も祝福には間に合わなかったから同じか。帝都の連中が羨ましいよ。誰も彼も健康になって大喜びして浮かれ回っていてなぁ」

オダンさんが深いため息をつく。

「おっと。暗い話はいけないな。心が湿気ってしまう」

みんな大変なんだなぁ。

「ねえ、オダンさん。私も娘さんに会っていい？」

「いいとも。娘もきっと喜ぶ」

名前はエミリーと言うそうだ。今年で8歳らしい。

「……私、11歳だよ？　けっこう年上だからね!?」

「さっきは22って言ってなかったかい？」

「それは心の年齢」

「どっちにしても、お姉さんとして何か話でもしてやってくれ」

「うん。わかった」

これも何かの縁だ。私はソウルスロットを白魔法・古代魔法・敵感知に変更した。

考えてみれば、街道沿いに採掘ポイントはないだろう。

その後は少し寝た。子供の体は、けっこう眠くなる。

ネミエの町に着いたのは夕方だった。

丘の合間の平地に広がる町に壁や柵はなく、検問所もなかったのでスムーズに入ることができた。

男爵が治めるという小規模な町だ。

夕暮れの赤い光を受けながら、オダンさんの家に向かう。

やがて到着。郊外の小さな家だった。

ん？　何だか妙に人が集まっている。おばさんの1人がこちらに走ってきた。

「オダン、早く行っておやり！　エミリーちゃんの容態が急変して！　薬を飲ませてもよくならないんだよ！」

「なんだって！」

荷馬車を放り出してオダンさんが走った。私も後につづく。

近所の人たちが集まって、窓の外から部屋の様子を見ていた。泣いている子供もいる。

中に入ると、ベッドの上で苦しむ女の子と、女の子の手を握っているお母さんの姿があった。

「エミリー！」

オダンさんがベッドに駆け寄る。

「エミリーの様子は!?」

「薬は飲ませたけど、よくならなくて……」

「そんなっ！　エミリー！　しっかりしろエミリー！」

私は近づくと、魔法をかけてあげた。

「キュアデジース。キュアポイズン。リムーブカース。ヒール」

どうだろうか。ダメなら思いっきり目立つのを覚悟して古代魔法しかないけど。

お。エミリーちゃんの顔色がみるみるよくなってくる。魔法が効いたようだ。

やがて、すやすやと気持ちよさそうに寝息を立てる。

「治ったみたいだね」

「……ああ。……顔色が一気によくなって。よかった……。こんな幸せそうに。一体、何が……」

「そのお姉ちゃんが魔術をかけてくれたんだよっ！　ぼく、みた！」

外の男の子が叫ぶ。すると同調して、外にいた人たちがうなずいた。

「魔術……だったよな？」

「魔術師だ……」

「すごい……初めて見たぞ、俺」

「エルフか？」

「エルフだ」

「エルフの魔術師が助けてくれたぞ！」

外の人たちがざわつく。

「違うよ、私は精霊」

つい、反射的に訂正してしまった。

「精霊だってよ？」

「まさか」

「せいれいさんだーっ！」

「せいれいさんがエミリーをたすけたーっ！」

「なんでもいいじゃない、助けてくれたんだから。エミリーを助けてくれてありがとうね、精霊さん」

　外にいたおばさんに涙ぐんで言われた。子供たちも喜んでいる。

　みんな仲良しなんだねえ。室内でも、お母さんがエミリーちゃんに抱きついて泣いている。

「……クウちゃん、魔術師だったんだな」

「まあね」

「なんと礼を言えばいいか」

「いいよー。先に親切にしてくれたのはそっちだしー」

「ありがとう。とにかくありがとう」

　オダンさんと話していると、エミリーちゃんが目を覚ました。

「お母さん、苦しい。お腹すいた。お芋食べたい。……どうしたの、お母さん？　なんで泣いてるの？」

「ううん。なんでもないの。すぐに蒸してあげるわね。――あ」

　ここでお母さんが私の存在に気づいて――。

「魔術師様、この度は本当にありがとうございました！　家を売ってでもお代は支払いますので！」

私に、深々と頭を下げてくる。

「お願いだから売らないでねっ!?　それより何か作ってあげてよ。お腹を空かせてるみたいだよ」

「お姉ちゃん、だれ？　髪、すっごい綺麗だね。お父さんのお客さん？」

エミリーちゃんが、まじまじと私を見つめる。

「そだよー。名前はクウ。よろしくね、エミリーちゃん」

「うん。よろしくね、クウちゃん！」

「こらエミリー。まずはお礼を言いなさい。おまえを病気から助けてくれたのはクウちゃんなんだぞ？」

「そうなの？」

「んー。まあ、そうかな」

あまり目立ちたくないので、あまり認めたくもない。

「ありがとう！」

「どういたしまして」

「ねえ、なら、一緒にお芋を食べよう！　おいしいんだよ、お母さんの蒸してくれたお芋！」

「えーと」

「粗末なもので悪いが、よかったら食べていってくれ」

「いいの？」

「ああ、もちろんだ。たいしたものはないが、お礼として、家にあるものも好きに持っていってくれていい」

「いらないってばー」

「オダン、エミリーが元気になったんだ！　今夜は外で食べようぜ！　俺も酒を出してやるからよ！」

外から近所のおじさんが声を上げた。

「そうだな。そうするか」

「みんなで食べるの？　やったー！　お祭りだねっ！」

エミリーちゃんも大喜びして、そういうことになった。

日は暮れて夜。空き地に近所の人たちが集まって、焚き火を焚いて、食べ物を持ち寄って騒ぐ。

私も成り行きで参加。お酒はもらえなかったけど、焼いたお肉はたくさんもらった。

お肉はタレが染みていて美味しかった。笑い声が幾重にも広がる、よい宴会だ。

私も余興として芸を披露した。

ちなみに「にくきゅうにゃ〜ん」ではない。私の芸はたったひとつではないのだ。

私には99の必殺芸があるのだ。

「波〜ざばざば〜」

私はみんなの前で両腕を横に広げて、滑らかに揺らした。

そう。それはまさに、波。海を表現した私の奥義のひとつ。

名付けて、波ざばざば！　まんまだけど！

ちなみに「波ざばざば」は前世でナオから9点という高評価を得ている。得点だけで言うなら、「にくきゅうにゃ〜ん」を上回る大技なのだ。まあ、はい。100点中ですが。

ちなみにウケた。大いにウケた。みんな、大いに笑ったり拍手してくれたり、私の波ざばざばを楽しんでくれた。

　エミリーちゃんも喜んでくれた。

「クウちゃんって、芸もできるんだね！　すごいね！　完璧だね！」

「ふふー。ありがとー。ちなみに何点だった？」

「……点？」

「うん。今のを100点満点で評価すると？」

「んー。52点かな」

意外にシビアだった！　でも、ありがとう！

宴会は続いた。

その中でエミリーちゃんに、キラキラの目で魔法について聞かれた。

「ねえ、クウちゃん、わたしも魔術を使いたいっ！　どうすれば覚えることができるの？」

「んー。そうだねえ……。学校に行ってお勉強かな？」

スロットに、魔法を入れて、レベル上げ。とは言えない。

さすがにそれは、ゲーム仕様を引き継いだ私だけだろう。

「学校かぁ」

「学校は嫌い？」

「わたし、知ってるの。うちにはお金がない。世の中は世知辛いんだよ」

うーん。とはいえ、私はこの世界の魔法体系なんて知らないしなぁ。この世界的には魔術か。

でもそういえば、クエストであったな。子供の魔力を覚醒してあげるやつ。

たしか緑魔法の『魔力感知』を使った。これをイベントの子供に使うと、未覚醒の魔力が見える。押せば覚醒させてあげることができた。

「じゃあ、見るだけ見てあげようか？」

「何を？」

「魔力があるかどうか。あるなら覚醒させてあげる」

ちなみにゲームでは、魔力のあること自体が特別で大半の人間にはないという設定だった。

「ほんとっ!?」

「ほんと」

「やった！　おねがいっ！」

「じゃあ、目を閉じて」

緑魔法をスロットにセット。

「魔力感知」

エミリーちゃんを対象に魔法を発動。

すると、光った。エミリーちゃんの体には、未覚醒の魔力——黄色の光がひとつあった。

ボタンみたいに押す。すると、黄色の光が全身に広がる。どうやらゲームと同じようにできるようだ。

これでオーケー。イベントクリア。

「わたし、光ってる」

エミリーちゃんの体が少しの間、黄色の光に包まれる。

「おめでとう。魔力が生まれたよ」

「ほんとっ!? わたし、魔術師になったの!?」

「なってないよ、ごめんね」

「でも光ってた！ 体の中が、ほわんってあったかかった！」

「勉強すれば確実に魔術師にはなれると思うけど……。うーん。ごめんね。勉強の仕方まではわからないんだぁ」

「そっかぁ。でもわたし、才能あるんだよね!?」

「うん」

「クウちゃん、エミリー……。今の光はなんだ？」

「あのね、お父さん、あのねっ！」

エミリーちゃんが喜び溢れる表情で、私とのやりとりを語る。

「……魔術師って、本当なのか？ 勉強すればなれるのか？」

「うん」

「すごい話だな、それは」

「教えてくれる学校とかってないの？」

「帝都にはあるが……。お金がな……」

「お金かぁ。厳しいねえ」

「まったくだ」

この後、頼まれて空き地にいた全員に『魔力感知』をかけた。

疲れた。だけど、エミリーちゃんの他に魔力のある人間はいなかった。

どうやらこちらの世界でも、魔力持ちは特別な存在のようだ。


その後のことだった――。この世界に来て初めて、敵感知が反応した。

その数は11。確実にこちらに向かってきていた。たぶん、相手は人間。

戦いになることを考えたほうがいいのかな……。

ここでは魔法は使いにくい。みんなを巻き込むといけないし、家を壊すと申し訳ない。

となると、接近戦か。私はソウルスロットを緑魔法、小剣武技、戦力差確認に変更した。

焚き火用に集められた木々の中から、手頃な枝を手に取って、ヒュンと振ってみる。

うん。ちょうどショートソードの長さだし、簡単には折れないくらいの硬さもある。

とりあえずはこれでやってみよう。殺し合いをするつもりはないしね。

問題なのは相手のレベルだ。

楽勝だとは踏んでいる。何しろクウは世界最強クラスの冒険者だった。

そのクウのまま私になって、そのクウのまま動くことができている。

万が一、格上だったらどうしようか。

まあ、どうにもならないか。その時はその時だ。アシス様に大声で泣きつこう。助けてくれるかも知れないし。

「みんな、ちょっといい？　ちょっとこっちに来て」

私はみんなを空き地の奥に呼び寄せた。

「どうしたー？」

「また何かしてくれるの？」

みんな来てくれる。再開していた宴会がまた止まって、場が少し静かになった。

すると馬の足音が聞こえる。馬に乗った10人の兵士と1人の貴族が現れた。

全員、技能『戦力差確認』の効果でオーラをまとっている。

この技能は、自分と敵対関係にある相手とのレベル差を教えてくれる。

敵が自分より強ければ赤。互角なら白。敵が自分より弱ければ緑。

兵士たちと貴族は、全員、濃い緑のオーラをまとっている。

油断大敵だけど、ひと安心。私のほうが圧倒的に格上ということだ。

貴族が馬上から空き地を見回す。

いかにも育ちがよさそうで、人を見下すことに慣れていそうな男だった。

前髪を切り揃えたキノコ頭に、高く伸びた鼻。いやらしく歪んだ目と口。

うん、あれだ。まさに貴族のボンボンだ。

「おい」

貴族の指示で、兵士の1人が同乗させていた男を投げ落とす。

落とされた男は私たちに向けて頭をついて謝った。

「すまねえっ！　どうしても金が必要だったんだ！　早く金を返さないと家族が連れて行かれちまうんだ！」

「なんだ？　どうしたんだ、トム」

　オダンさんが戸惑ってたずねる。

「この男が素晴らしい情報をくれたのだよ。ここにいるのだろう？　高度な癒やしの魔術を使う者が」

「……トム、おまえ」

「すまねえっ！」

「いいからこちらに寄越せ。私が面倒を見てやる」

「……ねえ、あれって誰？」

　私は小声で、近くにいたエミリーちゃんのお母さんにたずねた。

「……ご領主、男爵様の息子だよ。名前はフロイト。そんなことより逃げなさい。——エミリー」

「……うん。わかってる、お母さん。クウちゃん、来て」

　エミリーちゃんが私の手を引っ張る。

「え、いいよ。べつに」

　ここで私が逃げれば、みんなに迷惑がかかるよね。

「ダメだよ。あいつに目をつけられたら、酷い目に遭わされるんだから」

「早く出せ、平民どもが！　この私に逆らってタダで済むと思うなよ！」

　フロイトが金切り声を上げて、剣をこちらに向けてくる。

「はっ。クソくらえだ」

　オダンさんが吐き捨てて、丸太を担いで前に出ていく。それに続いて他の男の人たちも歩いた。

「いい加減こっちも、てめぇにはうんざりなんだよ」

「どこまで好き放題すれば気が済むんだ、このキノコ頭」

「恩人を渡すわけねぇだろうが。死にさらせ」

近所の人たち、みんな兵士と戦う気まんまんだ。兵士も槍を構えた。

「あー待って待ってー。私でーす。私が可愛い精霊さんでーす。だから喧嘩するのはやめてねー」

「クウちゃん！　来るな！」

「いいから、オダンさん。ここは私に任せて」

よっと。私は、ひとっ跳びでフロイトの前に出た。

「ほう、おまえか。まだ幼いが美しいではないか。それに見たことのない髪だな。ハイエルフか？　私が保護してやるから今後の生活は安泰だぞ、感謝しろ。それで魔術を使うというのは本当か？」

「見たい？」

「見せてみろ」

「筋力弱体」

ごめんね。しばらくすれば解けるから。

私は馬に緑魔法をかけた。途端、馬は足の力をなくして倒れる。乗っていたフロイトは落馬だ。

「どう？」

「きっ、貴様ぁぁぁ！　捕えろ！　こいつは犯罪者だぁぁぁぁぁ！」

フロイトの命令で兵士たちが動いた。馬上から私を拘束しようと、槍の石突を伸ばしてくる。

私は、その攻撃をかわしつつ跳躍して、兵士の首を枝で突いた。

兵士たちは制服姿だった。防具は身に着けていないので首は無防備。

たかが枝でも、余裕でダメージは与えられる。

ひとり！　ふたり！　さんにん！

数えつつ全員の首を突いた。少し強く突きすぎたのか、４人がよろめいて落馬した。

「ごめんね、大丈夫？　手加減って難しいね」

クウとして培ってきた戦闘経験は私の中にしっかりと存在している。余裕だった。

「何をしている！　馬から降りて、押し潰して捕らえろ！」

フロイトの命令で馬から降りた兵士たちが、一斉に押し寄せてくる。

だけど簡単にかわせる。枝を振るって、突いて、思うままに攻撃もできる。

まさに精霊第一位。対人戦ランキング上位者の私だ。

町のみんなが殴りに来てしまったら面倒なことになっていたけど、みんなポカンと見てくれている。

やがて、疲労とダメージの蓄積で兵士たちの動きが鈍くなった。

私が足を止めても、誰も攻撃してこなくなる。

そろそろいいか。実は私には作戦があった。

「麻痺、麻痺」

緑魔法『麻痺』は、指定した対象を最大５体まで麻痺させる魔法だ。

５×２で10。兵士全員から体の自由を奪って転倒させる。

ここで満を持して装備、抜剣。

精霊専用、青い光を放つ神話武器『アストラル・ルーラー』を夜空に掲げる。

ああ、見飽きることのない美しさ。私の愛剣。こっちの世界に持ってこられて本当によかった。

アシス様ありがとう！　ふふふ。みんなも見惚れておるわ。

注目の集まったところで、私はフロイトの前に立ち、切っ先を突きつける。

「な、なんだ貴様……！」

未だにフロイトは強がっていたけど——。ここで私は武技を発動した。

『アストラル・ルーラー』がふたつの青い光の軌跡を一瞬で描いた。

ダブルスラッシュ。左右からの連続2回攻撃だ。

狙いはフロイトの剣。派手に破壊して、フロイトの戦意を喪失させるのが狙いだ。

本当は衣服も切り裂いてやりたいけど……。

攻撃が命中。フロイトの剣が塵となって消える。

加えて発生した衝撃波が、フロイトの衣服までをも粉々に散らした。

なんと。これには私が驚いた。私は手元の『アストラル・ルーラー』を見つめる。

剣が私の意を汲んでくれたのだろうか。疑問に思うと、剣がうなずくように輝きを増した。

汲んでくれたのだ。

神話武器は知性ある武器であり、使用者の意を汲んでその力を発揮する。ゲームでは、もっと早く、もっと強く！　突けぇぇぇぇ！　と命じて、剣はそれに応えてくれていたものだった。

おそるべし、我が相棒よ。体を傷つけずに衣服だけを切り裂くなんて、まさに神業としか言いようのないレベルだけど……。まあ、うん。

さすがだ！

「い、今のは……。な、何なんだ……」

下着1枚の姿になったフロイトが、自分から尻餅をついて倒れる。

しっかり怖気づいてくれた。

「黙れ。無礼者」

私は言葉遣いを変えた。

「何だと……」

「――貴様、先程から誰にそのような口を利いている？」

できるだけ凄みを利かせて私は睨む。まあ、可愛らしい小娘ですし、限界はありますが。

「貴様、この私を知った上で、その不敬を働いているのであろうな？　これは男爵家の総意と見てよいのであろうな？」

「な……」

そう。私には必殺技があったのだ。服の下にかけていたペンダントを取り出し、見せつける。

「まさかそんな……。それは帝室の紋章……。しかし、その髪はエルフの……」

「変装だ」

「へ、変装……」

そう。これこそ日本人の伝統奥義！

「この紋章が目に入らぬか！　頭《ず》が高い！　控えおろう！」

「は、はは――――！」

決まった。そして、やってしまった……。

うん。これ実は、効果あるかなー。やったらすごいことになるかなー。

なんて、旅の中で考えていたんだ。

だって、ロマンだよね。日本人の。

見れば、フロイトだけでなく、オダンさんやエミリーちゃん、麻痺の解けた兵士たち。

みんな平伏している。

ああ……。イキってしまった……恥ずかしい。でも、キチンと始末はせねば。

「男爵家フロイト！　其の方、貴族の権威を笠に町で狼藉を繰り返し多数の被害をもたらしたこと断じて許しがたし！　民の幸せこそ第一に守るべき帝国貴族の名誉を失墜させしこと万死に値する！　謹慎せよ、追って沙汰を下す！」

「はは――――！」

もはやこれまで。と、お約束の逆上はしてこず、フロイトは頭を下げ続けた。

し、しかし。ヤバい。ここからのことを考えていなかった。

ここまではね、うん。計画通り！　なんだけど。もちろん私に沙汰を下す権利なんてない。

うん。ないよね。どうしよう！　困った！

このまま普通に立ち去っちゃおうかな……。それでエンディング。

フロイトには、ずっと沙汰を待っていてもらおうかな……。と、自棄《やけ》気味に思っていたら。

「姫様」

――不意に。いきなり、声がかかった。

見れば脇に、黒装束の獣人女性が片膝をついて控えている。いつの間に！

「これより先は我にお任せを。帝都に連絡を取り、然るべき処置を取らせて頂きます」

「うむ。よきにはからえ」

ごめん！　これ以外に言葉が見つからなかった！

「はっ！」

銀色の尻尾を一瞬だけきらめかせ、黒装束の女性は消えていった。

忍びだ。忍者だ。というか、何者だ？　わけがわからないけど、助かったぁぁぁぁぁぁ！

この後、すごすごと帰っていくフロイトを見送り、いつの間にか逃げ去っていた裏切り者のトムは放っておいて、私は町のみんなに笑いかけた。

「さ、宴会を再開しよ」

「お、おう……？」

オダンさんがうわずった声をもらす。

「ねえ、クウちゃん。クウちゃんっておひめさま？」

「ううん。まっさかー」

帝国のお姫様はセラ。私ではない。

あ、でも、精霊姫だったか。まあ、いいや。

「でも、さっきの人、おひめさまっていったよね？」

「誰かと間違えたんじゃない？」

「なあ、クウちゃん、さっきのペンダントは……？」

オダンさんがためらいがちにたずねてきた。

「あれはホントに私のだよ。ちゃんと皇帝陛下にもらったやつだから問題なし」

「もらったって……」

「偶然だったんだけど、本当のお姫様を助けたことがあってね」

「そうなのか……。すごいな」

「だから私、べつに貴族とかじゃないよ？　さっきは、バカ貴族をビビらせるために偉そうにしてみたけど」

「……はは。すごい演技だったぞ」

「でも、なんか忍びな人も出てきたし、バカ貴族は裁かれると思うよ」

「知り合いじゃないのかい？」

「ぜんぜん知らない人。誰なんだろうね」

「そ、そうか……。しかし、強いんだよな、クウちゃん」

「一人旅も余裕でしょ？」

「もー！　お父さん！　クウちゃんはわたしがおしゃべりするのー！」

「はいはい。悪かったな」

「さーさー、宴会を再開しようよー！」

私は手を叩いて笑った。

しばらくして、空き地にはまた笑い声が戻った。私はエミリーちゃんとアレコレおしゃべりをして、それからオダンさんの家でエミリーちゃんと一緒に寝た。

朝。パンと水を出してもらって、いただく。

お礼をしてお礼をされて。お弁当にとパンをもらって、さあ、出立だ。

外に出ると、昨日のみんなが見送りに来てくれていた。

裏切り者のトムは……ボロボロの姿で奥さんに連れられてきていた。家族揃って土下座してくる。

仕方がないので許してあげた。もう二度と人を売っちゃダメだからね？

もらったお金も渡そうとしてきたけど、断った。もういいから、家族を助けなよ。

「ねえ、もうちょっとだけここにいない？　もっと遊ぼうよー！」

エミリーちゃんが抱きついてくる。

「ごめんねー。私も仕事なんだー」

「やだー！」

「魔術の本が手に入ったら、ちゃんと持ってきてあげるから」

昨日の夜、そういう約束をした。

魔術の本って高そうだからすぐには無理だろうけど、せっかく覚醒したんだから夢を叶えてあげたい。エミリーちゃんも、苦手な読み書きをもっと頑張ると張り切っていたし。

「……また来てくれる？」

「うん」

「ほんと？」

「うん。すぐには来られないけどね。私、帝都で工房を開くし」

「昨日も言ってたね。いろいろ作って売るんだよね？　今は素材を集める旅をしているんだよね？」

「うん。そう。ふわふわ美少女のなんでも工房、オープン準備大作戦！」

「……遊びに行ってもいい？」

「いいよー」

「やったー！　なら、また絶対に会えるよねっ！」

　エミリーちゃんが笑顔で私から離れてくれた。

「オダンさんもおばさんも元気でね」

「ああ。そっちもな」

「娘のこと、本当にありがとうね。旅の無事を毎日お祈りするわ」

「ありがとう。9日間だけお願いします」

　では。

「みんなもまたねー。行ってきまーす！」

　近所の人たちにも手を振って、私は元気に歩き出した。

「せいれいさん、ばいばーい！」

「せいれいさん、またねー！」

「頑張ってこいよー！」

「ありがとなー！」

「魔術師様、カッコよかったぜー！」

「宴会、楽しかったなー！　また来いよー！」

とんがり山はまだ遠いけど、天気は良好。爽やかな朝の空気が気持ちいいし足取りも軽い。

今日もしばらく歩いて行きますかー！

第５話
一芸コンテストに出てみたり

青空の中、私はふわふわと浮かんで進む。

ああ、まるで、私は雲。雲だねえ。

ネミエの町を出て、しばらく景色を堪能しつつ歩いて、その後は空に浮いて『飛行』の魔法で快速に飛んでいた私ですが、今は休憩モードなのです。

銀魔法の『飛行』にはＭＰの継続消費と精神集中の維持が必要になる。

精神集中が途切れると魔法が消えて、墜落する。

私は先程、墜落しかけた。ＭＰの継続消費は精神的な疲れをもたらして精神集中を阻害する。つまり、『飛行』の魔法は長距離移動には不向きだった。

逆に今使っている精霊の固有技能『浮遊』は本当に楽だ。あっちに行こうと思えば、勝手にあっちに進んでいく。ぽやっとしていても墜落しない。

ＭＰ消費もない。ゆっくりと進む分、風も気持ちいい。

というわけで、速度は遅いけど、私は空の上を完全にリラックスした寝転んだ姿勢で『浮遊』して進んでいた。

あー眠い。もう寝ちゃおうかなーと思うんだけど、どうなるかわからないのでさすがに我慢している。いい天気だ。目を閉じると、陽射しの暖かさがちょうどいい。

ああ、アシス様。私、ふわふわしていますよ。仕事、立派にやっています。

一緒に出かけた最後の旅、楽しかったですねー。私、また旅していますよ。

またいつか。一緒に旅、しましょうね。

——また、いつか
どこかから、遠くから、アシス様の声が聞こえた。優しい声だった。

気のせいかも知れないけど。

「……ここ、本当にいい世界ですよ、アシス様。嫌なやつもいたけど。綺麗な、いい世界——」

いかん、本格的に眠い。私は頭を振って、地面のほうを見ることにした。

お。城郭都市があるっ！

それなりに見えるくらいに降下。広場に人が集まっているね。なんだろ？

『透化』して近づいてみると——。

お祭りだ！　屋台がたくさん。ステージもある。やっほう！

私は地面に降りて、木陰で『透化』を解いた。屋台からいい匂いが広がっている。

早速、屋台巡り。鹿の肉串、美味しそうー！　キノコ汁、芳醇な香りがいいねー！

たくさんの恵みがあるみたいで山の幸がいっぱいだ。

何か買ってみようかな。お金なら少しあるし。でも、少ししかないんだよなぁ。

お。焼きトウモロコシがある！　昔、好きだったんだよねえ……。

「ねえ、アンタ」

んー。でも、我慢だなぁ……。

「ねえ、アンタ」

ああ、いいなー。美味しそうに食べている人たち。

「ねえってば！」

「ん？」

肩を摑まれたので振り向くと、上品ながらも動きやすそうな服を着て、片手に杖を持った女の子がいた。

可愛いけど、なかなかに勝ち気な感じの子だ。

「私？」

「もう、さっきから声かけてたのに」

ぷりぷりと怒ってくる。

「知らないよー」

「知ってるのっ！　私がっ！」

「で、何？」

「アンタも出るのよね？　ライバルになりそうだから、レディとして挨拶しておこうと思ってね！」

「何に？」

「一芸コンテストの未成年部門。出るんでしょ？」

「ううん」

「出ないの？」

「うん」

さっき町に来たばかりだし。

「そんなにおめかししているのに？」

まあ、精霊の服は可愛いけどね。作りも完璧だし。

「もったいないっ！　ほら、行くわよっ！」

「どこに？」

「ねえ、名前は？」

「クウだけど……」

引っ張られるままついていくと、女の子によって勝手に一芸コンテストにエントリーされた。

「これでライバルねっ！　私、アンジェリカ・フォーン。アンジェって呼んでいいわよっ！」

「ねえ、アンジェ」

「なーに？」

「ライバルなんて少ないほうがいいと思うんだけど」

「バカね。そんなので勝ったって意味ないでしょ。私は強い相手と戦って人生を切り開いていくの」

ものすごく勝ち気だけど、悪い子ではなさそうだ。

「よろしくね、クウ！　正々堂々と戦いましょ。たぶん、一騎打ちねっ！」

「コンテストって何をするの？」

「歌ったり踊ったり、好きな自己アピールね。私、こう見えて魔力持ちなの。少しだけど、もう魔術だって使えるのよ。コンテストで見せてあげるから、びっくりするわよー？」

「学校で教えてもらったの？」

「ううん。私、まだ11歳だし。帝都の学院には来年から。おじいちゃんに教えてもらったの」

「へー」

「私、この町で最高の魔術師、水魔術の天才にして精霊様の伝道師、ラルス・フォーン神官の孫なのよ！」

「そうなんだー」

「……アンタまさか、おじいちゃんのこと知らないの？」

「私、さっきこの町に来たばかりなんだよ」

「そうだったんだ。どこから来たの？」

「帝都だよ」

「へー！　クウって帝都の人なんだ！　よかった友だちになって！　私、来年から帝都に行くからよろしくね！　帝国中央学院っていうところに行くんだ！」

「うん。来たら案内してあげるよ」

「ありがとう！　嬉しい！」

元気だなぁ。うん、とっても元気な子だ。手を握ってぶんぶんと振られて、痛かったよ。

なんにしても、学院って12歳からなんだね。エミリーちゃんは8歳だし行けたとしてもまだ先だけど、皇女様なセラは通ったりするんだろうか。

ちなみにここは城郭都市アーレと言うらしい。ローゼント公爵が治める、帝都ファナスに次ぐ第二の都市なのだそうだ。


というわけで、コンテストに参加することになった。

テントで待機。くじ引きで順番を決めて、1番の子から出ていく。

参加者は16名。みんな着飾って、やる気満々だ。

ちなみに私は16番でトリ、アンジェは15番で私のひとつ前だ。

会場は大いに盛り上がっている。

テントからもステージの様子は見ることができる。1番の女の子が楽しそうにステップを踏んでいた。私は何をしようか。

「ねえ、帝都ってどんなところ？　人がたくさんいるのよね？」

「ごめん思考中。私はやることを決めないといけない」

「早く決めなよー」

「いきなりは無理」

「もー」

目立つことは避けたい。でも、せっかく参加するのなら少しは驚かせたい。

やはりここは、定番の一発芸だろうか。

ただ会場の様子から察するに、もっと普通に特技を披露するコンテストなのはわかる。なので今回は残念だけど別のことの方がいいだろう。幸いにもトリなので時間はある。

私はユーザーインターフェースからメニューを開いて、いろいろと項目を見てみた。

何かないかなぁ……あ、これでいいか。

エモート。

実行すると体が勝手に動いて、いろいろな動きをする。

ダンスや空手の型を覚えることができるので、一部で人気だった。

でも、ただのダンスや型では面白みがない。

これだな。決めた。

私は実行委員のお兄さんに、剣がないか聞いてみた。

お兄さんはいい人だった。広場には衛兵もいたけど子供に本物の剣は貸せないということで、わざわざ冒険者ギルドまで走って、木剣を借りてきてくれた。

ありがとう。強度も十分だし、ちゃんとやれそうだ。

「ふうーん、剣で私の魔術と勝負するってわけね」

「うん」

「剣、振れるの？」

「軽いやつなら得意だよ」

「私の後だから、盛り上がらなかったらゴメンね」

「ふふーん。どうかなー」

「自信ありげね。そういうの大好きっ！　楽しみになってきたわ」

さあ、アンジェの番が来た。

「私がただの美少女じゃないってところ、見せてあげるっ！」

アンジェが堂々とステージに上がっていく。

「がんばれー」

「任せてっ！」

楽しみだ。なにしろこの世界の魔術を見るのは、これが初めてだ。

魔術師は希少な存在のようだし。

「さあ、続きましてはエントリーナンバー15！　あのフォーン神官の孫娘！　アンジェリカ・フォーンちゃん、11歳！　なんと！　今日は火の魔術を披露してくれるとのことです！　私も見たことがないので大いに期待！　張り切ってどうぞー！」

司会のお姉さんがノリノリでアンジェを紹介する。

「みんな、見てね！　私の魔術！」

アンジェが両手で杖を握る。

杖を掲げて、目を閉じて、呪文の詠唱を始めた。

「――我が内に流れる魔力よ。我が内よりいでて、赤き火の力となれ。サイル・イルメシア・ソル・フレイス――。現れよ！　輝け！　ファイヤーアロー！」

アンジェが杖を突き出す。

おお。杖の先から発生した火の矢が空へと飛んでいく。

アンジェは連続して3回も空に火の矢を放った。最後は大技として、小さいながらも火の玉を飛ばして空中で破裂させた。会場は大いに盛り上がった。

「ありがとー！」

アンジェは会場に手を振って、最後に優雅に一礼、テントに戻ってきた。私は拍手で出迎える。

「どう？」

「魔術、初めて見た」

「ふふーん。すごいでしょー」

「うん。呪文を唱えるんだね」

「そうよ。精神を集中させて体の中の魔力を収束して、定められた呪文でそれを形に変えて外に出すの」

「ちゃんと理屈があるんだね」

考えてみると私の魔法。なんの理屈もない。

さて、次は私だ。呼ばれてステージに上がる。大観衆が待っていた。

「さあ、最後に登場するのは帝都からのお客さまっ！　空色の髪の女の子！　クウちゃん、11歳ですっ！　今日は剣を使った技を披露してくれるとのこと！　楽しみですねー！」

たくさんの視線にさらされるの、思ったよりずっと緊張する。

「えっと、クウです。よろしくお願いします」

自分でやるならカチコチになってしまいそうだったけど、今回はエモートを実行するだけなので楽勝だ。

実行。刃の先を下にして、木剣をステージに立てる。私は跳躍。剣が倒れるよりも早く剣の柄の上に着地。両腕を天に掲げて、静止。そのままもう1回ジャンプして、くるっと身を返して、今度は逆立ちの姿勢で片手で体を支えて柄の上に静止。もう一方の腕を横に伸ばして、ゆっくりと両足をVの字に広げるっ！

どうよー！　お気に入りだった大道芸エモート。

ふふ。会場は静かだけど、みんなびっくりしているんだよね。わかるわかる。

「あのクウちゃん……？」

横にいた司会の女の人が声をかけてくる。

私は剣の上で逆立ちしたまま、笑顔で答えた。

「どやー！」

「女の子がね、こんな大勢の人の前で……。大胆な格好をしちゃうのはよくないと思うよ……？ほら、みんな困ってるよね？」

え。

私は剣から降りて、普通に立った。スカートをきちんと正す。

そうか。私はスカートだったね。

ゲーム時代はショートパンツでいることが大半だったし、ゲーム時代にはスカートには重力がなかったので、まったく気にしていなかったよ。

変なヤジを飛ばしてこないあたり、この町の人も倫理観、高いね。

お酒、飲ましてもらえなさそうだ。

うん。帰ろ。

私は一礼してテントに戻った。

「……ねえ、アンタ。あんな決めポーズ、恥ずかしくないの？」

「言わないで」

　お願い。

　結局、優勝したのはアンジェだった。賞金は銀貨1枚。

　そんなにもらえるんだったら、もっと頑張ればよかった。

　最後にみんなでステージに上がってご挨拶。真ん中に立つのはアンジェだ。

　多くの声援が優勝したアンジェに送られる。私にも少し声援があった。

「君もすごかったぞー！　パンツの子ー！」

「そうだな！　パンツの子もよかったぞ！」

「パンツの子ー！」

「パンツの子ー！」

　やめて。

　次にステージでは、大人部門が始まる。私たちはこれで解散。

「ねえ、賞金で奢ってあげるからカフェに行きましょっ」

「いいの？」

「ええ。行きましょ」

　なら遠慮なく。手を取られて私はついていった。

「あ、パンツの子だ」

　って子供！　指を指すな！

「……アンタ、優勝した私より有名になったわね」

「言わないで」

お願い。


カフェに入った。案内されてオープンテラス席に座る。

「好きなだけ頼んでいいわよ」

「ほんと？」

「うん。銀貨1枚あれば余裕でしょ」

メニューを開いた。

宮殿でも食べたから知ってはいたけど、クリームやチョコレートを使ったスイーツが普通にある。

ひとつ銅貨3枚から5枚。小銅貨なら30枚から50枚だ。

「ひとつ銅貨3枚とかするよ？　いいの？」

さすがは嗜好品。普通の食事と比べて圧倒的に値が張る。

「ほんと？　見せて」

見せると、驚かれた。

「ほんとだ。こんなにするんだ」

「知らなかったの？」

「実は入るの初めて」

なんと。

てへっと笑われた。

紅茶は1杯で銅貨2枚。こちらもお高い。

紅茶とショートケーキをアンジェが2人分頼んだ。あわせて銀貨1枚だ。

「ぴったりで済んだわね」

「……ねえ、頼んでから言うのもなんだけど、このお店ってサービス料とかテーブル料は取られないよね？」

少し不安になってアンジェに聞いてみると、首を傾げられた。

「何それ？」

「高級なお店だとあるんだよ。お店にいるだけで取られるお金のこと」

「それっていくらなの？」

「さあ……」

私も少しは手持ちがあるから、大丈夫とは思うけど。

「ま、いくらでも平気よっ！　任せておいてっ！」

どうやら余裕はあるらしい。よかった。

ケーキと紅茶が来た。イチゴの乗ったケーキは甘くてふわふわで美味しかった。紅茶の香りもよい。会話はあまりせずにケーキと紅茶を楽しみ、私たちは店から出た。

追加料金は取られなかった。

「もー！　クウが変なお金のこと言うから、足りなくなるかと思って、気になってぜんぜん楽しめなかった！」

「え。そうだったの？　言ってくれればよかったのに」

「私が奢るって言ったでしょ」

どうも静かだと思ったら、そういうことだったのか。

「余計なこと言ってごめんね。でも、ケーキも紅茶も美味しかったよ。ありがとう。ごちそうさまでした」

唇を尖らせてそっぽを向くアンジェにお礼を言った。

アンジェは軽く息をついた後、「どういたしまして」と笑ってくれた。

「ねっ！　次は町を案内してあげる。どっか行きたいとこある？」

機嫌を直してくれたようだ。よかった。

「んー。そうだなー。魔術書ってどこで売ってるかな？」

「魔術ギルドか魔道具屋でしょ」

「この町にもある？」

「あるけど、魔術書って1冊で金貨2枚はするよ」

「そんなにするのか」

ごめんエミリーちゃん。魔術書を渡すの、かなり先になりそう。

「ほしいの？」

「今はあきらめました」

工房でお金をガッツリ儲けたら、また考えよう。

「私は火の魔術書なら持ってるけど、危険だから人に見せてはいけないっておじいちゃんに言われてるの。ごめんね」

「気にしないで。でもそんなに高いと魔術師になるの、大変だね」

「帝都の学院でも学べるから、お金がないならそっちに行けばいいんじゃないのかな」

「でも、学院だって授業料とかあるよね？」

「あ、そっか。そうよね」

世知辛い。お金がないと可能性の翼すら広げられないとは。

「なんにしても魔術書はいったんパス。ならねえ、えーと」

そういえば探したい場所があった。

「転移陣。って、ないかな？」

「何それ？」

「んーとね。路地裏とかの目立たない場所にある魔法使いの家みたいなところにあるかも知れないもの」

ゲームでは転移の館という名称だった。

「魔法使いの家かぁ。面白そうね！　探してみましょ！」

「でも、路地裏とか危険だよね？」

「私がいるでしょ！　この未来の大魔術師が！　変なやつが来たって魔術で追い払ってやるんだから！」

ダメな未来しか見えない！　アンジェが私の手を取って走り出す。

「待ったあー！」

「いいから！　行くわよっ！」

引っ張られて走りながら、私は急いでソウルスロットを、白魔法、敵感知に変更した。

最後のひとつは迷う。小剣武技は……ダメだな。町中で『アストラル・ルーラー』を使うのは目立つ。

うーむ。木剣があればよかったけど、あれは返却した。

黒魔法もダメだ。人前で気軽に使える普通のショートソードがほしいなぁ。

古代魔法は論外。町中では危険だし、アンジェの前で「どやぁ」はしたくない。

危険な場所や戦闘中の変更は不可なので事前の準備は重要だ。

悩みつつ緑魔法をセットした。敵が現れても、『麻痺』させて逃げればいいだろう。

「よし！　ここ！」

「……ほんとに行くの？」

「もちろん！　だって面白そうじゃない！　私も細い道に入るの初めてだし！」

アンジェは怖がることなく大通りを外れて、路地へと入る。

私はやめたかったけど、転移の館は探したかった。もしかしたらあるかも知れない。

なので、ついていった。

女の子が2人。薄汚れた路地裏を歩く。

途中、何回も怖そうな人にじろじろと見られて、ぞっとした。

私は強い。でも、怖いものは怖い。だけど敵感知には反応がなかったので、引き返すことなく私はアンジェに連れられて探検を続けた。

そのうち。うん、お約束なことになった。迷ったのだ。

私にはマップ機能があるから、マップを見つつ歩けば大通りに戻れるのだけどアンジェが許してくれない。

「任せてっ！　ここは私の地元だからっ！」

いや地元じゃないよね!?　初めて来るって言ってたよね!?

あー。とうとう敵感知に反応アリ。

そりゃ、うん。カモネギだしね。

ただ、私たちの位置を正確には把握していないようで、まっすぐこちらに向かってきてはいない。

「アンジェ、嫌な予感がするからいったん中止しよう」

「どうしたの？　べつに何もないいじゃない」

「いいからー！」

あ。路地の奥から現れた男と目が合った。まだ距離はあるけど、敵反応アリ。

「身体強化」

緑魔法で能力アップ。問答無用でアンジェをお姫様抱っこして走った。

「えっ！　ちょっ！　どうしたの!?」

「変なのに見つかった」

逃走！

「いたぞ！　こっちだ！」

男が仲間に呼びかける。

これ、マップ見ながらは無理だっ！　絶対に転ぶ！　もうテキトーに走るしかなかった。

「……クウ、力持ちなのね。さすが、あんなアクロバットができるだけはあるわ」

「あはは」

アンジェは怯えた様子もなく私の腕力に感心している。

そして、私は行き止まりにたどり着いた。逃走失敗、追い詰められてしまった。

「逃げなくてもいいだろー。なぁ？」

「へへっ。大人しく捕まりな」

「人さらいのお兄さんだぞー」

「お。可愛いじゃねーか。こりゃいい金になりそうだ」

手にナイフを持ったガラの悪い男たちが４人。私たちに近づいてきた。

「まったく、めんどくさいわね」

アンジェが私から降りる。

「ふんっ！　よくお聞きなさいっ！　私はフォーン神官の孫娘、アンジェリカよ！」

「ほおー。それはそれは。高く売れそうだ」

「アンタたちなんて一捻りなんだから！」

身体強化してるし、このまま殴ってみようかな。

私の格闘の熟練度は０。まったくやってなかったけど、レベル差で圧倒できる気がする。

いくらなんでもただのチンピラがレベルカンストしていたりはしないだろう。

私、血を見るのは怖いけど、戦うのは好きなんだよねえ。このあたり我ながら矛盾しているけど、いざ対人戦を前にするとわくわくしてしまうのは仕方がない。

なにしろ私は精霊第一位。ゲームでは対人戦をやりまくっていたのだ。

もちろんこれが遠野空だったらガタガタ震えることしかできないけど。

今の私はクウだしね。

となりではアンジェが杖を掲げて、魔術を使おうとしている。

とりあえずやってみるか。ダメなら麻痺でいいし。

ただ、戦いは始まらなかった。男たちのうしろから、男の呆れた声がかかる。

「おいおい、なんだよこのみっともない騒ぎは」

その声には聞き覚えがあった。

「ロックさん」

「お。なんだ、クウか」

「やっほー」

「やっほーじゃねえよ。なんで昨日の今日でアーレにいるんだよ」

ロックさんのそばには武装した5人の冒険者がいた。みんな強そうだ。

「ロックさんこそ、どうしてこんなところにいるの？」

「俺らはザニデア山脈のダンジョンに向かう途中さ。馴染みで腕利きの鍛冶屋に武具を整備してもらおうと思ってな」

私たちは呑気に会話したけど、人さらいが怒ることはなかった。

「へへ、どうもロックさん。お久しぶりです。怪我をして引退したと聞いていましたがお元気そうで」

むしろへこへこしていた。

「精霊様の祝福でな」

ロックさんが歩いてきて、私の横に立った。

そのまま私の肩に手を置く。しかも、けっこう力を込めて。

「おーもーいー」

守ってくれようとしているのはありがたいけど、もう少し気を使ってほしいところだ。

「で、俺に祝福をくれたこの精霊ちゃんに何の用だ？」

「い、いえ、べつに……」

「ならとっとと行け。ったく、真面目に働け」

人さらいたちは去っていった。残念、試しに格闘戦してみたかった。

「ねえ、ロックって、あのAランク冒険者のロック？」

「おう。そうだけど」

「じゃあ、うしろにいる人たちってもしかして、みんな『赤き翼』？」

「おう。そうさ」

「すごい！　こんにちは、初めまして！」

アンジェが興奮した声を上げる。

ロックさんって有名なんだね。Aランクって、私の想像以上にすごいのかな。

「おまえら、さらわれる寸前だったとは思えない余裕っぷりだな」

「だって私たち、最強だし。ね？　クウ」

「いやーどーだろー」

アンジェ、危なっかしすぎる。

自信を持ちすぎて１人でも来るようになったら、今度は本当にさらわれる。

「危なかったと思うよ？　ロックさんたちが来てくれなかったら、今ごろさらわれてたかも知れないし」

ここはなんとか、考えを改めてもらわないと。

「まっさかー。私の魔術が炸裂するわよ」

「間に合わなかったよね、たぶん。さっきの連中が襲いかかってくる前に、ちゃんと唱えることできた？」

「そ、それは……。気合よ！　それにクウが前に出るんでしょ、その間に！」

「私なんて、すぐやられちゃうよ？」

ここはそういうことにしよう。

「それに４人もいたし。１人だけ倒してもしょうがないよね」

「う」

「さらわれたら怖いよ？」

「……そ、そうね。助かったわ、ありがとう」

よかった。わかってくれたようで、アンジェがロックさんたちに頭を下げた。

「私も助かったよ。ありがとう、ロックさん」

私も感謝しておこう。

「で、おまえらなんでこんなところにいるんだ？　おまえらみたいなお嬢さんの来る場所じゃねえぞ。狙われて当然だ」

「魔法使いの家を探していたの。ね、クウ」

「うん。あるかなーって。それっぽいとこ知らない？」

「あるわけねぇだろ。なんで魔法使いってか魔術師の家が貧民街にあるんだ。もっといい場所に決まってるだろうが」

ゲームではあったんだよぉ！　転移の館だけど！

「とにかくついてこい。先に鍛冶屋に行くが、その後で送ってやる」

「ほんと？　やった！　ねーねー、火の魔術師、ノーラさんって貴女？　私、密かに尊敬していました っ！」

アンジェは魔術師の女性に突進していった。

私たちは素直についていくことにした。鍛冶屋にも興味があるしね。

道中、ロックさんが仲間を紹介してくれた。

ハンマー使いの筋肉男、ダズさん。

盾役を務める大男、グリドリーさん。

弓と格闘の達人、虎人族の女性のルルさん。

火の魔術師の女性、ノーラさん。

水の魔術師の女性、ブリジットさん。

ロックさんはスタンダードに剣で戦うそうだ。

ロックさんのパーティーはなかなかにバランスがよさそうだ。

「私たちもロックの引退に合わせて冒険者からは身を引き、それぞれ静かに生活していたのですが――」

ノーラさんが優しい微笑みをたたえながらそう言うと、頭のうしろで腕を組んで歩いていたルルさんが会話を引き継ぐ。

「アタシらもけっこう怪我してたしな、ちょうど頃合いかなって。でも、あの祝福さ！　マジ、故郷に帰らなくてよかったぜ！　もう体が元気になったら、うずいてうずいてっ！　早く殺してぇぇぇ！」

「そうですね。久々に腕を振るうのが楽しみです。ふふ。また燃やせるなんて」

優しい微笑みのノーラさん、目が怖いです。過激な人たちのようだ。さすがは冒険者。

うしろでは、ローブ姿のブリジットさんが、すっぽりかぶったフードの中で、こんなことをつぶやいている。

「……大事なのは、どう殺すかではなく、どう看取るかなのです。見とるかー？　見とらんで。見とるやないかっ……。ぷっ！　くくく……」

「……ねえ、あのひと、大丈夫だと思う？」

「……私に聞かれても」

アンジェに耳打ちされたけど、答えようがない。

正直、ブリジットさんの言葉にはお笑い力を感じる。だけど、それが本当にお笑いなのかは今のところは不明だ。お笑いじゃないのに笑ってしまえば、それは失礼に当たる。

なので今は様子を見るしかないだろう。

グリドリーさんは寡黙で、一言も口を利かない。

ダズさんは最前列でロックさんと明日の旅程を話し合っている。

「ザニデアまでは、また馬を借りて我々だけで行くか、護衛も兼ねて商隊の馬車に乗せてもらうかだが……。どちらがいいと思う、ロック」

「商隊にアテはあるんだよな？」

「明後日の朝に出る商隊が、喜んで乗せてくれるそうだ。飯付きでいくらかの護衛料も払うと言っている」

「んー。俺らだけの方が気楽だけど、商隊の方がリスクは低いわなぁ。ここから先は魔物も出やすくなるし」

「借りた馬が魔物に襲われれば、高くつくしな」

「だよなー」

ロックさんがぼやいたところで、ブリジットさんがまたもつぶやく。

「……やま。……馬車で行きたい。……招待されて、商隊で。……楽でいい。……そして、きっと嬉しいことはある。……それは、雨。……きゃー。……うん、てんの恵みやー。やーまー。畑ならば。……ぷっ。くくく……」

ブリジットさんがフードの中で笑う。私は言いたかった。

ブリジットさん、そこは「きゃー」じゃなくて、「まぁ」だよね！　あわせて、まぁうんてん、でマウンテンだよね！

山に行くだけに、山的な！

まあ、うん。私はちゃんと我慢しましたけど。

「ならまあ、商隊にしとくか」

何故ならまあロックさんは、普通にブリジットさんの言葉を受け取った。ギャグ扱いはしていない。

「そうだな」

ダズさんも同意して、話はまとまったみたいだ。

「がんばってねー」

私は応援した。

「おう。任せろ」

ロックさんが力強くうなずいた。

目が合うと……。不意に顔を逸らされた。ロックさんが、プルプルと全身で震え始める。

「どうしたの？」

私は心配して、逸らされてしまったロックさんの顔を覗き見た。急病かな、だとしたら大変だ。

「ぶはははははははははははははははははっ！　わりぃ！　もうダメだわ！　ぶはははははははは！」

「ど、どうしたの!?」

「おい、ロック。見なかったことにしてやると言っていただろう？」

ダズさんがたしなめるように言う。

う。それだけで理解できた。

「おまえ、パンツの子！　パンツの子！　みんなパンツの子って連呼して！　ぶははははははははははははははははは！」

「可哀想だろ、笑うなよ。アタシは見事な体術だったと思うぜ？」

「ダ、ダメだとまんねー！」

「わらうなー！」

なんだよー、もー！　心配したのにー！　このヤロー！

「ぶはははははは！」

「このクソヤローぶっ飛ばしてやるー！」

身体強化アッパーカットで空の彼方に消してやる！

と思ったら、グリドリーさんに思いっきり頭を叩かれて、クソヤローは頭を押さえてうずくまった。

「ロック、次に笑ったら本気で燃やしますね？」

「ったく、サイテーだな、おまえ」

ノーラさんに警告され、ルルさんに蹴られてさらにうずくまる。

「悪かった悪かった……！　ついうっかりだよ……！　お詫びに何か買ってやるからそれで許してくれっ！」

「ショートソード」

「って剣のか？」

「ショートソードを買ってくれたら許す」

「いくらすると思ってんだ」

「いいよ。ならもうロックさんなんて知らない」

私、本当に心配したのに。酷いよね。

「わかったわかった！　買ってやるから許してくれ！　な？　ごめんなさい！」

言ってみるものだ！　通った！

いくらするか知らないけど私の手持ちのお金では絶対に無理だろう。

「よし、なら鍛冶屋へゴー！」

ふっふー。使いやすそうなのがあるといいなー。


ひび割れた石畳の広場に出た。

諸行無常。かつては賑わっていたんだろうなぁ。今では人通りもなく、雑草が生えているのみだ。

「ほら、あそこだ」

ロックさんたちの目的地である鍛冶屋は広場の一角にあった。

まわりの建物と変わらない廃墟みたいな店だ。看板が出ていて、「マクナルの店」とあった。

ハンバーガーショップ？　かと一瞬思ったけど、それはないか。さすがに。

「腕利きなんだよね？　こんな場所でやらなくてもいいのに」

「大の貴族嫌いなおっさんでな。依頼を受けたくないもんだから、わざわざこんなところに店を構えているんだよ」

「そかー」

「私、鍛冶屋さんって来るの初めて。楽しみっ！」

「私もー」

「ねーねー、クウ、どんな剣にするの？」

「んー。どうしようかなー。普通なのでいいけど」

「せっかくだし一番高いのにしなよ。宝石がいっぱいついててさ、貴族の家に飾ってあるようなやつ」

「勘弁してくれー！」

ロックさんを先頭に店に入る。

「よう、マクナルのおっさん！」

「おう、ロックか。てめぇ、生きてやがったのか」

武器と防具が乱雑に置かれた薄暗い店内で、テーブルに座ったドワーフがハンバーガーにかぶりついていた。

「ぶっ！」
マ、マクナルがハンバーガー食っとる！　思わず噴き出してしまった。
「……おい、そのエルフのクソガキをまずはつまみ出せ」

「エルフじゃないよ。精霊だよ」

「はぁ？」

「って、いきなりごめんね。私の昔いたところ、マクナルってハンバーガー屋さんの名前だったんだよ。だからつい」

危ない危ない。あやうく私がクソヤローになるところだった。ヤロージャないけど。

「なんだそりゃ。とにかくガキの来る場所じゃねーよここは」

「うわあっ！　おっきい剣っ！」

アンジェが壁にかけてあった大剣を手に取ろうとする。

「おい触るなガキ！」

「ねえ、クウ！　ここにあるよショートソード」

「ほんとっ!?」

「ほら、これってそうだよね？」

「おお。いいねっ！」

「だから触るなっつってんだろうが！　おいロック、なんだこいつらは！　早く山に捨ててこい！」

「やだよ、めんどくせー」

ロックさんが肩をすくめるうしろで、私はアンジェが見つけてくれたショートソードを手に取って試し振り。

ヒュン！

いいね。重量バランスが絶妙で振りやすい。

「店の中で振るんじゃねえ！　バカかテメェは！」

「ねえ、これいくら？」

「はあ？　銀貨5枚だバカヤロウ！」

「たかっ！　ハイグレード品？」

「んなわけあるか、ノーマルグレードだぞそれは。とはいえ鉄製だぞ？　青銅製と一緒にするな」

「ロックさん、私、これがいい」

「……おまえ、遊びで使うなら青銅製で十分だろうが」

「遊びじゃありませんー。ほら――」

もう一度、ヒュンと剣を振る。

「ちゃんと振れてるでしょ？」

「だから店の中で振るんじゃねえ！　このクソガキ！」

「……まあ、ちゃんと使うならいいか。わかった、約束だし買ってやるよ」

「ありがとう！　やった！　使いやすくて普通な剣がほしかったんだ。これがぴったり」

「しっかし、クウちゃんってば剣にも心得があるんだな。切っ先にまったくブレのない見事な一振りだったぜ」

「そうだな。驚いた」

「えへへ。ありがとう」

ルルさんとダズさんに感心されて私は頭を掻いて照れた。

その時だ。しばらく黙っていたブリジットさんが口を開いた。

「……クウちゃんが食う。……くっとる？　……くっとらん。……どっちや。……こっちか。……それは剣やぁ。パンちゃうで。ぷっ。くくく……」

「……ねえ、クウ。今の、どんな意味なのかな？」

「私に聞かれても」

アンジェに囁かれたけど、私には答えようがない。

「で、ロックよ。おまえまさか、そのガキに剣をくれてやるためにわざわざアーレまで来たわけじゃねえだろうな」

「決まってるだろ。これからダンジョンに行くためさ」

「……見たところ、怪我は治ったようだな」

「そうか、精霊様の祝福のことは、まだここまでは伝わっていないんだな」

「祝福？　なんだそりゃ」

マクナルさんが怪訝に眉をひそめる。

「帝都であったんだよ。夜、空の一面から降り注いでな。それを受けた帝都の人間はみんな健康になったんだ」

「はぁ!?」

「信じられない話ですが、本当なんです。私も視力が回復しましたから」

「……ノーラがそう言うならそうなんだろうが。……じゃあ、なんだ、ワシらは精霊様に許されたというのか？」

「ええ。すでに帝都で疑う者はいません」

ノーラさんが肯定すると、マクナルさんは深々とため息をつく。

「……それが本当なら、どれほど嬉しいことか」

「いつも通り、武具の整備を頼む。できるだけ急ぎでお願いできるか？」

腰から外した剣をロックさんがカウンターに置く。

「任せろ。酷い損傷がないなら、明日の朝までには済ませてやる」

「あと、ショートソードも売ってくれや。鞘とベルトもな」

「まあ、よかろう。クソガキのものになるのは癪だが、金もいるし、今日のところはおまえの顔を立ててやるさ。全部で金貨2枚だ」

「ほいよ」

交渉することもなくロックさんがお金を出す。

ふむ。金貨2枚で平然としているとは。これは、もっと高い剣をおねだりするべきだったかな？

まあ、いいか。今回、ほしかったのは普通の剣だし。

「しかし、マクナル殿。いつまでもその腕を燻《くす》ぶらせておくのは惜しいのでは？　そろそろ帝都に戻ってはどうだろうか」

「ふんっ。真っ平御免だぜ。クソくらえってんだ」

ダズさんの提案にそっぽを向いて、マクナルさんは早速、ロックさんたちの武具を確かめ始めた。

ロックさんたちは防具も外してマクナルさんに預ける。

私は逆にショートソードを装備した。マクナルさんが私の体に合うようにベルトを調整してくれて、鞘もピッタリのものを用意してくれた。

私たちはお店から出て外の寂れた広場に戻った。

「似合ってる。とても強そうよ、クウ」

「ありがと」

「これで私たち、本当に最強のコンビねっ！　ねえ、ちょっとフォーメーションの練習をしましょうよ！」

「いいけど、どんな？」

「とりあえず前とうしろに並んでみよっか」

「だからおまえらは懲りろ。表通りの広場でやれそういうのは」

「そ、そうね」

ロックさんに言われて、アンジェはすぐに反省した。よかった。これなら無謀なことはしなさそうだ。

「ほら、日が暮れる前に帰るぞ」

「はーい。ところでクウって、旅で来ているのよね？　宿はどこなの？」

「野宿だよー」

「はぁ？　お父さんとお母さんは？」

「いないよ」

「え？　なんで？」

「だって私、一人旅だし」

「はぁぁぁ!?」

「……そんなすごい声を出さなくても」

「あははは っ！　クウちゃんはホントにおもしろいな！　アタシ、けっこうキミのこと気に入ったかも！」

「クウ、おまえ、めちゃくちゃだな」

「よく襲われもせず、ここまで来られましたね……」

ルルさんには笑われて、ロックさんとノーラさんには呆れられた。

「家族が同行していないというだけの意味だろう。この子の身なりや立ち居振る舞いから見ても護衛くらいはついている存在だ。今日は護衛から逃げて遊んでいたんだろう？　早く戻ってやらないと護衛の胃が死ぬぞ」

ふふ。私、そんな身分の高い子に見えるんだね。見る目あるよ、ダズさん！

ごめん。ホントは庶民だけどね。

「うちに泊まりに来なさいよっ！　歓迎するわっ！」

いや、うん。アンジェならそう言ってくれると思った。

せっかくのご厚意だしね、断るのも失礼ではあるし、私も楽できるから嬉しくはあるんだけど。

毎回はやめておくよ。私は22歳、大人として少しは自活せねば。

「ホントに平気だからね？　寝るところはあるし」

「馬車でも持ってるのか？」

ロックさんが聞いてくる。

「そんなところ。私、帝都でお店を開くことになっててね、その素材集めの旅をしているんだ」

「帝都で店!?　どこのお姫様だ、クウは」

「お姫様じゃないよー。でも、皇女様をたまたま助けてね、それで皇帝陛下から家をもらうことになったの」

「すげーな。マジか」

「ふわふわ美少女のなんでも工房って名前にするつもりだから、オープンしてたら遊びに来てよ」

「私も行くからね、クウ！　来年、学院に入学したら絶対！」

「うん。楽しみにしてるね、アンジェ」

大通りに出た。ここでロックさんたちとは別れる。

「おまえら、自分が迂闊者だってことは忘れるなよ。間違っても自分から危険に飛び込んでいくなよ？　また帝都で会おうな」

「まったなー、クウちゃん！　アンジェちゃん！」

「お店、開いたら立ち寄らせていただきますね。アンジェちゃんもお元気で」

「元気でな」

ロックさん、ルルさん、ノーラさん、ダズさんと言葉を交わす。グリドリーさんは無言がデフォルトだ。

ブリジットさんと目が合う。思わず身構えた。

敬礼された。

思わず敬礼で返した。

6人は私たちに背を向け、やがて人ごみに消えていった。

アンジェとは広場まで一緒に歩いて、そこで別れる。

「今日、楽しかった！　来年もよろしくね！」

「うん。元気でね」

「そっちこそでしょ。旅なんてすごいよ。頑張ってね！」

「ありがとう」

「あ、そうだ！　ちょっと待ってて！」

アンジェが近くのお店に飛び込んでいった。

しばらくすると出てくる。

「これ、私の住所。生活が落ち着いたらでいいから手紙ちょーだい」

紙を渡された。

「うん。わかった。あ、そうだ。ねえ、アンジェ」

「どうしたの、クウ？」

「最後にいいものを見せてあげるよ」

「へえ、どんなの？」

「見たら、100点満点中で何点だったか教えて？」

「わかった」

では。

クウ・マイヤ。異世界チャレンジ、いきます。99の必殺芸のひとつ。

「辛すぎるものを食べたネコ」

私は直立の姿勢から、「ニャー！」と、Xを作るみたいな表情と共に体を勢いよく伸ばした。

「え。どうしたの、クウ？　大丈夫？」

いきなりの私の辛そうな態度にアンジェが心配する中、私は足元にしゃがむと、そのまま寝転んで丸まった。

「クウ!?　道端で寝転ぶなんて、何やってんの！　ていうか本当にどうしたの!?」

「私はネコ。ネコだけに、ネコむ。ネコろんで。にゃーにゃー」

「あ、もしかして、ギャグ？」

「はい」

「なるほど」

アンジェはわかってくれたようだ。私は身を起こすと、アンジェにたずねた。

「何点だった？」

「そうね……。2点？」

「え」

あのナオですらこの芸には4点をくれたのに、それ以下……？　私は泣きそうになった！

「あ、ううん！　80点！　80点ね！」

「おおー！　けっこういいね！」

「ええ、そうね！　わかってきたら、なんかじわじわきた！」

この後しばらく、私たちは笑いあった。

そして、お別れする。

「じゃあ、またね、クウ！」

「またねー、アンジェ」

赤色の髪を翻してアンジェが走り去る。最後まで元気いっぱいの子だった。

私は1人になる。さて、どうしようか。

食事はアイテム欄にまだ大量にあるから平気。となれば、寝床探しかな。


夜。空には星がたくさん瞬いていた。三日月も綺麗だ。

あー、三日月か。

ナオ、三日月に祖国の再興は、もう誓ったんだろうな。転生の時、そんなことを言っていた。

きっと今ごろは勇者として、七難八苦の人生を送っているんだろうな。

地獄の日々じゃなければいいけど。

エリカとユイは、今ごろは豪華なディナーかな。いいねえ。

私は1人、城郭都市アーレから少し離れた丘の上で『浮遊』している。

野外で寝てみようと思ったのだ。

なにしろこれから私は山に行く。

魔物もいる場所だ。何日か滞在するつもりなので、危険な野宿が続く。

まずは安全そうな町の近くで寝てみようと、そう思ったわけだ。

しかし、私は考えなしだった。

鉱石を探すぞー！　と、着の身着のままでここまで来てしまった。

外で寝る。テントも寝袋もなしで。

とりあえず太い木の枝に座ってみたんだけど、うん、無理。

だって虫がいた！　大きな芋虫が！　毛のいっぱいついた、グネグネしたやつが！　となりにね、座ったら！

こんなところで寝たら……朝、起きたら虫まみれ……。

ぎゃぁああああああ！

考えただけで叫んでしまった。

「……まあ、いいんですけどね。もう浮かんだまま、一か八か寝ちゃおう。うん、もうそれでいいや。よく考えたら最初からそうするつもりだった気もするし」

よし寝床は決まった。決まったのでアーレに戻ることにした。

今日もいろいろあったし疲れているはずなんだけど、寝ることに緊張してしまって眠くならない。

「もういいや。アンジェの家、行っちゃおうかな」

幸いにも住所は知っている。聞けばわかるだろう。

「ダメダメ！　私はこれから山に行くんだ！　野宿に慣れないと！」

とりあえず『透化』。外壁の上を抜けて、アーレに入った。

何しようかなぁ……。来てみたもののすることがないのでふわふわした。私の仕事だ。

考えてみると、こっちの世界に来て1人で過ごす夜は初めてだ。

目まぐるしくいろいろなことがあった。

セラ、エミリーちゃん、アンジェ。3人も友達ができたし。

なかなか幸せにふわふわできているなぁ、私。

お？　ふわふわしていると、視界の隅がわずかだけど光った。

なんだろ……？　目を向けた時には、もう消えていたけど。町の明かりではない気がした。

ふわふわ近寄ってみる。すると同じ場所から赤い光が夜空へ伸びた。

これ、魔術だ。昼のコンテストでアンジェが使っていたものと同じだ。

誰だろう。気になって、さらに近づいた。立派な家の大きな庭からだ。

誰かが膝をついて、辛そうに息をしている。赤い髪の女の子。

……アンジェ。

思わず声に出しかけて、とめた。私は姿を消しているので、アンジェは私に気づいていない。

額の汗を拭って、アンジェが背を伸ばす。

呼吸を整え、アンジェは手に持った杖を夜空に向けた。

呪文を唱えてファイヤーアローを発動させる。

かなり無理をしているんじゃないだろうか。発動の直後、目まいを起こしたようにくらりとアンジェの頭が揺れた。こめかみを押さえて目を閉じて、アンジェは何度か大きく息をついた。

汗だくだ。魔術って、体に負担がかかるんだね……。

大丈夫なのだろうか。心配になる。

そこに誰かがやってきた。ゆったりとした衣服を着た穏やかな顔立ちの老人だ。たぶん、アンジェのおじいさん、ラルス・フォーン神官だ。

「今夜は一段と精が出ているようじゃな」

「……うん。……まだやれるし」

「ふぉっふぉっふぉ。よいことじゃ。魔力は筋肉と同じで、限界まで使えば使うほどに伸びていくもの。多くの魔術師は魔力枯渇の苦しさに負けて低く限界を定めるが、アンジェリカは高みに至れそうかの」

「……要は動けなくなるまでやればいいのよね？」

「極めるのであればな」

「……私、極めたいの。頑張る。クウには負けられない」

私の名前が出てきた。

「……すごかったんだよ。立てた剣の上に乗って、そこから1回転して。悪い奴に狙われた時は私を抱き上げて走って、それなのに連中よりも速くて、息ひとつきらさなくて。剣だって一流の冒険者に褒められてた」

「夕食の時にも聞いたが、将来有望な少女じゃな」

「うん。しかも、すっごい可愛いしね」

汗をぬぐいながら、満面の笑顔で褒められた。て、照れる……。

「だから私も頑張らないとっ！　来年、また会った時、絶対に驚かせてやるんだからっ！」

「ふぉっふぉっふぉ。やれるだけやるといい。おまえにはワシがついとる。怪我をしたところでたちどころに治してやるからの」

「ありがとう、おじいちゃん」

アンジェが爽やかな顔で夜空を見上げる。

「――私、やっと見つけたの。負けたくないって思える相手。すごく嬉しい。昨日までは、こんなに必死にはなれなかった。でも、今は違う。私、もっともっと強くなれる気がするの」

「精霊様、どうか我が孫アンジェリカをお導きください。生まれた強き心を、どうかお見守りください」

おじいさんが祈りを捧げる。

うん。見守ってるよ。正確には、盗み見ています。

「精霊様、どうかお導きを――お願いします――」

アンジェも祈りを捧げる。

「さ、おじいちゃんっ！　私まだやるからっ！」

「しばらくしたらまた見に来るから、頑張るんじゃぞ」

「うんっ！」

おじいさんが立ち去る。アンジェは再び杖を掲げると、呪文を詠唱した。

がんばれ、アンジェ。

そうだ。

「魔力感知」

試しに見てみたら、すでに赤色のオーラをまとっているアンジェには、さらに未覚醒の魔力がひとつあった。緑色の光だ。

ふむ。ちょっとだけ黒魔法のスリープクラウドで眠ってもらって――。

未覚醒の魔力に触れて、魔力を解放して――。

空に戻ってから、睡眠を解除、よし。

「え……？　何……これ……。力がみなぎって……」

アンジェの体が少しの間、緑色の光に包まれる。

「これって魔力……よね……。緑は、風……？　私……2属性に……」

おめでとう。ふわふわしつつ、私は心の中でお祝いした。

「おじいちゃん！　おじいちゃん大変だよ、おじいちゃん！　精霊様が――私を導いてくれた！」

アンジェが興奮を隠さず家に走っていく。

私は町の外に出た。そろそろ寝よう。

うん。なんか眠くなってきた。空に浮かんで姿を消したまま、私は目を閉じた。

緊張はいつの間にか取れていた。


で、朝。

「……ねえ、アンタ、人んちの庭で何してんの？」

「んあ……？」

目覚めると、上から覗き込んでいるアンジェの怪訝な顔があった。

「ん？」

ここはどこだろう。あたりを見回して、すぐに気づいた。アンジェの家の庭だ。

「どうしてこんなところで1人で寝ているのよ？」

「私にもわからないっ！」

元気に腕を伸ばしてみた。

「アンタなら別にいいけど、普通は捕まるわよ？」

「ねえ……」

ふと気づいた。ここは芝生の上だ。

「どうしたの？」

「虫……。虫、ついてないよね!?」

全身確認！　急げ！

「背中、見てっ！　背中ー！　ついてたらとってぇぇぇ！」

「ついてないわよ」

「ほんと!?　意地悪してない!?」

「してないわよ。だいたいうちの庭に変な虫はいない」

「よかったぁ！」

あやうく泣くところだった。安全確認〇。

「ふう。死ぬかと思った」

「いきなり騒がしいわね」

「で、どうして私、ここにいるんだろ。町の外で寝てたんだけど」

頑張るアンジェの姿が印象的だったから、無意識に『浮遊』の目的地がここになってしまっていたのだろうか。

「妖精にでもかどわかされたんじゃないの？」

「妖精いるんだ？」

「知らない」

「とりあえず、ごめんね？」

「もういいから、一緒に朝食を取りましょ！　旅立ちの前に挨拶に来てくれたってことにしてあげるっ！」

「え、いいの？」

私、とてもとても怪しいよね。とてとてだよね。

「いいの」

「ほんとに？」

「私がいいって言ってるんだからいいに決まってるでしょ！」

細かいことは気にしないアンジェが素敵です。

強引に引っ張り上げられて、アンジェに家の中に連れて行かれた。

体はすっきりしている。よく眠れたようだ。

どうやら朝といっても少し遅めだったようで、おじいさんを始めとした働きに出ている人はすでに家にいなかった。おばあさんやお母さんも朝食はすでにおわっていた。

私はおばあさんとお母さんにリビングで挨拶をした後、ダイニングに移ってメイドさんに引かれた席に着いた。

「アンジェだけ朝食が遅いんだね」

「昨日、魔術の練習を限界までしちゃってね。ちょっと起きられなかった。今日は学校が休みだから平気だけど」

「頑張ってるんだね」

さすがに覗き見しましたとは言えない。

メイドさんが私とアンジェの前に、パンとスープ、それにソーセージとサラダの乗ったお皿を置いてくれた。あと、オレンジジュースと水。

「アンジェ、お嬢様なんだねえ。豪華だ」

「うちはお金持ちだけど、所詮は平民。貴族と比べたらたいしたことないって」

「そうなんだ」

たしかに、大宮殿の朝食はこれより豪華だったけど。

あれは間違いなく比較してはいけない国の最高峰だ。

「クウは、実は貴族とかじゃないの？」

「まっさかー！」

「ならよかった。貴族なら気楽に付き合えなくなっちゃうし」

「貴族ってけっこう威張ってるものなの？　ここに来る途中、嫌な貴族がいて喧嘩してきたけど」

「はぁ!?　貴族と喧嘩ってアンタ！」

「あ、平気だよ。無事に勝利してきたから」

「勝利って……」

「私は強いっ！」

あっはっはー。

「まあ、いいけど。アンタならホントに勝っちゃいそうな気がするし」

ため息まじりに言われた。

「アンジェだって勝てそうだよ？」

「当然でしょ。私は、礼儀はきちんと守るけど、横暴には負けないんだから」

「横暴されたら一緒に戦おう」

「望むところよ」

　2人で笑いあった。フラグにならなきゃいいけど！

「あ、ならパーティー名を決めなきゃいけないわね」

「私との？」

「うん。私とアンタの最強パーティー」

「チーム最強」

「それは安直すぎるわね。もっとイメージがないと。『赤き翼』みたいに」

「んー」

　考えてみたけど、パッと浮かんだのは。

「このソーセージスパイスが利いて美味しいね隊」

　パリッと皮の弾け具合も最高。

「でしょ？　私もお気に入りなのよねー。じゃなくてっ！　そんなパーティー名は絶対に嫌だからね私っ！」

「冗談だよー。まだ先の話だし、ちゃんと再会できたら考えよ」

「そうね。来年の話よね」

「パーティーには私の友達も入りたがるかも知れないけど、いいよね？」

「クウが認めた相手なら大歓迎っ！　どんな子なの？」

「いい子だよー」

「強さは？」

「たぶん、最強」

国家権力的に。だってセラ、皇女様だしね。

「ほんとに？　うわっ！　楽しみっ！」

「うん。その時には紹介するね」

「私も自分を鍛えて置いていかれないように頑張る。あ、そうだ！　ねえクウ！　聞いて聞いて！

昨日の夜、すごいことがあったのっ！　本当にすごいこと！　ねえ、何だと思う？」

アンジェの笑顔は夏の陽射しみたいに明るい。

食事がおわり、玄関でお別れ。2人して敬礼。

「クウちゃんが行く。どこに？　どこだろ？」

「自分のことでしょっ！」

「そこで突っ込んだらブリジットさんにならないっ！」

シュールにつなげないと！

「しまった。つい」

アンジェが舌を出す。私たちは2人で笑った。

見上げれば青空。地面からでもついに山脈が見え始めている。

さあ、とんがり山を目指そう。

第6話 私、ダンジョンで頑張りました

ブリジットさんのしゃべり方が印象に残っている。なので真似をしてみた。

「……クウちゃんが飛ぶ。……どこに？　……どこだろ。……さあ」

うまくいかない。

何度か挑戦したけど、最後の笑うところまで行けない。なかなかに才能が必要なようだ。

それはともかく、今日も私はふわふわと浮かんで、のんびり空の旅を楽しんでいた。

連日の快晴、本当にありがたい。眼下の街道を、隊列を組んだ荷馬車が進んでいる。

お。森から姿を見せたゴブリンが襲いかかった。

護衛の冒険者たちが迎撃。あっさり撃退。強いっ！

戦闘がおわると、冒険者たちがゴブリンの死体を確認する。

と、死体にナイフを突き立てた。体から何かを取り出す。なんだろ……。

近づいてみるとそれは、水晶のような透明の石だった。中に黒い光が渦巻いている。

たぶん、魔石だ。初めて見た。

感心していると、ゴブリンの死体が目に映った。斬られて、えぐられた死体だ。

血まみれ。内臓がはみ出している。

ひぃぃぃぃぃぃぃ！

全力で距離を取って逃げた。動悸が静まるまで、けっこう時間がかかってしまった。

フィールドの敵は消えないんだね……。商隊が立ち去った後も、脇に捨てられた死体はそのまま残っていた。帝都を遠く離れ、いよいよ治安も不安定になってきたようだ。

目的のザニデア山脈は近い。

……そういえば、ダンジョンかぁ。

国内にいくつかあるダンジョンの中でも、ザニデアのダンジョンは最高に儲かるらしい。

ロックさんたちもそこで一攫千金を狙うと言っていた。

もちろん、その分、危険なんだろうけど。

冒険者カードはある。私にも入ることはできるはずだ。

入ってみる？　うーん。迷う。

とりあえず、一度は魔物と戦ってみたいなぁ。私も慣れないといけない。

もうこっちの世界に来て、もうクウとして生きているんだから。そろそろ覚悟を決めないと。

いくらなんでも、虫に怖気づいていたら生きていけない。昨夜と今朝のことは反省だ。

ゴブリンの死体にしたって我ながら驚きすぎた。情けない。

「私も頑張らないと」

私は空高くに上がって、あたりを見回してみる。

すると遠くの岩の上に、1匹の亜竜――ワイバーンだ。ゲームでも見覚えのある魔物を見つけた。

姿を消したまま近づく。

よし。やってみよう。

ソウルスロットに「黒魔法」「白魔法」「銀魔法」をセット。レベル1黒魔法発動。

「マジックアロー」

私の指からヒュンと飛び出した魔法の矢が、ワイバーンの体を貫いた。

魔法の発動で『透化』が解け、私の姿が現れる。

さあ、こい！　魔物との初バトルだ。どんな攻撃をしてくるのか、じっくり見させてもらうよ。

「きゅる……？」

身構える私に、ワイバーンがそんな声を上げた。

あれ？　ワイバーンは攻撃してこなかった。むしろ翼を畳んで、「ボク、何もしていないのに、なんでこんなことするの？」みたいな目を向けてくる。

ワイバーンって、超好戦的な敵だったはず……。ゲームとは違うのだろうか。

ワイバーンの体からは血が流れている。私の攻撃によるものだ。

「きゅるる……」

ワイバーンが苦しそうに身を震わせる。

「ご、ごめんねっ！　違うのっ！」

私は慌てて回復魔法をかけた。みるみるワイバーンの傷は癒やされる。

「ごめんね！　ちょっとした手違いで。魔法が誤爆！　うん、誤爆しちゃってね！」

傷が癒やされるとワイバーンは、きゅるるるる、と鳴き声を上げて私に顔をよせて甘えてきた。

硬い鱗の体に触ってあげると、喜んでくれる。

まったく戦闘にならず、私は謝りながら銀魔法『飛行』を使って、フルスピードでワイバーンにお別れを告げた。正確には逃げた。

ワイバーン、いい子じゃないかー！　私、完全に悪者だよー！

ゲームとは違うのか……。

うーん。どうしようか。地上を歩いて襲われてみる？

うーん。それならダンジョンに行ったほうがいいのかな。倒せば消えるって話だし。

行くだけ行ってみるか。とんがり山からは離れるけど、街道を進んでみよう。たぶん、ダンジョン町に着くだろう。

頑張って集中してＭＰ継続消費の悪寒に耐え、『飛行』で一気に向かった。

街道の先に見つけた。山脈の麓に築かれた、二重の防柵に囲まれた砦みたいな町。ここだ。

町からは山に向かって１本の道が伸びている。歩く冒険者たちの姿があった。たぶんダンジョンへの道だ。

姿を消して、いつものように空から町に入る。

左右に建物が並ぶ大通りに、馬車が走り、人々が歩いている。建物は実用本位で質素な作りのものばかりだったけど、人々の様子から見て景気はよさそうだった。

ただ、見張り台がいくつもあったりと物騒な気配もある。防柵付近には兵士の姿も多い。山の近くだけあって、魔物の襲撃もあるのだろう。

冒険者たちで賑わう広場を見つけた。

「メンバー募集中ー！　Ｆランクでもいいから水魔術師、いないかー！」

「水魔術師急募！　すぐに出られる！　来てくれー！」

「こちら、Ｃランクパーティーです！　水魔術の得意な方、声をかけてくれれば厚遇しますよー！」

水魔術師、大人気だ。

水は、回復の魔術が得意なんだっけ。懐かしい。ゲームの雰囲気に似ている。

回復魔法の使い手は、常に人手不足でチヤホヤされたものだった。

なんといってもＶＲＭＭＯ。武器を振るって前線に立った方が楽しい。黒魔法をブッパした方が楽しい。後衛でサポートするだけの仕事は人気がなかった。

でも、だからこそ、引く手あまただった。

特に女の子。女の子の回復役は、ホントに姫扱いでチヤホヤされたものだったなぁ……。

私もチヤホヤしたものだ。うん、私はガチプレイヤーの主催者として、常にチヤホヤする側だった。

あれは苦労したものだ。懐かしい。

あれ、思い出してみるとブリジットさんって水魔術師だったよね。

しかも一流。しかも女の子。あの人、チヤホヤされる側だったのか！

……私はブリジット。……チヤホヤされる人。……チヤ？　……ホヤ？

あーダメだ。上手く笑うところまで持っていけない。

いかん。ものすごくブリジットさんをチヤホヤしたくなってきた。

いかん。いつの間にかあの人にハマっている。

気を取り直そう。深呼吸して落ち着いていると、何やら不穏な声が耳に届く。

「返せ！　俺のだぞ！」

「バーカ。これは迷惑料だ。素直に払っとけ」

見れば食堂の前で、10代後半くらいの若手冒険者が中年冒険者と揉めている。

中年冒険者の手には魔石があった。どうやら若手冒険者から取り上げたようだ。

「迷惑料なんてあるか！　俺がどれだけ貢献したと思ってるんだ！」

「あのなぁ、お情けで荷物持ちとしてパーティーに入れてやっただけなのに、戦士気取りで前に出やがって。俺らがどれだけ迷惑を受けたと思ってるんだ？　生きて帰れただけありがたいと思え」

「それは俺が倒したリザードの魔石だ！」

「瀕死の相手にとどめを刺しただけだろうが。テメェに権利なんてねえよ。だいたい報告もせず隠し持ちやがって」

「がっ」

雑に蹴られて、若手くんが地面に倒れた。

若手くん、鉄で補強された立派な革鎧を着ている割には体ができていない。

どこかの坊っちゃまだろうか。それにしては乱暴に扱われているけど。

さらに中年冒険者が、倒れた若手くんの腕を踏みつける。

「ぐあぁ！」

「いいか？　テメェの妹に免じてこれだけで済ませてやるんだ。妹に感謝してとっとと消え失せろこのカスが」

私、異世界で精霊になりました。
なんだか最強っぽいけど、ふわふわ気楽に生きたいと思います
っぱん
(ill.) キッカイキ
watashi, isekaide seireini narimash
nandaka saikyoppoik
fuwafuwa kirakuni ikitaito omoim
初回版限定
封入
購入者特典
特別書き下ろし。
クウとセラの面白いこと
※『私、異世界で精霊になりました。① なんだか最強っぽいけど、ふわふわ気楽に生きたいと思います』をお読みになったあとにご覧ください。
EARTH ST
NOVE

「セラ、私ね、ちょっと面白いことがしたいんだけど、やってもいい？」

「もちろんです、クウちゃん。何でしょうか？」

夜の時間。魔石の照明が灯った、明るい部屋の中。

今夜はお泊りということで、私はセラと2人でセラの部屋にいた。

私はクウ。

2日前にこの世界にやってきたばかりの精霊さんだ。

なんのアテもない、お金もないスタートだったど、運良くご縁に恵まれてセラとはお友だちにた。

、行くね」

どうぞっ！」

セラは、それまでののんびりくつろいでいたふわふわのラグの上で姿勢正しく正座をした。

「クウちゃんだけに――」

ここで私は足元に手を伸ばして――。

足元の袋から、ぽてちを摑むようなジェスチャーをして――。

指を口にまで運んだ。

「くう」

ぱく。おしまい。

「……どうかな？」

私が感想を聞こうとすると――。

セラは、胸に手を当てて静かに目を閉じた。そして、言うのだ。

「はい――。クウちゃんだけに、くう。心に染み入る、まるで聖なる水のように清らかな汚れのない言葉ですね」

苛立ちを隠さない態度で中年冒険者が立ち去る。

周囲の人たちは、このやりとりに興味を示すこともなかった。

「チキショウ……！」

若手くんは腕を押さえて呻いている。

折れているのかも知れない。さすがに放っておけず、『透化』を解いて近づいた。

「大丈夫？」

「……なんだよ、ガキ。俺に近づくな」

「まあ、そう言わずに」

ソウルスロットを白魔法、緑魔法、敵感知、に変更。

「ヒール」

白い光が若手くんの腕を包み、すぐに回復。

「誰が頼んだよ！　金なんてねぇぞ！」

「いらないよ。じゃ」

「おい、待てガキ！　勝手なことしやがって！」

「触らないで」

掴もうとした手を振り払う。

なんだよ、もう。助けて損した。

「キミっ！　今、水魔術を使ったよね！　しかも無詠唱だったよね!?」

うおっ。なんかすごい勢いで金属鎧を着たお兄さんが迫ってきた。

「今、ウチ、ちょうど水魔術師を募集しててね！　キミみたいな可愛い子を特に探していたんだ！」

「私？」

「そう！　ぜひ俺たちと行こう！」

「待ってよ。ウチだって募集しているんですけど？　ねえ、キミ、どうせなら女の子のいるパーティーのほうがいいよね。安心だし」

今度は色っぽいお姉さんに迫られた。ふと気づけば、なんかすごい注目されている。

「……おい、あの子、水魔術師だってよ」

「……しかも無詠唱とか？」

「……帝都の学院生か？　研修でもしに来たのか？」

「なんにしてもチャンスだ。俺らも誘おうぜ」

「俺んとこに来てもらうに決まってんだろうが！」

「ねえキミ！」「ねえキミ！」「ねえキミ！」

気づけばもみくちゃにされた。

おい誰だ！　今、私のお尻に触ったやつは！　というか引っ張るのやめろ！

あーもう。さらば。

『透化』『浮遊』！　私は姿を消して、空の上へと退避した。

「あれ、あの子どこに行った？」

「アンタが強引に誘うから逃げちゃったじゃないの！　どうしてくれるのよ！」

「それはこっちのセリフだ！」

下では冒険者たちの喧嘩が始まる。しーらない。

私は広場を離れた。


雑貨屋があったので入ってみた。

冒険者の町らしく、ロープや袋やバックパック、クサビにハンマー、水筒などが並んでいる。

大半が中古品だったけど。

お。あちこち破れてて状態は酷いけど、子供サイズのローブがあった。

「おじさん、これいくら？」

たずねると、カウンターの向こうに座っていたおじさんが、私をじろじろと品定めするように見てくる。

「銀貨5枚だね」

「はぁ!?」

だいたい5万円だとぉぉぉ!?　私をどこかのお嬢様だとでも思いやがったな！

「ないわー。おっさん、このボロ布のどこが銀貨5枚だ。喧嘩売ってんの？」

「うちでは適正価格だ」

「小銅貨5枚」

ガツンと勢いをつけてカウンターに置いた。だいたい500円。

「いや、いくらなんでもそれは」

「喧嘩売ってんの？」

このお嬢様な私によぉ!?　どうなっても知らねぇぞぉ!?

しばらく睨み合った末、おじさんは目を逸らした。

「……わ、わかった。それでいい」

勝ったぁぁぁぁ！　やったぜ。先に私を見誤ったそっちが悪いんだからね。

ローブを手に入れて、私は早速身に着けた。

ボロくても十分。これで少なくとも髪と服は隠せる。

ただ、匂いが……。かなり埃臭い。

外に出てふらふら歩いていると、屋台を見つけた。炭火の上で香ばしく肉串が焼けている。

『ダンジョン特産リザードの肉焼き』と看板が出ていた。

「ねえ、おじさん。ダンジョンの敵って倒されると消えるんだよね？　なんで消えるのに肉があるの？」

「こいつはドロップ品さ」

「ドロップ品？」

「おうよ。魔物を倒すとたまに出てくるのさ。うめーぞー」

ダンジョンって本当にゲームみたいだね。

「いくら？」

「小銅貨2枚」

これはたぶん適正価格だ。

「銀貨でお釣りある？」

「おう。あるぞ」

「なら1本買う」

「ほいよ、毎度！　お釣りは、銅貨9枚と小銅貨8枚な！」

お釣りと共に肉串をもらった。

クウちゃんだけに、くう。パク。

「うん、美味しいっ！」

塩だけのシンプルな味付けが、実に肉の旨味を引き立てているね！

「だろう？　日持ちしないからここでしか食べられない名物さ！」

「おじさん、あと4本ちょーだい」

「ほいよ！」

両手に肉串を持って屋台を後にする。

離れたところでアイテム欄に収納。後日、また楽しもう。

お金は、残り銅貨9枚。心許ないけど、ここまでお金を使うこともなく来られた。

たぶん、なんとかなるだろう。

なにはともあれ、ローブを着てから視線を集めなくなった気がする。埃臭いけど快適だ。

私はベンチに腰掛け、1本目の肉串を食べつつ、行き交う人たちを眺めた。

今までの町と比べて圧倒的に冒険者が多い。ダンジョンで一攫千金、みんな狙っているんだろうなぁ。

商人さんも多い。この町に物資を運んでくるだけで、それなりに儲かるんだろうなぁ。

ただ、平和とは言い難いけど。喧嘩している人がいても、誰もそれを止めない。

良くも悪くも、実力主義。一攫千金の町なんだなぁ。

「ふう。美味しかった」

ようやく最初に買った肉串を食べおわった。

ボリュームがあって、食べるのに時間がかかってしまった。串はゴミ箱にポイ。

この世界は、意外と清潔だ。スライムによる汚物処理システムが確立されていて、町に汚物が溢れるようなことにはなっていない。

あ。ダンジョンから帰ってきたらしき獣人の男性が、血まみれの足を引きずりながら目の前を通り過ぎた。

4人の仲間が心配そうに付き添っている。大丈夫なのかな。

後をつけていくと、彼らは『治療院』という建物に入っていった。入り口に看板が出ている。

『水魔術師在中。回復魔術、1回につき銀貨1枚』

しばらくすると獣人の男性が元気になって出てくる。

おお。回復魔術、すごい。

なるほど、水魔術師が重宝がられるわけだ。

しかし……。私にも余裕でやれるね、この商売。ヒールするだけで銀貨1枚。

とはいえ、勝手にやればきっとトラブルになる。

よし！　1日だけアルバイトで雇ってもらおう。1日だけなら目立つこともなかろうて。

10人くらいにヒールして、半分の銀貨5枚でももらえれば十分だ。十分というかウハウハだ。

新しいお客さんが来た。肩に怪我を負った冒険者が、よろめきながら『治療院』に入った。

様子を見てみるか。

しばらくしてから私は『透化』して、建物の中に入った。

中は病院のようだった。入ると受付があって、待合室があって、その奥が治療室のようだ。

白いローブを着た10代半ばくらいに見える若い女の子が、眉間に皺を寄せながら懸命に呪文を唱えている。

治療台には先程の冒険者がいた。上半身は裸だった。えぐれた肩の傷を見て、私は思わず声を上げそうになった。

「――サイル・イルメシア・ソル・アクアス。現れよ。清めよ。ピュリフィケーション」

女の子の手から現れた青い光が、冒険者の肩を包む。

やがて光が収まると、冒険者の肩の傷はいくらかよくなっていた。

「……ありがとう。だいぶ楽になった」

「まだ完全ではありません。もう一度おかけしてよろしいですか？」

「ああ、金はある。治るまで頼む」

ローブ姿の女の子は、その後、また回復魔術をかけた。それで冒険者の肩は全快した。

「ふう。助かった。本当にありがとう」

「いいえ、これが私の仕事ですので」

何度も頭を下げて、冒険者が治療室を出ていく。

冒険者を笑顔で見送ってから、ローブ姿の女の子は倒れるように椅子に座った。

「オリビアちゃん、大丈夫？」

心配して近づいたおばさんが、コップに入った水を渡す。

「うん、平気。ちょっと胸が苦しいだけ」

「無理しすぎなくていいからね？」

「そういうわけにもいかないよ。今日は私しかいないんだし。私がサボったせいで誰かが死んだら悲しいいし」

「オリビアちゃんがいつサボったっていうのかしらねえ」

おばさんが苦笑する。魔術って、やっぱり体に負担がかかるんだね……。

オリビアさん、まだ若いのに頑張ってるんだなぁ。

なんか、うん。私が無責任に参加して、適当にヒール♪　ヒール♪　ヒール♪　するのはものすごく失礼なことのような気がする。……アルバイト作戦は中止だね。

私は建物を出た。とりあえずふわふわしておこう。ふわふわ。

ふわふわしている内に日が暮れてきた。

んー。今夜はどうしようかなぁ、と思っていたら一軒の宿屋を見つけた。

幸運の扉亭という古びた宿屋だ。

私は、この宿に泊まろうかなぁと思った。

なにしろ看板に、1泊で銅貨2枚とある。他の宿は、だいたい銅貨4枚、半額なのだ。

カウンターのおじさんには怪訝な顔で見られたけど、お金を出したら普通に部屋を借りることはできた。

夕食と朝食もついてくるそうなので、早速、夕食をいただく。

ダンジョン産のキノコとウサギ肉の炒めもの。固いパン。野菜が入った塩のスープ。あと水をジョッキに1杯。

美味しいかどうかでいえば、肉には臭みが残っていたし、スープは塩の味しかしないしで微妙だったけど……。十分にお腹はいっぱいになった。

食事の後はすぐに寝た。部屋は狭かったけど、布団とベッドはそれなりに綺麗だった。

今日もたくさん動いて疲れた。幸いにも敵感知が反応することはなかった。

私は熟睡した。

目が覚めたのはドアをノックされてだった。

「お客さん、もう太陽が斜め上だよ。出立の準備をしてくれや」

「……あ、はぁい」

よろよろと起きて、一階に下りる。残念ながら朝食の時間はおわってしまっていたけど、おじさんが固いパンと水を出してくれたのでいただく。

「パンと水、ありがとね。じゃ」

「またな」

ぶっきらぼうに見送られて、私は宿を出た。今日もいい天気だ。

今日はまず、ダンジョンの入り口を見に行ってみよう。

私は町を出て、山道にそって浮かびながら進んだ。

道中、昨日の若手くんを見つけた。剣と盾を装備し、鉄で補強された革鎧に身を包み、バックパックを背負って1人でダンジョンに向かっている。

1人で入るつもりなんだろうか。装備は立派だけど、彼にソロ攻略なんてできるんだろうか。

……まあ、いいか。関わりたくないし、あまり気にしないでおこう。

私は若手くんを追い抜いて進んでいく。

広場に突き当たった。たくさんの冒険者がいた。

どうやらここらしい。広場の奥の岩壁に真っ暗な洞窟が口を開けていた。

洞窟の入り口には扉のついた鉄の柵があって、武装した兵士が冒険者たちの出入りを管理している。

危険な場所なのか、周囲にも兵士の姿がある。

「携帯食料いかがっすかー！」

「ポーションありますよー！」

脇には物を売っている人たちがいた。

見ていると、冒険者パーティーが洞窟から出てきた。

兵士との会話を聞いていると、ガッツリ魔石を集められて怪我人もなく、ホクホクの大成功だったようだ。荷物持ちの青年が背負うバックパックは重そうだ。

次に出てきたパーティーもそれなりに稼いだようで、今夜は盛大に騒ごうぜと陽気に笑い合っている。

ただ、誰もが成功するわけではないようで、全員が怪我を負った酷い有様で出てくるパーティーもいた。しかもほとんど魔石が取れなかったらしい。大損だと嘆いていた。

入っていくパーティーもいる。

4人から6人で組むことが多いようだ。12人の集団もいた。ボス戦みたいなものがあるのかも知れない。

若手くんも来た。若手くんはカイルという名前らしい。

「もういい加減にあきらめて町で働け、カイル。おまえにダンジョンは無理だ。いつまでも妹に心配かけてどうする」

「うるせぇ！　俺は一流の冒険者になるんだ！」

「妹の稼いだ金で装備を揃えてか？　少しは妹を見習って――」

「うるせぇ！　どけ！」

カイルは知人らしき兵士に止められながらも、強引に入っていった。

死なきゃいいけど。

いや、死ぬよね、あれじゃあ。

といっても、私が止めて聞くわけもなく、今回ひたすら保護者になってあげたって次の冒険で死ぬだけだ。

そもそも彼の保護者になんてなりたくない。……気にしないでおこう。

さて。私はどうしよう。見に来ただけではあったけど、少しだけ入ってみる？

まずは『透化』を解いて、装備確認。

精霊の服。ローブにショートソード。大袋。

うん。びっくりするくらいの軽装だ。

冒険者カードを見せたところで入れてもらえない気がする。

いっそペンダントで……は、絶対に大袈裟になるからやめておこう。

あ、ていうか、アレだ。姿を消して、すり抜けて入ればいいよね。

うん。こっそり入って、こっそり出よう。

ソウルスロットを決めねば。ゲームと同じならダンジョン内でソウルスロットの入れ替えは不可。

十分に考えてセットする必要がある。

今回は初見。まずは偵察を目的にしよう。戦いよりも安全第一。

んーでも、戦うこともあるかも知れないしなぁ。なんといってもダンジョンだし。

しばらく悩んだ末、銀魔法、白魔法、黒魔法に決めた。

銀魔法には、ダンジョンの入り口に戻れる魔法『離脱』がある。

これと白魔法があれば、思わぬ事態に遭遇したとしてもなんとかなる。

明かりの魔法は、白と黒と銀のそれぞれにあるので問題ない。

黒魔法は万が一の戦闘用。

攻撃はショートソードの通常攻撃に任せて、定番の敵感知を入れたほうがいいかなーとも思ったんだけど……。敵がグロかったら剣で斬れない。

ぶわっと体液が飛び出して顔にでもかかったら……。

うん。魔法でサクッとやろう。魔石は取れなくていいから一撃で消滅させよう。

小剣武技を『アストラル・ルーラー』で使うのが私的にはソロ最強なんだけど、同じ理由で今回はやめておいた。

準備完了。さあ、ダンジョンに入ってみよう。

さっきのカイルとかいうのがピンチになってても絶対に無視！　自業自得！

まあ、ついでの時なら助けてやらなくもないけど。ホントについでの時だけね。ホントに。

私は姿を消して柵をすり抜け、そのままダンジョンに入った。入った時の感覚は、まさに「エリアチェンジ」だった。

ローディングのように世界が暗転。やがてパッと視界が開けた。

「おお……」

そこは天然に見える岩の洞窟の広場だった。

視界は良好。明かりは必要なかった。

空間全体が淡く発光しているように見える。仄かな緑色の空間だった。

呼吸は普通にできた。春の陽射しが届いているかのような優しい暖かさもあった。

壁に生えた苔がキラキラと輝いている。幻想的だ。

人は誰もいない。先に入った冒険者たちは、すでに探索を開始しているようだ。見える範囲には魔物もいなかった。

洞窟は奥で細くなって、ゆるやかに曲がって続いている。振り返ると、黒い壁があった。

黒い壁に入ると、また世界の暗転を挟んで、外の広場に出た。すると、兵士と目が合う。

「え。君？」

「あ」

あわててダンジョンに戻った。どうやらエリアチェンジすると『透化』は解けてしまうようだ。

気をつけよう。

「ではでは、まずは安全に」

とりあえず『透化』。

よし。無事に私の体は幽体のようになった。

ただ、油断は大敵。この状態でも反応してくる敵はいるかも知れない。ゲームにはいた。

そして確認。壁に触ってみる。

ふむ。ダンジョン内ですり抜けは不可だった。

壁に感触があった。外の世界とは法則が異なるようだ。気を引き締めて行こう。


姿を消し、洞窟をふわふわと浮かんで進む。

しばらく進むと十字路に差し掛かった。とりあえず前進。

お。敵発見。

茶色の硬そうな毛に身を包んだ大きなげっ歯類がいた。ジャイアントラットだ。

なぜラットが洞窟にいるのかは気にしない。ダンジョンとはそういうものなのだろう。

魔素が生み出しているとかロックさんが言っていた気がするけど。

さて。気持ち悪い敵じゃないし、試し撃ちしてみようか。

レベル30黒魔法。

「ライトニングボルト」

私の指先から迸った雷撃が、一瞬の轟音と共にラットを貫いて、さらにずっと先にまで伸びて、消えた。ラットは跡形もなく消えていた。

奥にもう1匹いたので、今度はレベル1黒魔法「マジックアロー」を撃ってみる。

今度も消滅だった。

「楽勝か」

次は剣で斬ってみようかな。

武技はセットしていないけど、通常攻撃でも余裕だろう。

敵は弱いしグログロしていないし、ダンジョンの雰囲気を肌でも感じたいので、ここからは姿を見せたまま進むことにした。ローブは埃臭いので、脱いでアイテム欄に入れた。

次のラットがいた。

最初、ラットは横を向いていて私に気づいていなかったけど、移動しようと向きを変えて私に気づいた。どうやら視覚で感知しているようだ。

奇声と共に、ラットが牙を立てて襲いかかってくる。

カウンターでショートソードを突く。ラットは消滅した。

「第一層の入り口だし、こんなもんか」

かなり深いダンジョンだと聞いている。何層まであるんだろうか。

「まあ、いいか」

そんなに奥まで行くつもりはない。ダンジョンがどんな場所なのかを知ることが今日の目的だ。

しばらく歩いていくと広い空間に出た。

蜘蛛の巣が張っている。誰かが蜘蛛の巣に引っかかって、大きな蜘蛛に食われかけていた。カイルだ。気絶しているのか、彼に抵抗する様子はない。

蜘蛛は極彩色でグロい。近づきたくない。

狙いを定めて、遠間からライトニングボルトで撃ち抜いた。蜘蛛が消滅する。

「はぁ……」

めんどくさ。なぜ私が助けないといけないのか。

カイルの足を引っ張って、蜘蛛の巣から外してやる。

「ヒール。キュアパラライズ。キュアポイズン」

一応、麻痺と毒も解除しておく。蜘蛛の状態異常なら、この2種類のどちらかだろう。

ため息をついて私は『透化』した。

やがてカイルが目を醒ます。

「俺……助かったのか……？」

頭を振りつつ身を起こし、落ちていた剣と盾を拾う。

「クソ、あの蜘蛛め。通り抜けたかっただけなのに攻撃してきやがって。蜘蛛、どっか行ったのか……？　まあ、いいか」

カイルは引き返さず奥に進む。

帰れよ！　まあ、いいかじゃないよ！

あ。行く先にラットがいた。

「クソ、まだいやがるのか……」

カイルは忍び足でラットの脇をすり抜けようとする。

が、ラットの視界に入って気づかれた。ラットがカイルの脛《すね》に噛み付く。

「ぐぁぁぁぁ！」

カイルは転倒した。メチャクチャに剣を振るが、空を切るばかりだ。

「マジックアロー」

ラットは消滅した。

「ふぅ……。俺の剣に勝てるわけねぇだろ、雑魚が」

倒したの私だからね？

「……あれ、魔石がねぇな。まあ、いいか。俺の目的はもっと大物だしな。こんな雑魚のなんかいらねえよ」

腰のポーチからポーションを取り出して飲む。

ホント、装備だけはいいね。妹のお金で買ってるとか言われてたけど。

「ん？」

おっと危ない。魔法の発動で姿が見えていた。

カイルに振り向かれて、私はサッと物陰に隠れた。

「……今、誰かいたような。まあ、いいか」

カイルが奥に進んでいく。どこに向かう気なのか。

通路は一本道だったので私は先回りして、3体のラットを問答無用のマジックアローで消滅させた。

やがて通路が左右に分かれる。

カイルは右に進んだ。下り坂だ。

階層が変わったのか、空気が少し重くなったように感じる。

岩と泉が点在する空間が坂道の先にはあった。見渡す限りに続いていて、かなり広そうだ。

泉からは時折、水が噴き出していた。

大きなカニが歩き回っている。水辺には、サンショウウオみたいな魔物の姿も見て取れた。

「よし、行くぞ……。目的のボス部屋はこの奥だ……」

カイルがそろそろと足を踏み出す。魔物を避けて、奥を目指し始めた。

うしろに回り込みつつ進もうとしているけど――。

あ、見つかった。サンショウウオがくるりとカイルに身を向けて、飛びかかろうとする。

聴覚感知か嗅覚感知なのだろう。

「マジックピルム」

レベル10黒魔法。魔法の投槍。サンショウウオは消滅した。

「ん？　なんだ今の音？」

カイルが振り返る。だけどそこにもう敵の姿はない。私も姿を消した。

「まあ、いいか」

まあ、いいかじゃないよ……。というか私はいったい、何をしているんだろう……。

あーもう、また見つかってる！

「マジックピルム」

カニ消滅。って右からも来てるぅぅぅ！

「うわぁ！　く、くるなぁぁ！」

間に合わないっ！　カニの体当たりをもろに受けてカイルが倒れた。

「ヒール」

からの、

「マジックピルム」

カニ消滅。

「ふぅ……。あぶねぇ……。てか、俺強ぇな。やればできるじゃねえか。これならボスも楽勝だぜ」

いや無理だよ？　もう何回死んでるか理解しようね？

こいつ、本当にどうしてくれよう！　もう死ねばいいのに！　あーまたカニに見つかったぞコラアアア！

「マジックピルム」

「ん？　子供の声？　誰かいるのか？　っているわけねーか」

危ない。ギリギリで岩陰に隠れられた。『透化』する余裕もない。

私への反応だけ、よくなってきやがった……。

疲れた。特に精神的に疲れた。ちょっと休憩。

と思ったら——。

「ぎゃああああ！　来るなー！　俺は美味くねえぞー！」

ああもう！　岩陰から様子を覗いて思わず声が出た。

「はぁ……!?」

ほんの少し目を離した隙に、とんでもないことになっていた。

トレインだ。襲撃に気づいて無闇に逃げたものだから、走った先の敵を次から次へと引き寄せて大行列になっている。

「ウィンドストーム」

レベル60魔法。暴風。魔物の一団は消滅した。

「ふぅ。危ないところだったぜ……。助かった。……でも、なんで消えた？　風？　まあ、いいか」

まあ、いいかじゃないっ！　なんで納得して、また奥に行こうとするんだー！

いい加減に理解してくださいお願いします。

しばらく歩いていくと遺跡が現れる。

「よし、着いたぜ！　少し休憩してから行くとするか！」

まわりに敵の姿はない。

私は姿を消して先回りして遺跡に入った。大きな扉がある。

開けると中にミノタウルスがいた。たぶんボスだ。

「ライトニングボルト」

ミノタウルスは消滅した。

しまったマジックアローにしてアイテムドロップを狙えばよかったか。もう遅いか。

しばらく待つとリポップするのだろうか。

その前にカイルがやってきた。私は姿を消した。

「あれ、なんもいねーじゃねーか。なんだよ誰か倒したのか」

だからあきらめて帰ろうね？

「しゃーねーな」

うん。今日はこれまで！

「なら、他のボスんとこ行くか」

「いい加減にしとけやぁぁぁぁぁぁぁぁぁぁぁぁ！」

「え？」

「怒りのぉぉぉぉぉぉ！　飛び蹴りぃぃぃぃぃぃ！」

「ぐぼばべぼええええええ!?」

カイルはぶっ飛んだ。

虚しい。私は無言で近づくと、彼の首根っこを掴んで銀魔法を発動した。

「離脱」


視野が暗転。私たちはダンジョンの出入り口――兵士が守る柵の前に出た。

おっと。兵士と目が合ってしまった。

「やっほー」

笑って私は『透化』した。浮かんで離脱。

た。

「え。なんだ、今のは……？　空色の髪の女の子……？」

兵士は最初、あっけに取られていたけど、ほどなくして足元で倒れているカイルに気づいてくれた。

「おい、おまえ……。カイルか！　しっかりしろまだ生きているのか!?　俺の声が聞こえるか!?」

カイルは酷い有様だった。足は変な方向に曲がっているし、体中が傷だらけだ。

ちょっとだけ私の蹴りが強かったのか。

床を転がって、最後は思いっきり壁にぶつかったような気もするし。

うん。ごめんね？　でも私、悪くないよね!?

「今、ポーションを飲ませてやるからな。……クソ、ダメか」

カイルの腰ポーチに入っていたポーションは割れていた。

「なあ、軍のポーションを――」

「ダデル、それは規則違反だ。冒険者に使うことは許されていない」

仲間が冷静に告げる。

「チッ。スマン、少し外す」

カイルの知り合いらしきダデルさんという兵士は、広場に走ると居合わせた商人からポーションを購入した。

戻ってきたダデルさんが、カイルを日陰に運んでポーションを飲ませる。すると、少しだけカイルの顔色がよくなった。

ただ、骨折が治ったり、キチンと傷が消えることはなかった。意識も戻らない。

「安物のポーションではダメか」

この後、兵士のダデルさんは広場の冒険者に声をかけた。

怪我人がいるから手を貸してくれる水魔術師はいないか、と。だけど残念ながら返事はなかった。

「スマン、町に行かせてくれ。こいつの妹を呼んでくる」

「わかった。早く戻れよ」

「スマン！」

仲間に頭を下げて、ダデルさんが走っていく。

私は、その様子を見つつ、どうしようか迷っていた。

カイルの怪我は、私が回復魔法をかければ全快する。でも、簡単に全快させてしまうと、まったく懲りることなく、再びダンジョンに突入しそうで怖い。

そうなれば、今度こそおしまいだろう。

うーん。どうしたものか。私は途方に暮れてしまった。

ダンジョンの外の広場は、相変わらず騒がしい。ダンジョンに入っていく冒険者がいれば、出てくる冒険者もいる。成功した人も、失敗した人もいる。

カイルのことは、失敗した冒険者が１人増えただけのことで、それ以上でもそれ以下でもなかった。

ダンジョンとは、そういう場所。実力もないのに挑めば、死んで当然の世界だ。

まあ、うん。今回、カイルを半殺しにしたのは、ダンジョンの魔物ではなく……。

クウちゃんさん11歳なんですけれどもね……。

さすがに、このまま放置では寝覚めが悪いので……。ヒールだけかけて、本来の目的地……。とんがり山に向かっちゃおうかな……。

カイルの人生は、カイルが決めるものだし……。

でもなぁ……。見殺しにするのは……。どうしたらいいんだよぉぉぉぉぉ！

私が決められずに悶えていると——。

「お兄ちゃん！」

白いローブ姿の女の子が、息を切らして走ってきた。

私は彼女を知っている。治療を頑張っていたオリビアさんだ。

「どうして！　どうして1人でダンジョンに！　パーティーを組んで入るって何度も約束したのに！」

叫んだ後、オリビアさんは気持ちを切り替え——。

真剣な表情になって、胸の前で手を組んだ。集中力を高めるように目を閉じる。

「……精霊様。私のすべてを捧げます。どうか兄を——。兄をお救いください——」

オリビアさんが癒やしの呪文を唱える。

清らかな水の魔力がカイルを包む。いくらかの傷が消えていった。

だけど骨折は治らないし、意識も戻らない。

もう一度、唱える。さらに、もう一度。

疲れと焦りからか、本来の効果が出ていない気がする。

3度の詠唱をおえたところでオリビアさんはよろめき、近くで様子を見ていた兵士のダデルさんに支えられた。

「これでもう命に別状はない。君は休め」

「でも、まだ足が。もう一度だけ」

魂から振り絞るように、オリビアさんが呪文の詠唱を始める。

さすがにこれ以上は、黙って見ていられなかった。

「手伝うよ」

私は『透化』を解き、オリビアさんに手をそえた。

「君は……。さっきの……？」

ダデルさんが、驚いた顔を私に向けてくる。

「ただの通りすがりの精霊さんだよ。手伝うだけだから気にしないで」

私はオリビアさんを真似て、呪文の詠唱を行う。

私に呪文は不要だけど、水の魔術に見せたほうがいいだろう。

実際にかけたのは白魔法のヒールだ。

よし。白い光に包まれて、カイルは回復した。

明らかに水の魔術ではない発動になってしまったけど、まあ、うん、全快したのでよしとしておこう！

「……ここは？」

カイルは意識も取り戻したようだ。

「お兄ちゃん！」

身を起こしたカイルにオリビアさんが抱きつく。そして号泣した。

その様子を見ながらダデルさんが静かに言う。

「カイル、おまえ、本気でいい加減にしろよ。たった1人の肉親を、どれだけ泣かせれば気が済むつもりだ」

「俺にだって男の意地が――」

「お兄ちゃぁぁぁぁん！」

「オリビア……」

「もう怖いことはやめてよぉぉぉ！　お願いだから無茶しないで！　どうして剣の修行もしていないお兄ちゃんが冒険者になれるのよ！　どうして私のことを1人にしようとばかりするのよぉぉぉ！」

ごめんな、と、つぶやいてカイルはオリビアさんを抱きしめた。

これで少しは反省してくれるといいけど。私が関わるのはここまでだ。

「なあ、君はいったい……。精霊とはどういう……」

ダデルさんが声をかけてきた。

いかん。余計なことを言ってしまったか。精霊ってことは秘密にしたほうがいいんだった。

どうしよう。

ここは上書き作戦だ。私は胸元からペンダントを取り出して、ダデルさんに見せた。

「そ、それは……！　はは――――――！」

「ああ、いいから平伏しないで。お忍びです」

「あの……。そのエルフの方は？」

ダデルさんのあまりに大きな声に、泣くのをやめたオリビアさんが私のことを見つめる。

「こ、この御方は恐れ多くも――」

「いいから。お忍びです。ちなみにエルフではありません。ただの変装なので気にしないように」

「は、はは――――！」

「なあ、おまえ、俺を勝手に癒やした……。いや、てか、その声、ダンジョンで聞いたような。てか、俺を蹴った……？」

「あの！　先程は魔術の御助力ありがとうございました！　私だけでは兄を癒やすことは無理でした！　あの、先程の白き力は光の魔術だったのでしょうか？　もしかして聖女様――」

「ま、まあ、気にしないでっ！　ただの通りすがりだから！」

む。そうだ。私はコホンと息をついて、口調を変えた。

「カイルと申しましたか。せっかく助かった命です、大切になさい。貴方の命は貴方のものですが、それだけではないことも忘れてはなりませんよ」

「……あ、ああ」

よし。なんか偉そうに言えた。少しは効くだろう。

私は、なんとなく格好をつけて、くるりと背を向けた。

うしろで見ていた他の兵士たちと目が合う。ビシッと敬礼された。

あ、いえ、私、ただの一般人ですので。

そそくさと歩いて立ち去り、広場から出た。山道で1人になったところで姿を消す。

空高くに上がってから、全力の『飛行』で逃げた。

うん。ペンダントを見せたのも失敗だった。しかも聖女とか言われかけたし。

変な騒ぎになる前に、撤退！

とはいえ私は頑張った。自分にできることはやった気がする。

カイルもきっと、次の生き方を探してくれることだろう。

❋

俺の名はカイル。ザニデアのダンジョン町で暮らす、一応は冒険者だ。

何日か前に再起不能になるほどの大怪我をした俺だが、自由に動く足で、今日も朝から目的もなく町をうろついている。

町は賑やかだ。ダンジョンで取れた魔石を積んだ荷馬車が、何台も町を出ていく。

それを取ってきたやつらは、きっと夜明けまで楽しく酒を飲んで、今ごろは宿で気持ちよく寝ているのだろう。

俺は昨夜も気持ちが沈みすぎてロクに眠ることができなかった。

だけど眠いだけで、体に異常はない。家にはいたくなかったので、１人で町を歩いている。

俺の体は完全に回復している。傷ひとつない。

自分でも信じられない。

妹のオリビアが必死に癒やしてくれたことは理解している。

そして皇女様も。

「……皇女様、か」

明るい空に向けて、俺はつぶやいた。

正直、雲の上の存在すぎて、皇女様とは一体どういう存在なのか、いくら考えてもまるで理解できない。

俺より年下の、青空そのもののような髪をきらめかせる、人形よりも整った可愛らしい顔立ちの、幻想的なガキだった。

ガキ、なんて口に出したら、俺は処刑されるだろうけど。

ダデルさんにも、絶対に皇女様のことを悪く言うなと強い口調で言われた。

そんなことは俺にもわかっている。でも、俺を蹴り飛ばして半殺しにしたのは、どう考えても、何度思い出してみてもあのガキで間違いない。

ただ同時に、よく思い出してみれば、ダンジョンで俺を助けてくれていたのも、あのガキなんだろう。

……ガキはやめとくか。間違えて口に出したら俺はおわるし。皇女様だな。

そして二度、俺を光の魔術で癒やしてくれたのは、間違いなく皇女様だ。

あの神聖な白い光は、思い起こす度に印象が強くなる。

一度目はプライドを傷つけられた怒りで、白い光の温もりを感じるより自分の怒りを優先してしまったけど。

二度目の時は、全身に広がる春の陽射しのような温もりを、しっかりと感じた。

あれはオリビアの水の魔術とは、まったく違うものだ。

光の魔術。聖女様だけが使えるという奇跡の御業。

今の世界ではたった1人、聖国のユイ様しか使えないと言われていたけど。

俺は身を以て、それを体験した。

今、ザニデアのダンジョン町では、その話題で持ちきりだ。歩いているだけでも噂話が聞こえてくる。

俺が癒やされる場面は、ダデルさんだけではなく他の兵士たちも見ていた。

それに、皇女様が出したというペンダントも、ダデルさんだけではなく他の兵士たちも確かに見たという。

光の魔術については、眉唾だろうと疑う者もいる。何かすごい魔道具だったんじゃないのか、と。

だけど皇女様が偽物だとは誰も思っていない。俺もそうだ。

貴族への成りすましは大罪だ。その罪は家族にまで及ぶ。

まして皇女様に成りすましなんてしたら、果たしてどうなるのか。考えただけで恐ろしい。

そもそも貴族の紋章は魔術印で、勝手に描けば呪いで死ぬし、持つだけでも呪いがかかるという話だ。成りすませるわけがない。

あれはセラフィーヌ様に違いないと、みんな言っている。

セラフィーヌ・エルド・グレイア・バスティール。

帝国の第二皇女様。今年で11歳になるらしい。

未だ公の場に姿を見せることのない深窓の姫君。

病弱で外に出ることができないのだという噂もあったけど。

実は変装して帝国の各地を巡り、その光の力を以て、民を救済されている――。

最近は、そんな噂も囁かれている。

俺とは別世界に住んでいる人間だ。

「……いいよなぁ」

羨ましい。きっと、お金にも将来にも不安なんてなく生きているんだろう。

それに力にも困っていない。

妹のオリビアは、今日も水魔術師として働いている。

俺たちは母親を幼い頃に亡くした。俺たちを育ててくれた父親も、3年前にゴブリンに襲われて死んだ。俺たちが今も普通に暮らせているのは、ひとえにオリビアが水魔術師として毎日休まずに働いているからだ。

オリビアには人望もある。これまでに多くの兵士や冒険者を救って感謝されている。

俺が今までパーティーを組んでこられたのも、オリビアの人望があればこそだ。

……わかっている。俺は今まで、まともに剣の訓練をしてこなかった。

将来は冒険者になると言いつつ、毎日、適当に暮らしていた。

なぜなら、それでも生きていけたから。

今も生きていけている。オリビアにおんぶにだっこで。

俺の武器や防具も、全部、オリビアの稼いだ金で買った。

「俺……。クソだよなぁ……」

だからこそ。俺には一攫千金が必要だった。

今までのすべてを全部ひっくり返す成功がほしかった。

「これからどうしようなぁ……」

だけど俺は、11歳の皇女様に守られて、半殺しにされて、癒やされて、こうして町を歩いているだけの男だ。

今からでも剣の訓練をすれば。死んだ気になれば。

そうも考えるけど、体はまったく動かない。

本当はわかっている。俺には、無理だって。死ぬ気で頑張る気合もないんだって。

「おい、どうしたカイル」

ぼんやり歩いていると声をかけられた。ダンジョンでドロップしたリザードの肉を、安価で買い取っては焼いて売っている知り合いのおっさんだ。

「おまえ、皇女様に光の魔術で助けられたんだってな？　そんな幸運に巡り合えたのにシケた面してるんじゃねえぞ」

「……うるせぇな。俺のことはほっとけよ」

そう言いつつも俺は、おっさんから肉串を買った。オリビアの金で。

「それでおまえ、これからどうする気だ？　いつまでもオリビアちゃんに心配かけさせるんじゃねえぞ」

もう何回も聞いたセリフ。

オリビア。オリビア。

だけど今は、反発する気力もない。

「……なあ、おっさん。俺、どうしたらいいと思う？」

「……おい、どうした今日は？」

「俺だって考えてるんだよ。……なあ、俺にもできる商売とかねえかな？」

「おまえそれ、本気で言ってるのか？」

「多分な……」

断言はできない。だけど、このままではダメだとはわかっている。

「なあ、何かあれば教えてくれ」

「そうだなぁ……。それならおまえの親父の跡を継いだらどうだ？」

「行商か？」

この町で言う行商とは、ダンジョンのドロップ品を他の町に、少人数で歩いて売りに行く仕事のことだ。

ダンジョンのドロップ品には素材から武具まで様々なものがあるけど、その大半は魔石より価値が低い。

なので商隊で取り扱われることは、ほとんどない。

ドロップ品を担いで他の町に持っていけば、大儲けとまではいかなくても家族を最低限に養えるだけの収入は得られる。

「おうよ。危険な仕事だが、ダンジョン経験のある冒険者なら、野外の魔物なんてたいしたことねえだろ？」

おまえも一応、生き残ってるからな。

とおっさんに笑って言われた。

いつもならバカにするなと怒るところだけど、今の俺にそんな気力はない。

「本気でやるなら、俺が商会に口を利いてやるぞ」

「頼む」

「言っとくが、契約したら、やっぱやめるなんて簡単には言えねえからな？」

「わかってるよ」

親父だってそうだった。体調が悪かったのに無理をして出かけて、やられた。

「なら祝いだ。ほらもう1本、串をくれてやる。皇女様が美味しいと言って何本も買ってくれた串だ。食えば間違いなくおまえを導いてくれる」

俺は初めての仕事についた。最初の仕事は城郭都市アーレへの行商だった。

背中いっぱいに荷物を積んで、４人の同僚と一緒に旅立つ。

オリビアには心配されたけど、任せろと笑っておいた。間違いなく、ダンジョンよりは安全だ。

仕事は無事に果たせた。俺たちが運んだ魔物の牙は、素材としての実用性は低いものの、他では手に入らない希少な品ということで、満足できる値段で引き取ってもらえた。

俺たちはアーレの裏通りにある安酒場で祝杯を上げた。

酒場では、町のおっさんたちとも一緒に飲んだ。俺が皇女様に助けられた話をしてやると、おっさんの1人がこの町でも皇女様を見たかも知れないと言った。

貧民街で、女の子を担いでゴロツキから逃げていたのだと言う。

その後、ゴロツキどもは、トボトボと帰ってきたらしい。

皇女様に間違いない。どこかに誘い込んで退治したのだ。

皇女様には、ダンジョンを自由に動き回れるだけの戦闘力がある。ゴロツキなんて敵じゃない。

俺はおっさんに、それは皇女様だと断言してやった。皇女様は変装して旅して困った人を助けているのだ。

正直、カッコいい、羨ましい生き方だ。

俺にもそんな力があればなぁとは思うけど、ないものねだりをしてもしょうがない。

よくも悪くも俺は俺だ。今は酒を飲もう。

安酒だけど、自分で稼いで飲む酒は、本当に美味かった。

酒を飲んで騒ぎつつ、俺は決めた。

俺はこれから、いろいろな町に行くことになる。その先々で皇女様の伝説を集めよう。

そして、広めよう。

世話になった恩返しだ。俺にできることはそれくらいしかないけど、それは俺にもできることだ。

自分にできることをしていく。それはとても大切なことなのだと俺は思うようになった。

こうして俺は、新しい生活を始めた。

第7話

採掘しよう！

私はおバカさんだったらしい。

自分では実のところ、しっかり者の器量よしだと思っていた。

なにしろゲームではパーティーリーダーとして人をまとめてきた。なにしろゲームでは作戦を立案して実行してきた。なにしろゲームでは生成スキルでいろいろなものを作ってきた。

うん。全部ゲームなんですけどね！

今、私は山脈を構成する岩山のひとつに来ていた。

とんがり山まではまだ距離があるけど、ダンジョン町はすでに見えない。それなりに奥だ。

危険な場所と言われていたけど、今のところ敵感知に反応はない。

ここで、しばらく存在を忘れていた技能『採掘』をセットしてみたところ、採掘ポイントがあった。で、今、その採掘ポイントの前に立っているのだけど……。

「どうやって掘ろうね。あはは」

なんの準備も、してきませんでしたぁ！

ゲームと同じ仕様なら、『採掘』をセットした状態で採掘ポイントにツルハシを当てれば勝手に掘ってくれる。

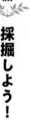

そう、採掘にはツルハシが必要なのだ。完全に失念していた。

ダンジョン町に戻れば売っていると思うけど……。できれば戻りたくない。

そもそも銅貨で買えるのかわからない。

試しに蹴ってみる。ひ弱な精霊とはいえ私はレベルカンスト。

カイルのことから見ても、威力はけっこうあるはずだ。岩くらい簡単に砕けるはずだ。

……砕けなかった。さすがは岩。

魔力を込めて蹴れば砕けたけど、砕けすぎて粉々になってしまった。

明らかに鉱石にはなりそうになかった。

加減が難しそうだ。次は黒魔法でやってみよう。

「ライトニングボルト」

雷撃を受けて、岩が盛大に砕ける。様々な大きさの破片が飛び散った。

これは成功の予感だ。破片をいくつか拾って、アイテム欄に入れた。

アイテム欄に入れれば、そのアイテムの名前や特徴を見ることができる。

収納だけでなく、鑑定にもなるのだ。アイテム欄が便利すぎて助かる。

お。やった。ひとつが青銅石だった。

近くには別の採掘ポイントもあったので、そちらでも同じようにライトニングボルトで岩を砕いて破片を収納。

こちらでも、ひとつの青銅石が見つかる。

青銅石がふたつあれば。ソウルスロットに生成『鍛冶』をセットして、早速、試してみる。

岩の上に座って、ふたつの青銅石を置く。

「――生成、ブロンズインゴット」

素材が光に包まれる。

5秒待機。光が収まって、完成。見事なブロンズインゴットが目の前にはあった。

「やった！」

クウ・マイヤとして異世界イデルアシスに来て苦節数日。

苦節ってほど苦労はしてこなかったけど。むしろたくさんの人に助けられて、美味しいものを食べさせてもらって過ごしてきた気もするけど。

ともかく、ようやく。自活への第一歩が始まったのだ。

剣やツルハシを作るには、あとは木材があればいい。

青銅なので鉄製と比べれば性能は落ちるけど、初心者には十分なはずだ。安価だしね。

「木……生えてないかな……？」

見渡すと、少し離れたところに生えていた。

飛んで近づいて、黒魔法「ウィンドカッター」で切り倒す。

これ、アレだね。魔法で十分に素材取りは可能だ。

アイテム欄に入れると、ちゃんと原木と出ていた。

さあ、剣を作ってみようかなと思ったんだけど、剣の生成にはブロンズインゴットがふたつ必要だった。

「とりあえず採掘しまくるか」

その前に確認。私はステータス画面を開いて、技能『採掘』の熟練度を確かめた。

数値は変わっていなかった。どうやら魔法での採掘ではダメらしい。

『採集』も上がっていなかった。

私の収集熟練度は低い。採掘は３。現状では、レア鉱石の採掘なんて夢のまた夢だ。

早く上げたい。となれば、ソウルスロットを入れ替えつつ。

「――生成、木材」

「――生成、ブロンズピック」

よし、できた。ツルハシならインゴットひとつと木材でオーケーなんだよね。

ツルハシを構えて採掘ポイントに向かう。

そして、採掘。熟練度が低くて採掘ポイントを目視することはできないので、手当たり次第に周囲の岩壁にツルハシを当てた。

５回目で成功。心地よい音と共に岩が砕ける。

青銅石が落ちた。ステータス画面を見ると熟練度も小数点以下だけど少し上がっている。

よし、いいね。

ミニマップを頼りにポイントを探して私は採掘を繰り返す。ツルハシが壊れたらまた作る。

そうしていると、１匹のオオトカゲが岩陰から姿を現した。

「うぉっ！」

私はびっくりして身構えた。ただ、敵感知に反応はない。

「や、やっほー。うるさかった？　ごめんね」

「…………」


オオトカゲくんは私のことをしばらく見つめた後、身を返すと岩陰へと戻った。

凶暴そうな顔立ちだったけど、大人しい子のようだ。

飛んでいるとワイバーンが寄ってくることもあった。

彼らは私に近づいて、きゅるるる、と挨拶しては離れていく。襲ってくる様子はない。

この世界のワイバーンは人懐っこいんだねえ。

さらに岩の上から真っ白な巨大狼が見下ろしていることもあった。威厳のある姿だった。

この一帯のボスかも知れない。襲ってくることはなく、やがて身を返して姿を消したけど。

うん。みんな大人しい。

私は思う存分、採掘することができた。

採掘ポイントは時間経過で復活する。見つけた5箇所を、休憩を挟みつつ飛んで周回した。


「……ふう」


気がつくと空が赤く焼けていた。夕方だ。

さて。今夜はどうしよう。

さらに、喉が渇いたけど水がない。我ながら準備不足もいいところだ。

ソウルスロットを変更。生成技能の鍛冶でブロンズインゴットからバケツを製作。

バケツを持って空を飛ぶ。ゲームではいらない調度品の筆頭だったバケツくん。

熟練度上げで大量に作られてはそのまま処分されるだけの子だったけれど。

あってよかった！　ありがとう！

川を探す。お、谷底に水の流れを発見。降りてバケツで汲み上げる。

「――生成、ミネラルウォーター」

ソウルスロットに生成技能の調理をセットして浄化すれば飲料水の完成だ。

がっつり飲んで生き返った。

「いやー、素材さえあれば、なんでもできるね、私！」

そうこうしている内に日が暮れた。

夜。空には月と星が輝く。

「……せめてテントがほしい。素材さえあれば」

高い岩の上に座って、星を眺めた。

大宮殿でもらってきたパンと干し肉とフルーツを食べる。

美味しい。さすがは大宮殿の食材。

「そうだ」

ステータスを確認してみる。わずか3しかなかった採掘の熟練度が30まで上がっている。

素晴らしい。30あれば鉄鉱石も確実にミニマップにポイント表示される。

鉄鉱石があれば鉄の武具を作ることができる。

ちなみに熟練度はレベルと同じで１２０まで上がる。なので先は長い。

とはいえ、このペースで上げられるのならば、遠からず貴重な鉱石の採掘ポイントを見ることができるようになりそうだ。

「明日は、もう少しとんがり山に近づいて掘ってみるか」

たぶん、とんがり山に近づけば近づくほど、採掘に必要な熟練度は上がる。

少しずつ進んで熟練度を上げていこう。

アイテム欄には青銅石が１２０個。今日は頑張った。

この１２０個だけでも、かなりの仕事はできる。

ちなみにゲームで他種族なら、確実にもっとたくさん取れた。

精霊は筋力と体力がないので、どうしても途中で疲れて休憩が必要になるのだ。

熟練度が上がれば、マシにはなっていくけど。でも、まあ、十分な成果だ。

とはいえ満足はしない。次は鉄鉱石を掘る。

うん。頑張ろう。そして最後には、とんがり山で何かひとつはレアな石を掘りたい。

夜の景色の中でも、とんがり山はそびえている。夜空よりも暗く、くっきりと。

「ぐるるるる……」

とんがり山を眺めていると、うしろから獣の唸り声が聞こえた。敵感知に反応はない。

振り向くと、真っ白な巨大狼がいた。採掘中に見たボスっぽい子だ。

真っ白な巨大狼と目が合う。巨大狼に私を襲ってくる様子はなかった。

「どうしたの？」

たずねると近づいてくる。私のとなりにしゃがんだ。

「食べる？」

リンゴをあげると食べた。

「君、どこから来たの？」

返事はない。別のこともしゃべってみたけど返事はなかった。

「まあ、いいか」

どう見ても敵意はなさそうだ。私のとなりで丸まって、巨大狼は目を閉じている。

私も眠くなってきて、巨大狼に背中を預ける。純白の毛はもふもふだった。しかも温かい。

私の意識はすぐに溶けていった。

目覚めれば、朝。

「あれ？」

巨大狼の姿は、どこにもなかった。私は岩の上で1人で寝ていた。

もしかして、夜、私を守るために来てくれたんだろうか。

そうかもしれないのでお礼を言っておく。

「狼さん、昨日はありがとね」

朝食を食べる。

さあ、今日も採掘だ。ブロンズピックを肩に担いで、とんがり山の方向に出発。

ソウルスロットは、黒魔法、採掘、敵感知。

一応、戦いにそなえているんだけど、あまりに平和すぎて、黒魔法も敵感知もいらない気がしている。でもまあ、念の為に。

新しい採掘ポイントはすぐに見つかった。近くにいたオオトカゲくんに挨拶して、着地。

オオトカゲくんは場所を空けてくれた。ありがとね。

オオトカゲくんに見守られながら、早速、掘ってみる。

熟練度が上がって採掘ポイントが目視できるようになったので、失敗することなく一撃で掘ることができた。

ガツン。鉄鉱石が出た。

「おおお！」

感動だ。目的の鉱物が一発で出てくるとは。

私は掘りまくった。途中でブロンズピックが壊れたので、アイアンインゴットを生成、木材と組み合わせてアイアンピックを作った。

喉が渇いたらバケツの水を飲む。水が少なくなったら谷底の川に汲みに行く。

お腹が空いたらパンだ。

鉄鉱石が出る岩場の一帯はオオトカゲくんの住処らしく、たくさんのオオトカゲくんに出会った。

ごめんね住処を荒らして。

結局、丸一日、日が暮れるまで鉄鉱石を掘り続けた。

なんと300個も集まった。ホクホクだ。これだけあれば、鉄の剣が何十本も生成できる。

採掘熟練度は50になった。たぶん、鉄鉱石の採掘で上がる限界まで育った。

夜は昨日と同じ岩の上で寝た。巨大狼くんがまた来てくれて、2人で寝た。

そして朝。

目覚めると昨日と同じように、もう巨大狼くんはいなかった。

お礼を言って、朝食を取って、出発。今日は昨日よりも、さらにとんがり山に近づいた。

採掘ポイントを見つけたので、早速、掘ってみる。

ガツン。

「おおおお！」

思わず声を上げてしまった。銀鉱石が出た。

銀貨作り放題だよこれ！　やった！

と思ったけど、私のレシピに銀貨はなかった。残念。

なんでも作れるとはいっても、レシピ表にあるものに限られるのが私の弱点だ。

なら、なんでもじゃないね、うん。

貨幣なんて勝手に作ったらこの世界でも確実に重罪だろうし、一瞬、喜んだけど作れても作らないけどね。

ともかく、銀鉱石があれば装飾品が作れる。すごい高値がつくかも知れない。

頑張って集めよう。

銀鉱石の取れる山はグリフォンくんたちの住処だった。興味深そうに近寄ってくる。

もしかして掘っちゃいけないのかな……？　とも思ったけど、やめさせようとする様子はないので掘らせてもらった。

途中で子供のグリフォンが頭に乗ってきて「くるるる」と楽しそうに鳴くものだから振り払えずに困った。爪を立てずに乗ってくれたので痛みはなかったけど、首が疲れる。

リンゴをあげたら降りてくれたので助かった。

ちなみにここしばらく体を洗っていない。なのに体は綺麗だった。

大発見があったのだ。

なんと『透化』すると体の汚れが落ちる。手に持った鉱石の汚れも『透化』すると落ちた。

まさに万能クリーナー。

おかげで髪もサラサラでキラキラのままだ。素晴らしい。

アイテム欄も同様に、汚れを落として鉱石を収納してくれていた。ありがたい。

ただしローブだけは、『透化』しようがアイテム欄に入れようが、汚くて埃臭いままだった。

なんでだろうなぁ……。

調べたところ、判明。なんとアイテム名が「汚れたローブ」だった。やむなし。

これ、洗ったらどうなるんだろうか。アイテム名が変わるんだろうか。

洗剤が手に入ったら試してみよう。

そんなこんなでこの日も頑張って、２００個の銀鉱石を手に入れた。

鉄と比べると疲れやすくて取得数は減ってしまったけど、熟練度は70まで上がった。

日が暮れて夜。私はいつもの岩の上で、いつもの真っ白な巨大狼くんとくつろぐ。

「あ、そうだ。私、そろそろとんがり山の近くに寝る場所を移そうと思うから今夜でお別れになっちゃうかも」

この岩も、けっこう遠くなってきた。

狼くんにお礼を言う。いつものごとく、返事どころか何の反応もなかったけど。

「すぐには無理だけど、また来るから。また会おうね」

翌朝。目覚めるといつものように巨大狼くんはいない。

私は今日も採掘だ。

大地の裂け目を飛び越えて、この日はさらにとんがり山に近づいた。いよいよ麓が近い。

ポイントがあったので掘る。なんとミスリル鉱石ゲット。

思わずガッツポーズをしてしまった。ミスリルがあれば、魔法の武具を作ることができる。

「やった！」

私は張り切って採掘を進めた。

しかし残念ながら、なかなかミスリルは出てこず大半が宝石の原石だった。

それはそれで価値はあるんだけどね。加工してアクセサリーにすれば、大金へと変わるはずだ。

私、お金持ち確定。数日前までの金欠はどこへ行ってしまったのか。

いかん、笑いがこぼれる。

まあ、ただ、こっちの世界に来てからの経験に鑑みると、一気に売るのはやめたほうがいいだろう。他の人の生活を壊してしまうかも知れない。

なのでここは冷静に。

やはり、工房の宣伝を目的として、ミスリルを第一に集めよう。

いきなり大金を手にしても仕方がない。地道な第一歩を目指そう。

ミスリルがあれば、ロックさんたちに渡せるレベルの武器も作れるはずだ。

ロックさんたちのパーティー『赤き翼』は有名みたいだし、最高の宣伝塔になってくれるはずだ。

私は頑張った。夢中になって掘り続けた。

なので気づくのが遅れた。

ん？　なんだか急に暗くなったなぁ。

顔を上げてみると。

「え」

大型バスよりも大きな黒い竜が私の頭の上にいた。

第8話　とんがり山の秘密

竜が降りてくる。

敵感知に反応もないので、おー竜だーと感動しつつ見ていた。

竜の着地は、その巨体からは信じられないくらいにふんわりとしたものだった。

わずかな風だけを巻いて、足と尻尾が岩の地面につく。艶やかな黒い鱗の竜だった。

と、竜の体が輝きを帯びる。

次の瞬間には、目の前にいるのは竜でなくなった。

「初めましてである。妾《わらわ》はフラウニール。お気楽にフラウと呼んでほしいのである」

黒髪の幼女が勝ち気な笑顔で胸を張って、私に挨拶をしてくる。

「……えっと、竜？」

「うむ。妾こそこの地、ティル・ウェルタスを統べる者。竜の里の長である」

「長なんだ」

年の頃なら5歳くらいだろうか。かなり幼い女の子だ。

着ている服は、まるで賢者のように立派だけど。

目の前で変身されたのだから、彼女が先程の黒竜ではあるのだろう。青く澄んだ瞳の透明感は変

わらない。頭には2本の角もあるし。

「なぜに幼女……?」

「そのほうが可愛がってもらえるのである」

「なるほど」

「ほれ」

フラウが両腕を広げてくる。

「ん?」

「さあ、早く妾を可愛がってほしいのである」

「……お、おう」

幼女にそう言われて断るのも可哀想なので、腰に抱きつかせてあげた。

「あああ……。この魔力、この温かさ……まさに精霊である……。1000年ぶりに帰ってきてくれたのであるなぁ……」

とりあえず離す。

「む。もっと可愛がってくれてよいのであるぞ?」

「えっと、私はクウ。よろしくね」

しゃがんで目線を合わせて、挨拶する。

「よろしくなのである。お気軽にクウちゃんと呼ばせてもらうのである」

「それで、キミは」

「フラウである」

「フラウは、何をしに来たの？」

「もちろんクウちゃんに挨拶をしに来たのである。我等はずっと精霊が戻ってきてくれるのを待っていたのである」

「竜なんだよね？」

「うむ。由緒正しき闇の古代竜とは我等のことである」

「古代竜なんだ」

古代竜といえば、ゲームの世界にもいた。太古からの血統を有する、竜の上位種だ。

「うむ。そして妾こそが最強の存在である」

「戦う？」

「誰とであるか？」

「私と」

「とんでもないのである！ティル・ウェルタスの民は精霊と共に生き、精霊と共に在るのである！　戦うなんて有り得ぬのである！」

「……そかー」

残念。古代竜、久々に戦ってみたかった。

「そ、そんな悲しそうな顔をしないでほしいのであるが……」

「ごめんごめん。ちょっとした気の迷いだった」

笑ってごまかす。

「それで、なのであるが……。宴の準備をしているので、できれば竜の里にご招待をしたいのであるが……」

ちらちらと様子を窺うように言われた。

ふむ。行くこと自体に異存はない。むしろ行ってみたい。

だけど念のため、お互いの感性は確かめておいた方がいいよね。なにしろ竜族だし。

「ねえ、フラウ。ちょっと見てほしいものがあるんだけど、いいかな？」

「何をであるか？」

「面白いこと。で、100点満点で何点だか教えて？　あ、その前に、宴会にはぜひとも参加させてください」

「おお！　やったのである！　嬉しいのである！」

「というわけで、忖度《そんたく》は不要です。たとえ1点でも、行かないとは言わないので。交流の前に感性の差を知っておきたいなーと思っただけなので」

「わかったのである」

「では、いきます」

私は姿勢を正し、早速、一発芸を披露した。

まずは、両方の腕で力こぶを作るような格好をして、体をリズムよく揺らしつつ、

「わーい♪　わーい♪」

楽しくておどけた仕草を入れてからの——。

「わるだくみ」

打って変わって、「考える人」っぽい感じで椅子に座って悩むポーズを決めて、同時にニヤリと

悪い顔を作る！

これぞ、ギャップ落ちの一発芸「わーいわーいわるだくみ」！

ナオの評価は3点だったけどね……。

まあ、うん……。前世の私の筋力では、どうしても椅子のポーズが揺らいじゃってね……。

でも今回は、完璧に決めることができた！　さすがは精霊第一位の私なのだ！

「おー。なんだかすごいのである。どんな状況なのかはさておき、とにかく落差なのである。これは衝撃なのである。100点なのである」

「ありがとう。続けて、もうひとついきまーす」

嬉しい評価をもらいながらも私は止まらない。あらためて姿勢を正した。

「ショートコント、空」

さあ、次は会話での笑いが通じるかどうかだ。私は一人芝居を始めた。

「あー、今日も空が綺麗だなー。この空を自由に飛ぶことができたら、どんなに素敵だろう」

「いいよー。その夢、ボクが叶えてあげるよー」

「ええ!?　タヌキがしゃべってる！」

「違うよー。ボクはタヌキじゃなくて、ネコだよー」

「ねねね、ねこ!?　どっちにしても、ネコが空なんて飛べないよね！」

「ふふ。そうでもないよー。ボクには秘密の道具があるからねー」

「そうなんだ……。もしかして、それを私に？」

「うんー。そうだよー。さあ、これを使ってー。一緒に空を飛ぼうよー」

「やったー！　ありがとう！　何をくれるの？」

「じゃーん！　お酒ー！」

「泥酔か！　確かに飛べるけど、いらんわ！」

以上。ぺこり。ありがとうございました。

「おー！　すごいのである！　酔っ払えば、確かに空を飛べるのである！　妾は今、クウちゃんの叡智《えいち》に心からの敬意を表するのである！」

「……何点だった？」

「１００点なのである！　完璧なのである！」

「ありがとう。通じてよかったよ。宴会、よろしくお願いします」


「それでは早速、竜の里に案内するのである！」

「うん。ありがとう」

２人で浮き上がって飛んだ。

「クウちゃんは、お酒がなくても飛べるのであるな」

「あはは。だねー。それはともかく、竜って人の姿にもなるんだね」

「むしろ人の姿でいることが多いのである。ずっと竜のままでいると大量の食料が必要になって大変なのである」

「なるほど」

「里には、約１００名もが住んでいるのである」

竜的には、かなりの数なのだろう。

「ところでクウちゃんは石を集めている様子であるが、必要なのであるか？」

「うん。工房を開こうと思ってね」

「我等に手伝えることであればなんでも手伝うのである」

「いやー、いいよいいよー。自分でやるから」

「そうであるか……？」

「うん。平気」

しょんぼりされたけど、竜に手伝われたら確実にとんでもないことになる。

私は少し目立つのはいいけど、目立ちすぎるのは避けたいのだ。気持ちだけありがとう。

「あ、でも、勝手に取っちゃってよかった？」

「構わないのである。大歓迎なのである。人間ならば皆殺しであるが」

「……み、皆殺しなんだ」

「当然である。ここは我等の領域。好きに入らせていたら、あいつらは勝手に領土にして勝手に支配しようとするのである」

「それはそうか」

納得できてしまうのが悲しい。

私たちが向かうのはとんがり山だった。

「里って山の上にあるの？」

「山の中である。聖なる山ティル・デナは、実はダンジョンになっていて、我等はそこに住んでいるのである」

もともと麓付近にいたので、とんがり山にはすぐにたどり着いた。

とんがり山の切り立つ岩壁にそって上昇していく。

ソウルスロットを変更。小剣武技、白魔法、銀魔法にした。

竜の里はダンジョンということなので中では変えられない。万が一、竜と力試しをすることになるといけないので、ショートソードで武技を使えるようにしておく。

「私、この山を目指して旅してきたんだけど、近くで見ると本当に大きいねえ」

岩壁はどこまでもつづいている。

垂直に飛んでいるのに、どっちが上でどっちが下かわからなくなる。

「この大陸では一番に大きな山であるな」

「そんなところにダンジョンがあるんだねえ、不思議だ」

「妾の育ての親である大精霊が見つけてくれたのである。……闇の大精霊イスンニーナのことは知っているであるか？」

「ううん。ごめんね。知らない。私、こっちの世界に来たのがつい最近なんだよ」

そもそも精霊界のことは、水の中みたいなところってことしか知らない。

どんな世界なんだろうか。

ふと思った。私、精霊の中では、どんな立ち位置になるんだろうか。謎だ。

次に精霊と会うことがあったら聞いてみよう。ヒメサマとは言われていたけど。

「……１０００年の昔に消滅した方である故、致し方なしである」

「1000年前っていうと、アレかな。精霊を道具として使って、世界征服しようとして滅んだ古代王国――」

冒険者ギルドでリリアさんから聞いた話だ。

「うむ、それである。イスンニーナが止めなければ、この世界は魔力の濁流に呑まれてとうに滅んでいるのである」

「そかー……」

「精霊たちはその事件の後ですべて精霊界に帰ってしまったが、そろそろまた遊びに来てくれるのであるか？」

「んー。それは難しいかも。けっこう警戒してたよ。私、止められたし」

「で、あるか。いつでも歓迎すると伝えてほしいのである」

「わかった。今度会ったら言っておく」

「ありがたいのである。精霊のいない世界には温もりが足りないのである。妾はまた精霊に可愛がってほしいのである」

「可愛がる側じゃなくて？」

年齢的に逆のようだ。見た目と違って、1000年前から生きていそうだし。

「妾は甘えん坊将軍なのである。であるからして、クウちゃんも存分に妾を甘やかすといいのである」

「こらっ！　飛んでる時にくっつくなー！　落ちるからっ！」

「ふわぁ。癒やされるのである。闇の力、光の力、風の力、火の力、水の力、土の力……。すべてを感じるのである。クウちゃんは特別な精霊なのである」

「普通はそうじゃないんだ？」

引き剝がしてから聞いてみた。

「精霊とは属性を司る者。基本的にはひとつの属性のみであるな」

「私は例外かー」

「例外ではなく特別である。クウちゃんは、今世の精霊女王なのであるか？」

「ううん。言うなら姫かな。私の称号、精霊姫だし」

「なるほどである」

「姫ってどんな存在なの？」

「知らないのである」

「知らないのかいっ！」

「しかし、特別なことはわかる称号なのである」

「女王は？」

「精霊の主だと聞いたのであるが、4000年前に前女王が昇天して以降ずっと不在だと1000年前にイスンニーナは言っていたのである」

「ふむう。よくわからないな」

「妾もよくわからないから平気である」

「それでいいんだ？」

「精霊が戻ってきてくれたこと、その喜びがすべてなのである」

「そかー」

まあ、いいか。どうせ考えてもわからない。

そもそも私のは、ゲームから持ってきた称号だしね。


「ここなのである」

とんがり山の中腹、岩が突き出てテラスのようになっている場所でフラウは静止した。

テラスに降り立つ。テラスの奥の壁は、一見、ただの壁に見えるけど、よく目を凝らせば大きな空洞が透けて見える。

「……へえ、隠しゲートなんだねえ」

「さすが精霊には見えるのであるな」

「普通は見えないんだ？」

「少なくとも人間には見えぬはずである。もっとも、この切り立った山の中腹まで来られる人間がいるとは思えないであるが」

「たしかに」

かなり飛んできたしね。

壁の中に入ると、視界が暗転。ローディング。

パッと世界が明るくなると、そこには筒状の大広間があった。

「おお」

見上げると、どこまでも空間が上に続いている。あちこちにテラスが出ていた。

「皆、彼女が精霊のクウちゃんである。我等の誘いに快く応じてくれ、遊びに来てくれたのである」

おっと、景色に見惚れている場合ではなかった。

目の前には、頭に角を生やすたくさんの人たちがいた。里のみなさんだろう。

性別と年齢はバラバラだ。白髪の老人がいれば金髪の若者もいる。

奥には、明らかに幼さを感じる、たぶん子供の竜たちも何体かいる。

「どうも、初めましてクウです。よろしくね」

しーん。と、されてしまった。

あれ。もっと丁寧にするべきだったかな？

最近、ずっと気楽な感じでいたから、気楽にしちゃったけど。

失敗したかな？

どうしよう言い直そうかなと思っていると、わっと爆発したように竜の人たちが自己紹介を始めた。

「これ。そんな一度に言っても聞き取れぬのである。後で場を用意する故、今は顔見せだけである。クウちゃん、こちらに来てほしいのである」

「りょ、了解……」

ちょっとびっくりしてしまった。

私は大広間から脇の通路に入る。人間サイズの通路だ。

「竜の人って、年齢と性別、みんなバラバラなんだね」

「人化した姿は心が望むままになるのであるな」

「老人が希望の人もいるんだね」

「妾のように心の年齢に合わせる者もいれば、実際の年齢に合わせた外見を好む者もいるのである」

「心、5歳っ！」

若っ！

「ふっふー。妾の心はいつまでも童女なのである。いつまでも夢を見て、いつまでも今を楽しむのである」

「ところでここって、魔物は出るの？」

「出ないのである。イスンニーナがダンジョンコアに手を加えてくれて、ここの魔素は魔物を生まないのである。それどころか我等が過ごしやすいようにダンジョンの形も変えてくれたのである」

「へー。すごいね。そんなのできるんだ」

「イスンニーナは大精霊であったからな。クウちゃんにもできそうであるが？」

「私は無理かなー。そういうのさっぱりわかんないや」

「そうなのであるか。それぞれ、得手不得手はあるのであるな」

部屋に通された。ソファーにテーブル、いくつもの調度品が置かれた豪華な応接室だった。

だけど部屋の豪華さは気にならなかった。気にする余裕もなかった。

カメ!?

あ、いや、違うか……。

カメの子か……。

カメの甲羅をショルダーベルトで背負った小柄な女の子が、私に背を向けて箒で床を掃いていた。

ザッザザッザ……。

箒で床を掃く音が部屋には静かに響いていた。

女の子は竜ではないようだった。角がない。

短めに切り揃えられた女の子の銀髪には獣耳があった。もふもふな尻尾も見て取れる。

印象としては狼っぽい。私より少し年下に見える獣人の女の子だ。

「これカメ。こんなところで何をしているのである」

「カメは仕事をする。生きる必然」

振り向くことなく、カメが無感情な声で答える。

私は固まった。

……………。その声、ガッチリ聞き覚えが。

「部屋の掃除などせぬともよいのである。ここはダンジョンなのだから部屋の汚れは勝手に落ちるのである」

「土を掘って、埋める。それがカメの人生」

「だいたいその箒はどこから持ってきたのであるか」

「自作」

カメの子が振り向く。

感情の映らない赤い瞳で、じっとフラウを見た後、カメの子がフラウのとなりにいた私に目を向けた。

うん。間違いない。獣耳があるし、瞳の色も髪の色も昔とは異なっているけど、実年齢より幼く見える顔立ちは昔と変わらない。

昔というか前世と。

向こうも私はわかるはずだ。

なにしろ私はＶＲＭＭＯのキャラクターそのまんまのクウ。一緒に同じゲームで遊んでいた。

「えっと、ナオ？」

「久しぶり、クウ」

なぜか誇らしげに拳を突き出し、Ｖサインを出してくる。

いや誇るような状況じゃないよね？

勇者はどうしたの？　七難八苦はどうしたの？　祖国の再興は？

なんで土を掘って埋める人生になってるの!?

いやそれ以前にカメって何!?

七難八苦を願い、祖国の再興を誓い、苦難の勇者として転生したはずのナオが、なぜか竜の里でカメになっていた。

第9話

カメの子

「2人は知り合いなのであるか？」

「知り合いというか、幼なじみというか」

「生まれて初めて会った」

カメの甲羅を背負った銀髪のナオが無表情に訂正する。

「あ、そっか」

言われてみれば、ナオはこの世界で新しく生まれ育ったんだよね。勇者として。

「その割には知り合いのようであるが？」

フラウの疑問はもっともだ。

「運命の出会い」

ナオが抱きついてくるけど、なんか甲羅が邪魔っ！　すぐに離した。

「んー。なんと言えばいいのか……。この子、運命を背負っててね。それで、アシス様――。アシスシェーラ様ってわかる？」

「当然である。この世界を創り給うた創造神である」

「うん、そう。アシス様のところでね、私、見送ったんだよ。この子がこの世界を救う勇者として生まれ出るところを」

嘘は、できるだけつきたくない。

だけど、転生云々は言わないほうがいいだろう。そのあたりを加減して、私は説明した。

「一発芸で送られた。意味不明の別れだった」

「ごめんよっ！」

すぐには決められなかったんだよー！

「でも再会。ディスティニー」

「元気そう？　でよかったよ」

ややというか激しく疑問符はつくけど、まずは生きていてよかった。

「やはりこの子は神の御子であったか」

「……わかってたんだ？」

「この子には、未覚醒ながら光と闇の2属性があったのでな。太古の時代より光と闇が両方そなわる者は神の御子であり、その者には助力せよと伝えられてきたのである」

「へー」

「しかしクウちゃんは、創造神の御座に居たのであるな」

「うん。しばらくね」

「さすがは精霊の姫なのであるな」

「姫？　精霊？」

ナオが首をかしげる。

「それよりナオのことだよナオのっ!」

私のことは後でいい。だって、ふわふわすることしか仕事のない気楽な精霊さんだ。

「どうしてここにいるの？　勇者はどうしたの？　勇者としてちゃんと魔王は討伐したの？　いるんだよね魔王？」

勇者と魔王は一対。転生の時、アシス様がそう言っていた。

世界を滅ぼす者がいなければ、そもそも勇者は必要ないのだろうし。

放っておいたら大変なことにならないだろうか。

「あきらめた」

「はい？」

「無理」

「え」

「私には無理でした」

丁寧に言い直されても。

「えっと」

「わたくしには無理でございました」

さらに丁寧に言い直されても。

「七難八苦は？」

「奴隷人生」

「祖国の再興は？」

「無理」

「三日月の誓いは？」

「キャンセル」

「もしかして、勇者になっていない？」

「私はカメ」

「大丈夫？　世界が滅びちゃわない？」

「大丈夫」

「ホントに？」

「勇者と魔王は一対。私がやめたら、むこうもやめる。カンペキ。私はこの事実に気づき、安堵して暮らしている」

堂々、Ｖサインで返されたけど。

いいのだろうか。正直、転生した時からこうなる気はしていたけど。

「ねえ、フラウ。魔王っているのかな？」

おそるおそる聞いてみた。

「その名に聞き覚えはないのである」

「ならいいけど」

「では、妾は宴の準備があるので失礼するのである。知己のようであるし、後はカメに任せるのである」

「らじゃ」

ナオが無表情のまま敬礼する。

「飲み物も準備しておらず申し訳ないのであるが、それほど時間はかからないのでお待ちくださいである」

「うん。待ってるねー」

フラウが退出するのを見送って、私はソファーに腰掛けた。

「ナオも座りなよ。とにかく話をしよ」

「カメは仕事中。お構いなく」

「甲羅、脱がないの？」

「これは私の最終防御ライン」

「……えっと、まずは私のことを話すね？」

私はナオに、ゲームキャラクターのクウとして転生したことを伝えた。

あと、転生してから今日までの出来事を簡単に。

「――という感じ」

話しおわると、ナオはずーんとうなだれて沈んだ。

「羨ましい」

「う、うん……。楽しくやってるよ。それでナオのほうは？」

「地獄の人生だった」

「……まあ、だって、七難八苦だよね？」

私はナオの半生を聞いた。

「私は獣人の国に生まれた。ド・ミ獣王国。丘の上に獣王様のお館があって、丘のまわりに町があって、豊かな自然に恵まれた獣人たちの暮らす国。私はその国の戦士長の娘だった。私には前世の記憶があったから、すぐにいろいろなことができて、神童だともてはやされる幸せな始まりだった」

「へえ、よかったね」

「でも、ある日の夜、国に大量のアンデッドが湧いた。アンデッドは何度も湧いて、土地を穢《けが》して、たくさんの人を殺した」

「……なんで、アンデッドが湧いたの？」

「わからない。本当に突然だった。その後、人間の国に攻められた。悪魔と契約した邪悪な国だと言われた。国は蹂躙《じゅうりん》された。お父さんとお母さんとお兄ちゃんたちは人間に殺された。王様も殺された。たくさんの人が殺されて、たくさんの人が捕まって奴隷にされた。私は、ニナお姉ちゃん様に連れられて、山の奥に逃げた。ニナお姉ちゃん様は、王女様。本当のお姉ちゃんみたいに私に優しくしてくれた人」

「大変だったんだね……」

「その後は、生き延びた他の人たちと山の奥に集落を作った。みんなで頑張ってしばらく生きた。でも結局、獣人狩りに見つかって集落は燃やされた。私はニナお姉ちゃん様と逃げたけど、見つかった。ニナお姉ちゃん様は風の魔術の天才で速くて強かったけど、私を見逃すことを条件に自分から捕まった。でも約束は守られずに後で私も捕まった。それが3歳の時」

「……そんなに小さな頃だったんだ」

ナオには前世の記憶があって、意識はしっかりしていたから、幼少とはいえ当時のことは強く覚えているという。

「ニナお姉ちゃん様がどうなったかは知らない。私は、ただの幼子のフリをして、戦士長の娘であることはバレずに、まとめて鉱山に送られた内の1人になった。それからずっと鉱山で働かされていたけど、去年、病気になって体が動かなくなった。私は檻に入れられて運ばれた。同じような奴隷の獣人と一緒に山の麓に連れてこられた。闇の魔術の生贄《いけにえ》にすると言われた。谷底に私たちは捨てられた。月のない夜だった。私は、岩陰にカメの甲羅が落ちているのに気づいて、必死に体を動かして、カメの甲羅に潜り込んだ」

「……それがそのカメ？」

「ううん。これは、それとは別に拾ったもの。魔術が発動すると、黒い泥みたいなものがみんなを包んで、食べた。かすれる悲鳴が聞こえた。私はカメの甲羅に隠れていて、助かった」

カメの甲羅、優秀だねっ！

ツッコミかけたけど、さすがにこらえた。

「その後、上から笑い声が聞こえた。その後はわからない。私は気絶して、気づいたらフラウが助けてくれていた。私はボロボロのズタズタだったはずなのに、全部、フラウが癒やしてくれた。綺麗な体になって目覚めた。ここはダンジョン。世界とは隔絶された別の場所。私はここで働くことに決めた。カメとして」

「カメとしてなんだ……」

「カメは私の守り神。私はカメがいい。私にはカメが合っている。ちなみにこの甲羅アーマーは私の自信作。ショルダーベルトで装着簡単」

ナオの半生は、たしかに壮絶だった。七難八苦だけはある。

勇者としての叙事詩も感じる。

「……でも、いいの？　王女様が生きているなら、祖国の再興はできると思うけど……」

「無理。現実は厳しい」

「ナオは世界最強になれる気がするけど……」

なんといってもナオは勇者。アシス様によって、そう定められた者だ。

「クウも私のことはカメと呼んで」

「いや、それは……」

「ナオでもいいけど。こっちの世界でも私の名前はナオ。ナオ・ダ・リム。銀狼族の子。今はカメ」

ここまで会話したところで、フラウが戻ってきた。

私は宴会に行く。

ナオは、宴会には行かないと言った。フラウが誘っても仕事中だからと固辞した。

私も無理には誘わなかった。


宴会は盛大だった。

私は上座。人化した竜のみなさんが次から次へと自己紹介してくる。

笑顔で応えつつ、お腹いっぱい食べた。

うん。竜の料理もシンプルに美味しい。帝国の大宮殿で食べたものと比べれば素朴ではあったけれど、だからこそ素材のよさが生きている。

ただ正直、私は半ば心ここにあらずだった。

ナオのことが気になる。

ホントにもう。

虫1匹殺せないくせに勇者になんてなろうとするから。とんでもないことになるんだよ。

「竜の里の料理は口に合うのであるかな？」

挨拶が一通りおわったところで、フラウが私のところに来た。

「うん。美味しいよー」

「それはよかったのである」

「ナオから聞いたけど、ナオを助けてくれてありがとね」

「神の御子なればこそ、なのである。クウちゃんにお礼を言われることではないのである」

「でも一応ね」

幼なじみだし。

「ねえ、フラウ、ひとつ聞いてもいい？」

「いくつでもいいのである」

「ナオの国を滅ぼした人間の国って、なんていう国名？」

「トリスティン王国であるな」

ジルドリア王国とリゼス聖国でなくてほっとした。

そのふたつの国は、幼なじみのエリカとユイが転生した国だし。

「かの国は人間至上主義の国家であるが故に、亜人や獣人などケモノか家畜としか思っていないのである」

「酷い国なの？」

「少なくとも人間には普通の国である」

「その他にとっては？」

「奴隷としてしか生きる術《すべ》のない地獄の国であるな。故に我等も、トリスティンの連中には容赦しておらん」

「……そかー」

宴会がおわって、私は個室に案内してもらった。

一息ついたらナオのところに行こうと思って部屋を聞いたら、呼んできますと言われたのでお願いする。

ナオは来てくれた。

「呼ばれて参上」

「ごめんね、呼んじゃって。本当なら私から行こうと思ったんだけど……」

「クウは大切なお客。私は居候。私から来るのが妥当」

「もっとおしゃべりしたくて」

「同意」

ナオが甲羅アーマーを外して半袖半ズボンになった。

「よかった。くつろぐ時には脱ぐんだね」

「着ていると重いのは事実」

「……そういえば、私はこの服、もう何日も着たままだなぁ」

「外にいたのに？」

「この服、女神様特製でね、汚れないの。私自身も精霊の特性を使うと汚れが落ちるからいつでも綺麗にできるし」

「まさにチート」

ナオがベッドの縁に腰掛けて、私も横に座った。

「まさにだね」

私は笑った。

「ところで聞き忘れてたんだけど、前世の記憶があることは言った？」

「それは秘密。言わないほうが身のため」

「なら私も黙っとくね」

「クウは最近、来たんだよね？」

「アシス様が、ナオたちと同い年の地点に送ってくれたからねー」

「私もゲームキャラにすればよかったかも知れない」

「後悔してるの？」

「私の家族は、みんないい人だった。王様もニナお姉ちゃん様もいい人だった。出会えたことに後悔はしていない」

ナオは淡々と語る。声にも表情にも感情をあまり乗せないところは前世と変わらない。

銀色の毛の尻尾が少し揺れていたけど。

「でもどうせなら最強がよかった」

「勇者って最強だと思うけど」

「最初から」

ナオの赤い瞳が私の方に向いた。

相変わらずの無表情だけど、ふさふさの獣耳がピンと立っている。

「でもナオのキャラって、最強っていうほど育ってなかったような」

ナオはライトプレイヤーだった。武技や魔法の熟練度はカンストしていなかったはずだ。

「そうだった。不覚」

獣耳がぺたんと倒れた。

「それで、これからどうするの？　私、帝国の帝都でお店を開くつもりだけど、来る？」

「行かない。私はカメでいい」

「迷惑にならない？」

「フラウはここにいてもいいと言ってくれた」

「ならいいけど……。でも一度くらいは遊びに来てほしいなぁ」

「クウが来て」

「それは来るけどね」

「来たらもふもふさせてあげよう」

ナオが自分の尻尾を体の前に持ってきて愛撫する。

「もふもふ尻尾」

「……触ってもいい？」

「いえす」

触ってみた。まさにもふもふだった。

「ふあぁぁー。これは、いいねえ……」

身を寄せて頬でこすると、気持ちよさ倍増。

「クウの髪も触っていい？」

「いいよー」

「すべすべ。さらさら」

しばらくお互いに触り合ってしまった。

「そういえば、ナオ。私、未覚醒の魔力を解放できるから、やってあげるよ。光と闇の力が使えれば便利だよね」

「いらない」

きっぱり断られた。

「なんで？」

「余計な力が敵を招くかも知れない」

「でも、いざという時、戦えたほうがいいよね？　ここなら竜の人たちに魔術は教えてもらえるだろうし」

「いらない」

体育座りで拒絶のポーズまでされてしまった。残念だけどあきらめよう。

「元気になって気づいたことがある」

「ん？」

「ついてきて」

ベッドから身を起こすと、ナオはそのまま部屋を出ていく。

「どこ行くの？」

「外」

私はついていった。

今は夜。廊下は薄暗い。

竜の里の共同スペースは時間に合わせて明るさが変化する。まさに生活のためのダンジョン。

竜でもくつろげる筒状の大広間を通り過ぎて、人間が通れる程度の大きさのアーチゲートを抜けた。

短い通路の先は殺風景な小部屋だった。床には魔法陣が描かれている。

「……これ、もしかして転移陣？」

ゲームのものとは違うけど、なんとなく雰囲気的にそんな感じがした。

「いえす。一階の出入り口に飛べる」

「おお……」

まさかの大発見。しゃがんで触れてみると、魔法陣が薄く輝いた。

登録できたのかな……？

メニュー画面を出して確かめてみる。

今まで空欄だった転移一覧に「竜の里ティル・デナ：大広間」の表記がある。

「おおおおっ！」

やった。転移先ゲット。

「ねえ、転移陣って普通にあるものなの？」

「ダンジョンにはあると聞いた」

「おおおおおっ！」

そうか町じゃないのか！　あるにはあるのか！

「クウが大興奮」

「だって私、クウだよ？　銀魔法、使えるし！　登録できれば転移できる！」

感情のままナオの肩を揺さぶってしまった。

「よーし、全世界ダンジョン巡りだね。そうすれば全世界に移動可。商売が捗ること間違いなしだよこれはーー！」

勝った。素材だけでも勝っていたのに、プラス転移陣。

圧勝だねこれは！

「あははははははははっ！　ふーはははははははっ！」

「下、行っていい？」

「あ、はい……」

平常運転で淡々としたナオに促されて、私は我に返る。

2人で転移陣に乗った。

転移陣が輝く。次の瞬間には視界が暗転した。ローディング。

飛んだ先も殺風景な小部屋だった。まずは転移陣を登録。

竜の里ティル・デナ：エントランス。

ゲット。

「クウ、ここにも手を当てて。登録すると外からでも扉が開く」

促されるまま、壁の黒い石に手を当てる。ほんのり石が光った。

「登録完了。行こう」

扉は自動ドアだった。ナオが触れるとスライドして開いた。

とんがり山の麓。岩の大地。

晴れた夜空には一面に星が出ていた。

「あー開放感。ダンジョンが悪いとは言わないけど、やっぱり外の世界のほうが自然の息吹を感じて気持ちいいなぁ」

思いっきり両手を星に伸ばす。

「見て」

ナオが身構える。次の瞬間には蹴りで岩を割った。

「うお……」

人間業ではない。少なくとも私は素の蹴りで岩を割れなかった。

「私、普通よりは強いと思う？」

「かなり」

「最近、こんなことができる自分に気づいた」

「さすがは勇者だね」

「……私は何もできなかった。足がすくむ。怖くて動けない。いつも」

ナオは、何を思っているのだろう。それはわからない。

だけどわかることはある。カメじゃいけないと思う。

「ナオは剣も使える？」

「本当に幼い頃だけど、少しだけなら習った」

「小剣？　中剣？」

「懐かしい区分。ゲームで言うなら中剣」

「オーケー。ちょっと待ってね」

ソウルスロットを変更。

「生成、練習用ショートソード。生成、練習用ノーマルソード」

素材はたっぷりある。私は木製の小剣と中剣を作る。

「はい」

木の中剣をナオに渡す。

ソウルスロットを小剣武技、白魔法、緑魔法に変えて、私は木の小剣を構えた。

「魔法障壁、魔法装甲、ＨＰ自動回復」

緑魔法を自分とナオにかける。淡い緑色の光が私とナオをそれぞれに包んだ。

「よしこれで、一定ダメージ吸収、防御アップ、ＨＰも回復するからだいたい安全。障壁が先に弾けたほうが負けね」

「負け？」

「ねえ、この世界って、レベルって概念はないよね、たぶん」

「知らないけど、聞いたことはない」

「だから私が確かめてあげるよ。ナオの強さ」

「どういう意味？」

「打ってきていいよ。全力で。レベルカンストにして小剣武技カンストにして対人戦闘も経験豊富な私が、ナオの強さを確かめてあげる」

「待った」

「待ったはなしっ！」

先手で打った。力は入れず、遠心力だけに頼った右からの軽い薙ぎ。

咄嗟に反応したナオが下から打ち返す。

「何故ならば私がやりたいっ！　こっちに来てから何日か経つけど、まだ1回もまともにやれてないんだよねー。だから少しやろうっ！」

まっすぐに突く。これにもほとんど力は入れない。体のひねりだけの突き。

ナオが身をひねってかわす。

「ナオ、ゲームの時より動けるんじゃない？」

「銀狼はフィジカル最強」

「ならば武技いくよ！　よけてね！　――スプラッシュエッジ！」

衝撃波が飛び散る前方範囲技。ナオはこれもひょいとかわす。

「危ない。危険」

「あははー。平気だってばー。ＶＲＭＭＯと思って気楽にやろうよー」

「ここは現実」

「ほら、私を見るのだ」

私は両腕を広げてアピールした。

「どこからどう見ても、精霊族のクウ・マイヤだよね。というわけで、今夜は特別。遠慮はなしで、全力で斬りかかっていいよー」

ナオは斬ってこない。

ならばこちらから、さっきより少しだけ強めの3連撃。

おお。ナオは身軽にかわした。

「よけてはくれるんだね」

「痛いのは嫌」

「障壁があるから痛くはないけどね」

さらに攻撃っ！

「クウ、めんどくさい」

ナオはすごい。

私も本気で斬りかかっているわけではないけど、それでも普通の人によけられるはずはないくらいにスピードは上げている。なのにステップを踏んで余裕のある回避行動が取れる。

「それっ！　それっ！」

「いい加減に――」

「とうっ！」

「して」

ナオが剣を振り上げて私の攻撃を弾いた。赤い瞳が輝いている。

「……えと、怒った？」

「怒った」

「ご、ごめんね？」

「クウは昔から野蛮。グレアリング・ファンタジーの世界でも何度も斬りかかられた。迷惑」

「あははー。懐かしいねー」

「許さない」

「うおっと」

斬りかかられた。一瞬、ひやっとするほどに鋭い一撃だった。

「お。やる気になってくれたねー！」

「怒っただけ」

ナオが攻めてくる。

今度は私が守勢に回った。横に5メートルほど跳んでもナオは遅れずに追ってくる。

休む暇なく放たれる切っ先が、牙となって私の障壁をえぐり取ろうとしてくる。

「私が――。どんな人生を――。送ってきたと――」

カメなんてとんでもない。まさに狼だ。

「思ってるんだ」

ひときわ鋭い一撃が肩をかすめた。

反射的にカウンターで返した。その一撃で、ナオの魔力障壁が割れた。

勝負がついた。

ナオは剣を手放すと、全身で息をしながら、膝に手を当てて体を支える。

額から流れた汗が岩の上に落ちた。

「ナオ、十分に強いと思う」

少なくとも、先日のボンボン貴族の部下たちは圧倒できる。

「……クウは息ひとつ切らしていない」

「それでもナオは強い。並の兵士なんて一蹴できるよ。魔力を解放すれば、もっと強くなれると思うけど……」

「私はカメでいい」

「今は、カメじゃないよね」

甲羅アーマーは部屋に置いたままだし。

「……忘れてた」

「よし、狼に戻ろうっ！　とは言わないけど、戦ってくれてありがとう。こっちの世界に来て、初めてそれなりに戦えて楽しかった」

「自分勝手」

息の整ってきたナオが身を起こす。赤い瞳でじっと見つめられた。

「あはは。じゃあ、戻ろっか」

「クウ、私はまだ怒っている。やりたくないと言っているのに強引にやらせるなんていけないことだ」

「う。ごめん」

「クウの最強の魔法を見せてくれたら許す」

「えと。なんで？」

「クウは魔法使いが本職。クウの本気を見てみたくなった」

「でも、それだと被害が……」

私の最強の魔法といえば古代魔法だけど。たぶん、現実世界で撃てば地形が変わる。

「まあ、いいか。わかった。許してくれるならお見せしよう」

場所さえ気をつければ平気か。

たぶん。


「じゃあ、ナオ、私にしっかりと抱きついて。ここだと不味いから、どこか離れた場所まで飛んでいくね」

「クウは飛べるの？」

「うん。ふわふわだよー」

ナオを抱えてでも、『浮遊』であれば楽勝だ。

「私、汗をかいた」

「いいよ。平気」

「わかった」

ナオが抱きついてくる。空で落ちたら大変なので私も腕を回した。

そして『浮遊』。2人で浮き上がった。

「……すごい」

「よく考えてみると、自由に空を飛べるって我ながらすごいよね」

さーて、どこにしようかな。周囲を見渡す。

「クウ、空を飛べるなら連れて行ってほしいところがある」

「いいよ。どこ」

「私が落とされた谷の底。トリスティン王国のほうにあるはず。殺されたみんなに祈りを捧げたい」

「どっちだろ……？」

「トリスティン王国は、こっちのほう。詳しい場所まではわからないから、近くに行くだけでもいい」

ナオが指差す方向をマップで確かめると、南東。帝国とは反対側だ。

「とりあえず行ってみるね。あーでも、ジョギング程度にしか速度が出ないから、着くまでに時間かかっちゃうかも」

「平気」

「わかった」

私、いつもならそろそろ就寝なので、途中で睡魔に襲われそうで怖いけど今夜は我慢だ。

意識をキチンと保って『浮遊』する。

まずはテラスの高さまで上がった。すると、テラスにいた幼女、フラウと目が合った。

「２人とも、どこに行ったのかと思えば、夜のデートとは羨ましいのである」

「デートじゃないけどね」

戦ってたし。

「妾も抱きつくのである」

「わっ。こらっ」

ジャンプして抱きつかれた。

「ごめん落ちるっ！　落ちるから離してっ！」

「これならどうであるか？」

「お」

急に楽になった。

「妾も飛んでみたのである」

「なら離れてくれると……」

さすがに２人は暑苦しい。

「クウちゃんの抱き心地はやはり最高なのである。今夜は一緒に寝たかったのであるがまだ用事であるか？」

「あ、そうだ。フラウならわかるんじゃない？」

「何がであるか？」

「ナオが殺されかけた谷底の場所」

「わかるであるが――」

「みんなに祈りを捧げに行く」

ナオがそう言うと、フラウは驚いた顔を見せる。

「カメよ、本気であるか？」

「本気」

「場所はわかるから案内するのである」

「なら、フラウに竜になってもらって――」

「このまま行くのである。人の姿でないと、こうやって抱きつけないから嫌なのである」

離れてくれそうにない。

かといってナオを放り出すわけにはいかないので、仕方なくこのまま飛んだ。

フラウはすごかった。飛行を主導してやるというのでお願いしたら、私とナオがいるのにスピードがぐんと上がって銀魔法『飛行』並の速度になった。

さすがは古代竜。一気に山脈を越えて、越えて、越えて。

夜の内に到着した。

「ここであるな」

私たちは崖の縁に降り立つ。ここでやっと、フラウも私から離れてくれた。

「ここから先がトリスティン王国。人間以外は奴隷扱いされるから、クウちゃんは決して行ってはならんのである」

フラウと同じ方向に目を向けると、丘陵地帯が広がっていた。

トリスティン王国。

ナオとナオの国に酷いことをした国か。遠くには町か砦か――わずかだけど人工の光が見える。

「そして、これがカメのいた谷である」

私たちは谷を見下ろす。

ナオは目を閉じて手を合わせた。

谷は深い霧に包まれていた。なんとも不気味な、黒と紫が混じり合った霧だ。

いや、これ、霧なのだろうか……。

「ねえ、フラウ。これって……」

「いつの間にか、瘴気《しょうき》に満ちているのである」

谷底からは、何か不気味な音も響いている。

風の音だろうか。唸り声や呻き声にも聞こえるけど……。

「死者の魂が神の下に帰れず、悪霊となっているのである」

「酷いね……」

「クウ、なんとかできない？」

目を開けたナオが私に言う。

「ここは妾が竜に戻り、」

「いや、私がやるよ」

「クウちゃんが、であるか？」

「ちょうど本気の魔法を見せる約束もしてたし。この谷、消滅させていいよね？」

「それはむしろ歓迎なのであるが……」

「あと、近くに魔物くんは住んでる？　住んでるなら退避してもらわないと。大丈夫とは思うけど想定外もあるかもだし」

「このあたりは人間の領土に近いので、魔物は住んでいないのである。それより何をする気なのであるか？」

「魔法だよ」

「魔法で、あるか」

「フラウ、ナオをお願い。２人で離れた空の上に行ってて」

「……わかったのである」

ナオを抱いて、というか抱かれて、フラウが空に飛んだ。

私も空に上がる。

さて、果たしてどこまでの威力になるのか。やってみるか。

ソウルスロットを、古代魔法、魔法威力アップ、パワーワードにセット。

２人が十分に離れたのを見て、開始。

「パワーワード――。我、クウ・マイヤが世界に願う。我に力を与え給え」

よし。魔力が体の中で膨れ上がった。

「発現せよ」

魔法を選択する。

「集中せよ」

集中ゲージをためていく。１００％まできたらターゲットを定める。

「解放せよ」

さあ、いくぞ。選んだのは、晴れた夜の野外でしか使えない究極魔法だ。

「スターライト・ストライク」

この魔法は、発動から実際の効果が現れるまでに少し時間がかかる。

なので実用性は低い。

でも威力だけは最強で最高。

さらに極めて強力なターンアンデッドの効果がある。魂を天に帰してあげることもできるはずだ。

夜空が輝きを増す。星の光のひとつひとつが何倍にも膨れ上がって、やがて夜空全体を染める。

染まった光は渦を巻き、ターゲットの上空でひとつの塊となる。

そして、一瞬で突き刺さる。

大爆発。

光の濁流が、谷も何もかもを飲み込む。

やがて光は消え、世界には静寂が戻る。

そして、眼下には巨大なクレーターができていた。野球場より遥かに大きい。

地形も瘴気もすべて消えてなくなっていた。

沈黙だけが、そこには残っていた。

うん。この魔法は封印決定。

「クウ……」

「……ク、クウちゃん？」

ナオとフラウが、ふらふらと近づいてきた。

「よかった。２人も無事だよね。思ったより攻撃範囲が広かった。びっくりした」

「驚く程度ではないのである。何であるか、今の神の御業は」

「私の魔法だけど？」

「ぐうの音も出ないのである」

私たちは、クレーターを避けて大きな岩の上に降りた。

「どうだった、ナオ？」

「凄かった。人間業じゃない」

「私、精霊だしね」

「そうだった。でも、ありがとう。よくわかった」

「どういたしまして。これで許してくれるよね？」

「許した」

「よかった。ごめんね」

ナオは相変わらずの無表情だったけど、私を許してくれた後、その赤い瞳で静かにトリスティン王国の方を見つめる。

何を思うのだろう。

気になるけど、聞くのは不躾だし、私は限界だった。

「ふぁぁぁ～」

あくびが出る。仕事がおわって一息ついたら、眠気が怒濤の勢いで襲ってきた。

「ごめん、もう無理。帰るのは、ちょっと寝てからでお願い」

岩の上で横になる。

「クウちゃんは大物であるな。寝るなら妾も付き合うのである。カメよ、お主も寝ておらんのだから一眠りするとよいのである」

「私はいい」

「で、あるか」

フラウが私にくっついて寝転ぶ。私はすぐに寝てしまった。


目が覚めると、すでに太陽が地平線から出ていた。

立ち上がって背伸び。

「おはようなのである」

「おはよう」

フラウはもう起きていて、眼下のクレーターを眺めていた。

ナオの姿はない。たずねると、クレーターに降りているらしい。

「どこだろ……」

クレーターが巨大すぎてわからない。

と、クレーターの斜面からナオが飛び上がってきた。

銀色の尻尾をなびかせ、スタッと岩の上に着地する。

「おかえり」

「クウ、おはよう」

「おはよー」

「さて、クウちゃんも起きたことであるし、帰るとするのである。そろそろ人間どもが調査に来るかも知れないのである」

「来るかな？」

丘陵のずっと先に、人間の町らしきものがあるのは見て取れるけど。

「かなり遠いし、気づかなかったかも知れないよ」

「夜空を染め上げてからの星の光の槍だったのである。山脈で何かが起きたことはトリスティンの国中で理解することができたかも知れないのである」

「……そんなに派手だった？」

まあ、派手ではあったけど。

「で、ある」

「来るならさ、せっかくだからどんなやつらか見ていこうか？」

「皆殺しであるか？」

「見るだけ」

物騒な。

「しかし、水も食料もないのである」

「あるよー」

アイテム欄から、バケツの水とパンと干し肉とフルーツを取り出す。

「ぬ。これは何であるか」

「食べ物」

「ど、どこから……」

「クウ、アイテム欄も使えるのか。羨ましい」

「カメは知っておるのか？」

「うん。安全。問題ない」

「はい、コップもあるよー。水は綺麗だから好きなだけ飲んでね」

「ありがとう」

コップで水を汲んでナオが飲む。私も飲んだ。

それを見たフラウが、おそるおそる水に口をつける。

「おお。これはよい水である」

「でしょー。ちゃんと魔法で綺麗にしたから。食べ物もどうぞ。帝国の大宮殿でもらったやつだから美味しいよ」

朝食タイム。お腹も空いていたのでもりもり食べた。

トイレ？　私が何日野宿してると思っているんだ。

いろいろ余裕です。

あと精霊は日焼けをしないようで、かなり外にいるのに私の肌に変化はない。

「しかし、大宮殿の食材とは。クウちゃんは帝国と懇意なのであるか？」

「皇女様とは友達だよ。竜族から見て帝国ってどうなの？」

「少なくとも我等の領域を脅かしたことはないのである。故に竜族にとっては関心のない国であるな」

「可もなく不可もなく？」

「で、ある」

「ジルドリア王国とかリゼス聖国は？」

私がたずねると、黙々と干し肉を食べていたナオの耳がピンと動いた。

ジルドリア王国にエリカがいて、リゼス聖国にユイがいることは、昨日の夜に伝えてある。

「ジルドリア王国の連中は、我等の領域に興味があるようで、ちょくちょく部隊を派遣してくるのである。リゼス聖国は山脈に接した国ではないので関わることはないのである」

「ジルドリアは来てるんだ」

「最近は特にである」

「何が目的なんだろ？」

「我等が出向く前に撤退してばかりだから知らぬのである」

エリカが関わってなければいいけど。

「トリスティンは？」

「害悪である。おぞましい儀式などしおって」

「……儀式って、どんなのだったの？」

「奴隷を生贄にして、悪魔どもから邪悪な力を得ていたのである。おかげでこのあたりは瘴気の出やすい場所になっていたのである」

「もう何もないけどね」

「で、あるな。クウちゃんには感謝なのである」

「それで邪悪な力って、なんに使うものなの？」

「支配の首輪の製作。はめられると、絶対に抵抗できなくなる呪いの道具。心と体が半分死ぬ。私もはめられていた」

干し肉を食べおえたナオが、リンゴをかじりつつ言った。

感情の変化は見えない。昨日と変わらない淡々とした様子だ。

「ナオのはフラウが外してあげたの？」

「妾が拾った時には、もうしておらんかったのである」

「ここに捨てる前に外された。外されても、私は死にかけていたから逃げる力もなかった」

「……カメよ、そなた平然としておるが、よいのであるか？　トリスティンの連中の様子見など」

フラウが心配した顔をする。

「あ、ごめん。そうだよね」

私はまったくナオの気持ちを考慮していなかった。

「いい。私も見てみたい」

「ホントに？」

「本当」

「ならいいけど……」

「まあ、仮に見つかっても妾とクウちゃんがいれば問題ないのである。連中など5秒とかけずに皆殺しである」

「……あはは」

そうならないことを祈る。

「でも、首輪をはめられたら大変かな？」

友好的に来られて油断したところ……なんて可能性もある。

「心配無用である。アレは強い魔力を持つ者には効かぬのである。クウちゃんが支配される可能性はないのである」

「ならよかった。でも、まあ、見つからないようにしよう。今回は見るだけってことで。あ、でも、奴隷の人とか連れてきていたらどうする？　助ける？」

「助けても、首輪の呪いで死ぬ。首輪を外せないと意味がない」

「私の魔法で外せればいいけど……」

確証は持てない。

「あれは酷い呪いのアイテム」

「そだねえ……」

それからしばらくしてトリスティン王国のほうから騎馬隊がやってきた。

クレーターの向こう側なので、かなり距離がある。なので準備しておいた魔法を使う。

「銀魔法、ライブスクリーン」

この魔法は、指定した対象を中心に離れた場所の映像を映し出す。

対象は真ん中にいた騎士。プレイヤーキャラクターに使う時には相手の許可がいるけど、プレイヤー以外であれば自由に選択できる。

対象との距離は5メートルに設定。

目の前にスクリーンが現れ、彼らの様子を映し出した。

自在に変えることのできるスクリーンのサイズは小さ目にしておく。

「おお。すごいのである」

「これで見よう」

スクリーンは私以外にも見ることができる。

プレイヤーが大勢参加するイベントの時に、よく使われた魔法だ。

やってきたのは合計30名ほどの騎士と神官と文官の一団だった。

全員騎乗していて、奴隷はいない。

彼らはクレーターを見て、大いに驚いた様子だ。神官の1人なんて、落馬して、狂乱したように喚き散らし、と思ったら跪いて必死に祈りを捧げ始めた。

うーむ。声が聞こえないのは、やはり残念だ。

姿を消して近づいてみようかな……。

と思ったけど自重した。万が一にも見つかったら大虐殺になるかも知れない。

ナオは無言だった。じっと映像を見ている。

「……ねえ、ナオ。知り合いはいる？」

「いない」

「そっか」

少しほっとした。

もしも仇がいたらどうなっていたのか。そのあたりのことを私は、まったく考えていなかった。

一団は、しばらくして立ち去る。まずは様子を見に来ただけのようだった。

「このあたりは当分、騒がしくなりそうなのである」

「何か対策は取るの？」

「我等の領域に入ってこない限り、何もしないのである。ただし儀式の現場を押さえたならば容赦なく攻撃するであるが」

「神がお怒りなのだーとか言って、やめてくれるといいねえ……」

「で、あるな」

「さて、とりあえず帰ろっか」

来た時と同じように3人でくっつく。

「あ、そうだ。ねえ、フラウ。ちょっと実験したいことがあるんだけどいい？」

「何であるか？」

「実はね、竜の里の転移陣なんだけど、私、登録ができたんだよ」

「……登録、であるか？」

フラウが首を傾げる。

「うん。転移できると思うんだよね」

「ほお……」

「やってみてもいい？」

「構わぬであるが」

「もし私だけ消えちゃったら、ナオをつれて戻ってきて」

「わかったのである」

「たぶん、くっついていれば一緒に飛ぶと思うけど……。いくね」


2人をぎゅっと抱きしめる。その上で魔法を発動。

「転移、竜の里ティル・デナ、大広間」

視界が暗転。ローディングのような時間を挟んで、私は転移陣の描かれた小部屋に降り立つ。

「こ、これは……。何であるか」

「着いた」

フラウとナオも一緒に来ていた。

「よし、成功」

素晴らしい。転移の魔法は便利に使っていけそうだ。

「クウちゃんよ、ここは我等の家であるか？」

「うん」

「で、あるな……」

「この魔法でいつでも来られるようになったんだけど、使ってもいい？」

「毎日来てくれてよいのである。いっそ住んでくれてもよいのである」

「ありがとう。ありがたいけど、それはやめておくよ。私、帝都で工房を開くし」

そのために鉱石を集めに来たのだ。

「あ、でも、何日か滞在させてもらってもいいかな？」

「何日でも何年でも構わぬのである。今夜も宴会をするのである。みんなとも交流を深めてあげてほしいのである」

「うん。楽しみ」

「クウ、フラウ、連れて行ってくれてありがとう。私は仕事があるのでこれで」

くるりと身を返して、ナオが広間のほうに歩いていく。

「頑張ってね。また夜に」

「クウちゃんはこれからどうするのであるか？」

「私も仕事に行くよ。鉱石集め」

「で、あるか。それでは妾ともまた夜にであるな」

「うん」

「これ、カメ！　待つのである！　また掃除で1日を潰すつもりであるか!?　もっと有意義なことをするのである！」

フラウがナオを追いかけていった。

「よし、私もがんばるかー！」

私は外に出る。

ソウルスロットに採掘と敵感知と銀魔法を入れて、ゴー。

気合で夕方まで採掘した。

おかげでミスリル鉱石が20個までたまった。なんと熟練度は80まで上がった。

ただそれ以上は、とんがり山の周囲ではもう上がらないようだった。

80あれば十分だけど、カンストを目指すのならば、さらなる秘境の採掘ポイントを探す必要があるようだ。

夜は宴会。竜の人たちとおしゃべりして、まだ人の姿になれない子供の竜くんたちと遊んだ。

ナオは今夜も宴会には出てこなかった。

どこにいるのかとフラウに聞いてみたら外に出ていったという。

少し席を外させてもらって私はエントランスに飛んだ。

外に出てみる。

星と月に照らされる岩の大地に、甲羅アーマー姿のナオがいた。

力なく立ち、1人で、じっとしていた。

私は宴会に戻る。声はかけられなかった。

宴会の後は、お風呂に行った。

なんと竜の里には、ダンジョンなのにお風呂があるのだ。すごいよね。

お風呂場は浴室と洗い場に分かれていて、普通に銭湯のようだった。洗い場にはナオが先客として来ていた。

「やあ」

私が笑顔で声をかけると、「やあ」と無表情に返事が来た。

いつも通りのナオだった。

ナオはバスチェアに座って、手につけた洗剤で丁寧に尻尾を洗っていた。

私はとなりに座った。

ナオの体は小さくて細い。それは前世と同じだ。幼く見える顔立ちと無表情も変わらない。

でも私の横にいるのは前世のナオではない。獣の耳と獣の尻尾を持つ、銀狼族の女の子だ。

本当にちゃんとお尻の上あたりから尻尾が生えている。

「どうしたの？」

「あ、えっと。洗うの手伝おうか？」

マジマジ見ていたら、さすがに気づかれてしまった。

「尻尾？」

「うん」

「いいの？」

「せっかくだし」

「じゃあ、お願い」

「任せてっ！」

手のひらに洗剤をつけて、丁寧に指で梳いてあげた。ナオの尻尾は、濡れて細くなっていても実に手触りがいい。

「尻尾を洗うの大変そうだけど、毎日洗ってるの？」

「うん」

「ナオ、綺麗好きだったもんね」

「うん」

「ならさ、」

奴隷時代はどうだったの？　私は聞きかけて、やめた。聞かなくてもわかることだった。

「何？」

私が途中で言葉を止めたので、ナオがたずねてくる。

「あ、えっと……。そうだ。久しぶりに、にくきゅうにゃ～んしてあげようか」

「成長した？」

「もちろん！」

異世界に来て、セラから100万点をもらったしね！

「じゃあ、お風呂から出たら見せて」

「うん。いいよー！」

尻尾を洗ってあげた後は、ナオが私の髪を洗ってくれた。

体を綺麗にした後は、ゆっくりと湯船に浸かった。

お風呂から出る。さあ、いよいよリベンジの時だ。

服を着たところで、早速、「にくきゅうにゃ〜ん」を披露する。くるっと回って、肉球ポーズ。

私、可愛いっ！　完璧だ！

「5点」

「え」

「私の記憶が確かならば、昔から何も変わっていない」

「そ、そんなー！」

「どこを変えたの？」

「う」

私がうめくと、腕を上に伸ばしたナオがくねくねと体を動かして、言った。

「うなぎ」

「あはは」

私は笑った。

ともかく、よく考えてみると、変えてはいなかった。クウになった分だけ可愛くなったはずだけど動きは同じだったよ。

ナオには通じなかった。ぐすん。

でも、ナオにとっては11年ぶりのはずなのに私の芸を覚えていてくれた。それについては嬉しかった。

芸を披露した後はナオとお別れして、1人で部屋に戻った。

さあ、寝ようかなーというところでフラウが来て一緒に寝た。

次の日は、また朝から採掘。グリフォンくんやオオトカゲくんや巨大狼くんたちと再会しつつ、あちこちに飛んで鉱石を掘りまくった。

樹海に入って、樹木もたくさん斬った。

木材集めは魔法でやってしまったので熟練度は上がらなかったけど。

そんなこんなで何日かを、竜の里とその周辺で過ごした。

正確な日数は不明。4日までは数えたけど、それ以降は「あれ、今日で何日目だっけ。まあいいか」ということで数えるのをやめた。

なので、何日か。少なくとも7日は余裕で超えていると思うけど。

雨の日には鉱石をインゴットに変えた。

竜の人たちが私の生成を見たいというので、大広間で作業をした。

武具やアクセサリーの試作もした。

見せている内、竜の人が自分のものも作ってほしいと言うので、素材持参ということで作ってあげた。

これがウケた。

あっという間に行列ができて、お礼にもらった素材が山みたいに積み上がった。

フラウになんて、30個は作った。

まだ人化できない竜の子供たちには首飾りをプレゼントした。喜んでくれた。

ナオにもプレゼントしたかったけど……。

ナオは受け取ってくれなかった。私はカメだから、甲羅と箏があれば十分と言われてしまった。カメに箏が必要なのかは謎だけど。

ナオには一度、強引なことをして怒られているので、強引にアイテムを渡すのはやめておいた。

あと作っていく内に理解できたのだけど、生成はイメージすることによって完成品に変化をつけることができた。

模様を描いたり、肩にスパイクをつけたり。大きさも自由自在だった。

ゲームより便利な技能になっている。

アシス様に感謝。

と、いうことで結果、多種多様な素材が私のアイテム欄には入った。

もちろん鉱石もたっぷりだ。試作品もあれこれ。

しばらくは余裕でやっていけそうだ。

そんなこんなで、とんがり山で鉱石を集めよう作戦は完了した。

いよいよ帝都に帰る時だ。

約束の10日は確実に過ぎている。セラには謝らないといけない。

というか『帰還』と『転移』の魔法が揃ったんだから、いつでも戻ってまたここに来られたね、と採掘最終日の夕方に気づいた。

フラウに帰る旨を伝えると今夜だけはと引き止められた。

出立は明日の朝になった。

とはいっても、竜の里には、また遠からず来ると思うけど。

だってナオのことが心配だ。放置はできない。

最後の宴会には、ナオにも参加してもらった。一度もいないのはさすがに寂しい。

嫌だって言うなら魔法で眠らせてでも連れて行くからねっ！

ってお願いしたら、あきらめて了承してくれた。

よかった。嬉しい。

甲羅アーマーも脱いでくれた。

竜の人たちとは、もう何日も宴会をしているので、すっかり仲良くなった。

私の一発芸の中ではスルメ焼きがウケた。

寝転んだ状態で、焼けまーす。じゅじゅ……。じゅじゅ……。

こう、ゆっくりと丸まっていくだけの芸なんだけども。なぜか爆笑だった。

ナオには心の底から白けた目で見られたけども。

うん、前世が懐かしい。そんな風に見られていたよね。

「クウは変わらない」

「こっちに来てまだ一ヶ月も経っていないしね」

「私は11年が過ぎた」

「うん。長いね」

ナオとは、あまり会話をしなかった。話したいことはいくらでもあるはずだったのに。

最後の夜は、フラウが気を利かせてくれてナオと一緒に寝たけど。特に会話はなかった。

翌朝。

「じゃあ、帰るね。何日もありがとう」

「いつでも来るとよいのである」

フラウだけでなく、他の竜の人たちからもお別れの言葉をもらった。

「本当に、またすぐに来ると思うけど……」

そう。転移の魔法でいつでも来られるのだ。お別れといってもお別れではない。

「クウ」

ナオも見送りに来てくれていた。いつものように甲羅アーマーを身に着けている。

「ナオ……。一緒に行く？」

「行かない」

「何かあったらすぐに相談してね？」

「心配無用」

「本当に大丈夫？」

「当然」

「毎日来るからね？」

「来なくていい」

「なんでっ!?」

「さすがに邪魔」

「ひどっ！」

「月に一度くらいで十分」

「う……」

「本当にたまにでいい。私はカメ。ずっと変わらない」

心配すぎるけど、ナオはいつも通りだ。

「……じゃあ、またね？」

「また」

気を取り直して、私とナオと握手した。

「みんなも、またね！」

最後に大きく手を振って、私は『帰還』の魔法を発動した。

第10話

帝都への帰還。ただいま！

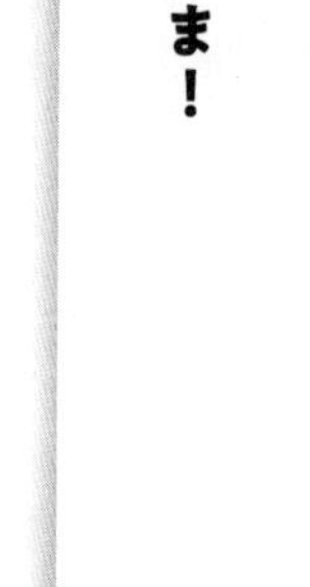

願いの泉に帰ってきた。

「よっと」

石畳の上に降りる。

バスティール帝国の帝都ファナス、その中枢である大宮殿の奥庭園。

よく手入れされた静かで美しい場所だ。

「……セラは、いないか」

まわりには誰もいなかった。

まあ、仕方がない。何しろ約束よりも随分と遅くなったし、まだ朝だ。

ベンチに腰掛けて、寝転ぶ。

朝なのに、寝転ぶと眠くなった。木漏れ日が心地よい。

ああ、意識が溶けるねえ……。

…………。

「――クウちゃん。――クウちゃん」

ん。呼びかけられて目を開けると、身だしなみの整った金髪碧眼の美少女がいた。

「おはよ、セラ」

アクビをしつつ身を起こす。

「おはようございます。やっと帰ってきたんですねっ！　10日を過ぎても帰ってこないから心配していたんですよ？」

「ごめんね、ちょっと頑張りすぎちゃった。ただいま」

「おかえりなさいっ！」

セラのうしろにはシルエラさんもいる。

「シルエラさんもお久しぶりです」

笑いかけると、ぺこりとおじぎされた。

「それでクウちゃん、石集めはうまくいったのですか？」

「うん。バッチリ」

勝利のブイ。

「おめでとうございますっ！　これでお店が開けますねっ！」

「ありがとう。それで私、どうすればいいだろ」

「お父さまに連絡は行くと思いますので、まずはわたくしの部屋に行きましょう」

「じゃあ、遠慮なくおじゃまさせてもらおっかな」

「どうぞどうぞっ！」

えっと。これは。

押すの？　押せばいいのかな……？

とりあえずセラの背中を押して歩いた。

「あの、クウちゃん……?」

「はい?」

「この歩き方だとおしゃべりがしにくいのですけれども……」

「そ、そうだね。あはは」

何をやっているのだろう私は。笑ってごまかしてセラのとなりに並んだ。

「実は、クウちゃんの旅先での活躍はいろいろ聞いているんですよ」

「そうなんだー」

「それで実は、謝らなきゃいけないことがあって」

「セラが?」

「はい」

なんだろ。私が首を傾げると、セラが申し訳なさそうに言った。

「実は、クウちゃんの活躍が、わたくしの活躍みたいに噂されているようなんです」

「というと?」

セラが言いにくそうにしていると、シルエラさんが代わりに教えてくれる。

「皇女殿下の世直し旅――と世間ではもっぱらの噂です」

どこの時代劇っ!?

あやうく突っ込みかけた。いかんさっきから前世の記憶に引っ張られている。

「――好き放題していた男爵の息子を姫様が正義の剣で成敗なされた、と」

「あー。あれか」

オダンさんとエミリーちゃんのいた町。ネミエの町だったかな。

フロイトとかいう貴族のボンボンと喧嘩したね。

「ダンジョン町では、ダンジョンへ無謀に挑んで死にかけた若者を光の魔術で助けると共に諭し、体だけでなく心をも救った、と」

「あー。あったあった」

心まで救ったかは知らないけど、護衛クエストで苦労させられた彼だね。

名前はなんだっけ。頑張り屋のオリビアさんが妹ってことは覚えてるけど。

「城郭都市アーレでは拉致された少女を救い、悪党どもを蹴散らしたと」

「それは心当たりが……。あるような？　ないような？」

話が歪曲《わいきょく》されているけどアンジェのことだろう。

元気でやってるかなぁ。たぶん元気だろうけど。

「さらにコンテストに出場し、見事な剣舞で観客を魅了したと」

…………。えと。

「……そ、それだけかな？　コンテストの噂は？」

「はい。それだけでございます」

「ホントに？」

「本当でございます」

た、助かったぁぁぁぁ！

あのアレな《・・》アレは、広まっていないのか！

まあ、そうか。皇女様になっているなら、不敬罪で処罰されて当然になるからね……。

「ありがとう、セラ！」

「え。な、なんですか!?　わたくし、謝るほうですけれども……」

「そんなことはないよっ！　私は助かったようです！」

本当によかった。泣ける。

「それにしても、私こそごめんね。迷惑かけちゃったみたいで」

「いえ、わたくしのほうは特に。よい噂ばかりですし。むしろクウちゃんの活躍が聞けて誇らしいです」

大宮殿に着いた。そのままセラの部屋に行く。

あれこれしゃべっていると執事の男性が迎えに来た。

「クウちゃん様、応接室で陛下がお待ちです。ご案内いたします」

「わかりました」

恭しくクウちゃん様と言われると、どうにも突っ込みたくなるけど我慢だ。

「わたくしは？」

「セラフィーヌ様はお部屋で待つようにとのことです」

「そんなー」

「セラ、ちょっと行ってくるよ。待っててね」

「……わかりました」

案内されて廊下を歩き、階段を上って執務室に入る。

「来たか、まあ座れ」

陛下はすでに部屋にいて、鷹揚な態度で椅子に座っていた。テーブルを挟んで対面に座る。

「朝から騒がしくして申し訳ありません」

「気にするな。執務は始めていた」

「それで、あの……」

「家は準備してあるぞ。案内役をつけるから後で見てくるといい。ついでに商業ギルドで登録もしてこい。こちらも手配済みだ」

「ありがとうございます」

「君は大活躍だったそうだな。話は聞いているぞ」

頭を下げると、ニヤリとして言われた。

「いやあ、それほどでも」

照れる。

「例の男爵の子息は、3年の間、騎士団に強制所属となった。心身ともに叩き直されることになろう」

「それって罪としては重いんですか？」

「軽くはなかろう？　まさか投獄するわけにはいかぬ。これで許せ。領主にも住民の安全は保証させたから安心しろ」

「ありがとうございます。……わざわざ処理してくれたんですよね？」

「当然だ。あのまま放置するわけにはいくまい」

陛下に尻拭いをさせてしまった。申し訳ない。

「あの時にいた覆面の人って、陛下の部下なんですか？」

「ああ。帝国でも五指に入る凄腕の密偵だ」

「やっぱり！　すごかったですよ、あの人。いつの間にか横にいたし」

まさに忍者だった。

「その凄腕を以ってしても、君の足取りは追いきれなかったがな」

「あはは」

そもそも足取りを追うなー。

とは、言えない状況なのが悲しい。正直、助かったし。

「それにしても、青く輝く聖剣の一撃で、相手の剣と服を粉微塵に切り刻んだそうじゃないか。クウちゃん君には剣の心得もあるのかな」

「ショートソード系は得意ですよ」

「あの剣はどういうものなのかな？　凄腕も驚いていたが」

「精霊専用の神話武器です」

見られていたなら言うしかない。

ごまかしはするけど、嘘はできるだけつかないのが私のポリシーだ。

「神話武器？　聞いたことがないな……」

「抜いていいならお見せしましょうか？」

「構わん。見せてくれ」

「いいのかな……？」

部屋には何人もの執事の人や護衛の騎士がいる。そちらの人たちの顔色を窺う。

「えっと、立ち上がりますよ？　ダメなら言ってくださいね？」

特には反応がなかったので、装備することにした。立ち上がって、鞘から剣を抜く。

剣から放たれた青い輝きが室内を一瞬で染める。

「これは――。美しいが、凄まじい威圧だな」

「綺麗ですよね。自慢の剣です。名前はアストラル・ルーラーです」

「まさに神話の武器、か」

「精霊専用なので人間には触れません。触るとどんなことになるかわからないので見るだけでお願いします」

「神話……ということは、精霊の世界でも貴重な剣なのかな？」

「最強の武器ですね。私のいたところでは私だけのものでした」

なんといってもサーバーに1本しかなかった。

もういいぞと軽く手でジェスチャーされたので、剣をしまう。

「さて、では次だが」

「はい」

私は座り直す。

「まずは安心しろ？　帝都に流れかけた下賤な噂はすべて塗り替えておいた」

またもニヤリとして言われた。

う。それは、はい。アレですね。

「ありがとうございますっ！」

「ククク。感謝しておけ」

くそー。笑いやがって。でも頭を下げるしかないこの悲しみよ。

「もう少し考えて行動しろよ？　いつも何も考えずに、その場のノリと勢いだけで動いているだろう、君は」

「……うぐぐ。言い返す言葉もございません」

いつの間にか紅茶が置かれていたので一口だけ飲む。

「これはセラフィーヌから聞いているかも知れんが、君の行動が市井ではセラフィーヌの行動になっている」

「みたいですね……。すみませんでした……」

「謝る必要はない。よいではないか、皇女殿下の世直し旅。ククククク。いっそ演劇にしても面白そうではないか」

「セラが困りますよ」

「別に困ってはおらん様子だったぞ？　そもそも皇女なのだ。これから外に出れば嫌でも注目されるのだから多少の尾ひれがついても同じだ」

「……私としては、正直、ありがたいですけど。でもセラが困るようなことにはしないでくださいね？」

「当然だ。ちなみにこの件については、俺がそうしたわけではないからな。ペンダントをむやみに見せびらかした君が悪い」

「……申し訳ございません」

「構わん。渡したのは俺だ。ちなみにクウちゃん君は光の魔術を使えるのかな？」

「使えませんよ？　普通に回復魔法が使えるだけです」

よく聞かれるので、私の魔法がこの世界のものとは異なることを説明した。

「この世界では、光の魔術が使える者は極めて稀でな。今までに女性の使い手しかいないこともあって聖女と呼ばれるのだ」

「知っています。今の大陸にはユイ、様しかいないんですよね」

「セラフィーヌにその聖女の噂もあってな。主に君のおかげで」

「……主にというか、もしかして完全に？」

「なんだ、わかっているじゃないか」

はっはっはー。と、笑われた。

くううう。クウちゃんだけにぃぃぃぃぃ！

しかし言い返せない！

「さすがの俺もこの事態は想定していなかったが、噂はあくまでも噂。気にする必要はないと考えているが——。しかし、その噂が起因となって、セラフィーヌには思わぬ試練が降りかかる可能性もある」

「も、もちろん全力でサポートさせていただきますっ！」

「ならば結構。クウちゃん君、頼りにしているよ」

うう。今度は爽やかに微笑まれた。

しかし言い返せない。

「さて一応、その後のことも聞いておきたいのだが。ザニデアのダンジョン町で君の消息が完全に途絶えた。どこへ行っていたのかな？」

「はい。とんがり山に行っていました」

「とんがり山？」

「えっと……。ザニデア山脈の一番高い山です」

「それは聖なる山ティル・デナのことか？」

「えっと、はい。そこです」

「人の入り込める領域ではないはずだが？」

「私、精霊なので」

「はっはっは！　そうだったな！」

膝を叩いて笑われた。

「魔物くんたちと、たくさん友達になりましたよ」

「ほう。大人しいのか？」

「人間が来たら容赦なく皆殺しにすると言っていたので、陛下たちは絶対に行かないほうがいいと思います」

「誰が言っていたのかな？」

「古代竜フラウニールです」

「……クウちゃん君は、竜と会ったのか？」

「竜の里で何泊かさせてもらいました。竜の里を拠点にして、鉱石を掘りまくってきたんです。ふふっ！　いっぱい掘ってきましたから、お店、期待していてくださいっ！　あ、いっぺんには出しませんよ？　私だって、ちゃんと考えていますからねっ！」

胸を張ってしっかり補足。私、かしこい。

「その割には手ぶらで帰ってきたようだが？」

「う」

「そもそもあえて突っ込まなかったが、先程の剣はどこから取り出したのかな？」

「う」

ニヤリとして聞かれた。

「安心しろ。深くは聞かないでおいてやる。なにしろ精霊なのだから、精霊界に物を置くこともできるだろうしな」

「まぁ……。はい……。そうです……。秘密ですからねっ!?　ぜーったい、便利に使われるようになるだけだし！　そういうのめんどいんで！」

「わかっている」

「ならいいけど……」

「ちなみに竜は、我らのことを何か言っていたか？」

「帝国はよかったですよ。可もなく不可もなくでした」

「ほお。と、すると、他の国は違うのかな？」

「はい。ジルドリア王国は最近、竜の支配地域にそれなりに近づいているみたいでフラウは嫌っていました。トリスティン王国は最悪で、山の麓で邪悪な儀式を行って、瘴気の谷みたいなのを作っちゃってました」

「……それは疫病の原因ともなる大変な事態なのではないか？」

「あ、もう平気ですよ。解決してきたので」

私がねっ！

自慢して胸を張ると、陛下がこめかみに手を当てた。

「これはまだ精査されていない新しい情報なのだが、ザニデアで謎の発光現象が起きたとの報告があってな。神の怒りではないかと不安視され始めているのだが」

「あ、それ、私です。ただの魔法なので、べつに問題ないですよ。あ、でも、トリスティン王国には神の怒りと思ってもらったほうがいいので、うまくこう、話に乗っちゃってあげてください」

「はぁ……」

深いため息をつかれた。

「具体的には何をしたのだ？」

「瘴気の谷ごと、あたり一帯を吹き飛ばしてクレーターにしました」

またもため息をつかれた。

「君の仕業だとバレていないだろうな？」

「それはもう」

夜だったしね。

「その件は、人には言うなよ？」

「了解です」

「――まったく、次から次へととんでもないことを」

「……もしかして、迷惑かけてますか？」

「当然だ」

「すみません……」

「気にするな。君はセラフィーヌの大切な友人だ。娘の友人を無下にするほど俺は冷酷な人間ではないぞ」

「へえ、いいお父さんなんですね」

意外だ。皇帝なのに、なんかいい人だ。

「あ、そうだ。ペンダント、返したほうがいいですよね」

「構わん。持っておけ」

「でもそれだと、また使っちゃうかも……」

「構わん」

「……いいの？」

「持っておけと言っている」

「じゃあ、遠慮なく」

あると便利なことは確かだし、ありがたくもらっておこう。

「ああ、そうだ。今夜は泊まっていって構わんからな。商売に関する説明を受けると時間はどうせかかる」

「う。……勉強ですよね、それ」

一応、前世では大学生だった私だけど、勉強はかなり苦手だ。

ゲームのことならいくらでも覚えられるのに、教科書やボードに書かれた言葉はまるで頭に入らない。テストの度に苦労したものだった。

「何も知らずに商売できるわけがなかろう？　露店ならともかく、この帝都で正式に店舗を構えるのだぞ、君は」

「そうですよね……」

「無理そうなら経理の担当者くらいは貸してやるから安心しろ」

「はい……。頑張ります……」

経理。その言葉だけで、早くもギブアップしたくなった。

なにしろ竜の里での滞在日数ですら、4日までしか数えられなかった私です。

「ああ、そうだ。忘れるところだった。旅立つ前のことは覚えているか？」

「はて？」

なんのことだろう。

「君は、セラフィーヌに何かをしただろう？」

「そうでしたっけ」

「光の柱が立つような、だ」

「……ああ。はいっ！　覚えてますよ！　私の記憶力は大したものです！」

「あれは何だ？」

「解呪の魔法です。念の為にかけておきました。アシス様の力は偶然の産物なので万が一にも呪いが残っているといけませんし」

「そうか。それならば感謝しておこう」

「どういたしまして」

「もっとも、あの光の柱を偶然にも目撃した貴族がいてな。やはり我々は精霊に選ばれたのだと息巻いて困っている」

どういう状況なんだろうか。よくわからないや。

「まあ、アレですよ、アレ。うん。偶然、たまたま？　また精霊さんが来ちゃったね的な感じでお願いします」

「ははは！　偶然、たまたまか。よかろう。そうしておこう」

「ありがとうございますっ！」

❈

クウ・マイヤの退出後、バスティール帝国皇帝ハイセル・エルド・グレイア・バスティールはため息まじりに口を開く。

「バルターよ、俺は今、あいつのあまりの能天気ぶりに戦慄すら覚えている」

「よいではありませんか。陛下への好感度も随分と上がった様子です。このまま完全に取り込んでしまいましょう」

脇に控えていた腹心のバルター・フォン・ラインツェルが静かな笑みを浮かべる。

「しかし、竜と友誼を結び、魔物と友達になる、か」

「精霊なればこその話ですな」

「真実だと思うか？」

「はい。彼女であれば十分に有り得る話かと。先の剣も、尋常のものではありませんでした」

「そうだな。帝国の聖剣がかすんで見えたぞ」

「あまりの圧に身が震えました」

「アストラル・ルーラーと呼んでいたな。精霊にとっても最強の武器だと」

「意味としては、霊なる領域の支配者――で、ありましょうか」

「まさに精霊姫、精霊第一位といったところか」

あのような剣を人前で使っていれば、どれだけの者に狙われることか。

盗賊なら撃退するだけだが、貴族にも狙われかねない。

ハイセルはその点の注意を忘れていたことに気づいたが、それ以前に町中で平気な顔をしてふわふわ浮かんでいる娘だ。自らの特異性を理解できていない。

いや本人は理解しているつもりでいるようだが、あまりにも脇が甘い。

「バルター、すまんがセラフィーヌとクウちゃん君の指導役を頼めるか？　常識的行動というものをよく教えてやってくれ。町中で気軽に浮かんだり、簡単にあの剣を抜いたりせぬようにとな」

「せっかくなので案内役も仰せつかってよろしいでしょうか？」

「ほお。どういう意図だ？」

「もう少しあの娘の気質を見てみたくなりまして」

「構わぬが、護衛はつけろよ？」

「セラフィーヌ様には現在、サギリがついているのでしょう？」

「あれはいざという時の要だ。普通の護衛もつけておけ。ついでに商業ギルドの連中はたっぷりと脅しておけ」

「畏まりました」

「クウちゃん君には、気持ちよく帝都での生活を楽しんでもらいたいからな」

話に一区切りついたところで、揃って部屋を出る。

ハイセルには次の会談があった。

娘たちと遊びに――ではないが、外に出られるバルターが羨ましい。

なにしろ歩けば騒動を拾ってくるクウが一緒である。きっと面白いことが起きるだろう。

ハイセルが会うのは頭の痛くなる相手である。

ローゼント公爵家の当主、エダート。

妻アイネーシアの実父であり、現在の自分を支える皇帝派貴族の中核の1人。

会わないわけにはいかない。

ハイセルはそもそも皇位継承を期待されていない皇子であった。

母親が地方の下級貴族の娘ということもあり、第四皇子ではあるもののまさか即位することはないだろうと自由に育てられた。

それが不幸な事故によって一度に父と長兄と次兄を失い、至尊の地位に就いた。

すでに公爵位にあった盟友バルター、義父ローゼント、騎士団長と魔術師団長を中核とする中央軍の支持がそれを後押しした。

三兄との間に争いはあったが、三兄は血統に優れていても人格難のために支持が広がらず、ハイセルの勝利でおわった。

とはいえ、今でも貴族の中にはハイセルの即位を快く思っていない者もいる。

味方のフリをしつつも、何をするにも横槍を入れてくる面倒な連中であった。

上手くあしらうために、身内との事前の相談は欠かせない。


「おおっ！　お待ちしておりましたぞ、陛下」

部屋に入ると、立ち上がって両腕を広げたローゼントが大袈裟に歓迎してくる。

すでに60歳を越えた義父だが、呆れるくらいに元気はつらつとしている。

「お待たせしました、義父上」

「ははは。宮殿内で義父上はおやめくだされ、陛下」

いつものやりとりを交わした後、席に着く。

「それでご決心はつきましたかな。我が孫セラフィーヌを正式に聖女とし、帝国こそがまさに精霊様の加護を受けた真の聖なる国だと民衆の前で宣言することを」

「それはやはりやめておくことにした」

「何故ですか！　帝国の威光を大陸に轟かせる絶好の機会なのですぞ！」

ローゼントは唾を飛ばす勢いで声を荒らげる。

「聖国と戦争になったらどうする」

「その心配はありません。そもそも領土を接していないのです。ジルドリアと手を組んだところで我らの敵ではありません。蹴散らしてやればよいのです。精霊神教にしたところでこちらには聖女がいるのです。さらには帝都で精霊様の祝福が起きたことはすでに広く伝わっています。むやみに反発はしますまい」

耳が痛くなる。大きな声でよくしゃべるものだと、ハイセルは心の中で独りごちた。

「さらに宣言すれば陛下の威光は圧倒的となり、ごちゃごちゃとうるさい連中を一度に黙らせることができますぞ」

「それは魅力的ではあるが、同時にセラフィーヌを矢面に立たせることになる」

「護ればよいのです」

「簡単に言うな。影はどこにでもある」

「私はこの機を逃さず、帝国を一枚岩にしたいのです。そしてさらに、我らの名が歴史に刻まれるほどの大きな躍進を！」

最近は、この話で平行線が続いている。断っても断っても、しつこくローゼントはやってくる。

もういい加減にしろと言いたいが、ローゼントの支持を失うわけにはいかないのでそこまでは口にできない。

「それに――。私は見たのです。奥庭園において、この世のものとは思えない、美しい光の柱が立ち昇った、あの光景を」

ローゼントが目をうっとりとさせ、さらに感情を込める。

「あれはまさに、精霊様の輝き――。そして、奥庭園にはセラフィーヌがいたというではありませんか――。セラフィーヌは間違いなく精霊様に愛されているのです。精霊様の友となり聖女となったのです。これを公にせずして、何を公にしろというのです。１０００年の暗黒期がおわる時なのですぞ」

困ったことにローゼントの言は、すべてが思い込みだけの話ではない。

セラフィーヌは精霊と友誼を結んでいる。

そして、おそらくは、その加護を受けて、光属性を得た。

しかし、精霊。

あのぽけーっとした、せっかくの美しい顔立ちを台無しにしていることの多い無防備極まる空色の髪の少女が、１０００年の暗黒期をおわらせた。

それどころか、称号を信じるならば、彼女こそがすべての精霊の頂点。

なんとも信じられない話であった。

しかし、事実ではある。実際に祝福は起き、セラフィーヌは光の属性を得たのだから。

結局、今日も話に決着はつかず、

「期待しておりますぞ、陛下」

と最後に言って、ローゼントは部屋を出て行った。

ハイセルは疲れを覚えた。軽く仮眠を取ろうと、大宮殿の奥にある皇族用の私空間に入った。

すると、リビングに妻付きの女性護衛がいた。妻も来ているようだ。

ノックして私室に入ってみると、妻のアイネーシアがメイドと共にアクセサリーを付け替えている。

「ハイセル、こんな時間に珍しいわね」

「君こそお茶会はどうした？」

「これからなのだけど、宝石の質を上げるために急いで戻ったの」

「またアロド公爵夫人か？」

「ええ。ウルレーナには、装飾品の質でも負けるわけにはいかないでしょう？」

「当然だ」

アロド公爵家の当主デイニスは、いちいちハイセルに横槍を入れてくる反皇帝派の筆頭と呼んで差し支えのない人物である。

その夫人ウルレーナもまた、アイネーシアの開くお茶会に唐突に参加しては皇帝派の女性に揺さぶりをかけてくる。

「……まったく、お互いに苦労するな」

「あら。またお父さま？」

「ああ……。セラフィーヌのことをうるさく言われて敵わん」

「困ったお父さまね。わたくしからも言っておくわ」

「頼む」

「いっそお父さまにもクウちゃんを紹介したらどうかしら？　お父さまは昔から精霊信仰の厚いお方だから、クウちゃんの言うことなら何でも聞くと思うわよ？」

「それは無謀だろう」

仮に何でも言うことを聞いたとしても、相手がクウでは結果は変わらないどころか酷くなる気さえする。

「ふふ。そうよね」

アイネーシアがくすくすと笑う。

アイネーシアとハイセルは学生時代に知り合って、恋愛結婚した。

その頃と変わらない笑い方をアイネーシアは今でもしている。

お互いに当時は、まさか皇帝と皇妃になるとは思ってもいなかった。何事もなければ今頃は、地方の領地を下賜されて、地味ながらも気楽に日々を過ごしていたことだろう。

ウルレーナとアイネーシアも学生時代からの付き合いである。当時から何かと張り合って仲が悪かった。その関係が延々と続いているのだから、ある意味では大したものである。

「でも、祝福があってからウルレーナが来たのは初めてだけど、あの子の悔しがる顔が目に浮かんで今から愉快だわ」

祝福の当夜、アロド夫妻は自領におり、帝都にはいなかった。

「君の肌は若葉のように瑞々しく、輝いて美しいからな」

「毎日、クウちゃんに感謝してしまうわ」

愛する妻との一時でハイセルの気持ちは随分とほぐれた。

仮眠は取りやめ、ハイセルは執務室に戻る。

決裁すべき書類は多い。確認してサインだけはしないと司政が滞ってしまう。

いっそすべてを文官に任せてふんぞり返っていようかとも思うが、それでは反皇帝派の思うままにされかねない。

気を抜くわけには、いかなかった。

❋

陛下との会談がおわった後は、再びセラの部屋でおしゃべりをした。

シルエラさんが早めの昼食としてサンドイッチを出してくれる。

この後は、まずは私の家を見せてもらう予定だ。

準備に少し時間がかかるそうなので、しばらくはのんびりタイムだけど。

「どんなところなんでしょうね」

「セラも知らないいんだ?」

「はい。クウちゃんと一緒に見るのを楽しみにしていました」

私の家か……。大げさな家じゃなければいいけど。お店も兼ねているので想像がつかない。

ふわふわ美少女のなんでも工房。我ながら、すごい店名にしたものだ。

素材は揃えた。予定通りに工房を開くことはできるはずだ。

私の新しい生活。それは、どんなものになるのだろう。

楽しい日々を期待しつつ、私はセラと2人、サンドイッチを堪能させていただいた。
クウちゃんだけに、くうのです。パクパク。うん、美味しいっ！

外伝1　ナオの日常

ザッザッザ……。ザッザッザ……。

床をこする箒の音だけが、今、私のまわりにはあった。静かで穏やかな時間を私は過ごしている。

私はカメ。背中に甲羅を背負って、箒で床を掃くことが私の仕事。

この竜の里の長であるフラウには、よく「こうらぁ。ダンジョンの汚れは勝手に落ちるのである。掃除など無駄なのである。カメは、もっと有意義なことをするのである」と怒られるけど、私は気にしない。

何故なら、私はかめぇへんのだ。今日も明日も、このままがいい。

このまま毎日、箒で床を掃いて、暮らしていきたい。有意義じゃなくていい。私がほしいのは平穏だけ。

だけど時折、思ってはいた。

特に夜、竜の里から出て、岩の上で1人で夜空を見上げていると。

私はカメ。

だけど本当の名前は、ナオ・ダ・リム。

誇り高き獣王三家のひとつ、銀狼王家の血を引く者。戦士長の娘。すべてをなくして、もう随分と月日は経つけど。

私は11歳になっていた。

クウが突然にやってきたのは、私がカメとして箒で床を掃いていたある日のことだった。

ひと目見て、私は彼女が前世の親友だとわかった。

だってクウは、私たちがやっていたVRMMOのキャラクターそのままだった。なんとクウは女神様にお願いして、ゲームキャラクターとして転移のような転生を果たしたという。

話を聞いて羨ましかった。クウは思うままに世界を生きていた。心からこの世界を楽しんでいるようだった。

私には辛くて悲しいことしかなかった、血と狂気にまみれたこの呪われた世界を。

クウが滞在したのは2週間ほどだった。

その間クウは、集められるだけの資材を集めて、竜の里のみんなとアイテム交換会等で交流して――。

そして昨日、帝都へと帰っていった。

帝都では工房を開くと言っていた。私も一緒に来ないかと誘われたけど、もちろん断った。

だって、ヒトの世界は怖い。また襲われて奴隷にされるかも知れない。そう考えるだけで私の足はすくむ。

この竜の里からザニデア山脈から、離れたいとは思わない。

私はカメがいい。

私はカメでいい。

「おお、ここにいたであるか、カメ。ちょっとホールに来るのである」

「わかった」

フラウが呼びに来たのでついていく。

ホールに行くと、竜の人たちが大勢揃っていた。何故か整列している。

フラウがみんなの前に立った。

私は、それと向き合う。

「カメ、見ているのである。そして、採点するのである」

「なんの？」

「それは言わないのである。ネタバレ禁止なのである」

採点と聞いて、嫌な予感がした。なにしろクウが帰った翌日だ。どうしてもクウの影響を感じる。

竜の人たちの表情は真剣だ。

「やるのである」

緊張感のある声でフラウが言った。

私の嫌な予感は的中した。

「「「にくきゅうにゃ〜ん」」」

フラウを中心にした竜の人たちが、くるっと回って肉球ポーズを取った。

「ごめん。私はどうしたらいいのかわからない。計測不能」

私は正直に答えた。

「……で、あるか。さすがに我々がクウちゃんの真似をするのは、おこがましいということであるな」

見た目は5歳のフラウが、重々しい態度でうなずいた。

「おこがましくはない。やってもいいとは思うけど、反応には困る」

「次にクウちゃんが来た時、これで歓待しようと思ったのである」

「それなら独自の芸の方がいい」

「で、あるか」

「うなぎ」

私はクウに見せた芸をフラウにも披露した。腕を上に伸ばして、ゆらゆらと体を揺らめかせる。

「カメはカメであろう。なぜ別の生き物を表現するのであるか」

「それを言ったら、フラウたちは竜。猫じゃない」

「むむ！　で、あるな！　妾たちは、根本的な思い違いをしていた……。そういうことであるか！」

「そうでもない」

「で、あるか……。難しいのである」

フラウは考え込んでしまった。うしろにいた竜の人たちも。

私は帰ってもいいのだろうか。

ただ、お世話になっている身としては、放っておくこともできない。私も芸には、それなりにうるさい子だ。ここはひと肌脱いであげることにした。

「むむ？　カメにはよい手立てがあるというのであるか？」

「任せて」

「うん」

いったん離れて、棒とお皿を持ってきた。私が見せるのは、皿まわしだ。

くるくる、くるくる。

棒の上で器用にお皿を回転させる。

「おお。見事なものである」

「こんなこともできる」

私はお皿を回しつつ、仰向けに寝転んだ。カメの甲羅をすべらせて、寝転んだままくるくると回る。もちろん、お皿も回したままだ。

「カメの大回転」

私は即興で技の名前を決めた。

「おおー！」

フラウたちが拍手してくれる。

「さらに」

私は回転しつつ、手に持っていた棒を足の裏に乗せた。

「カメの足技」

そのまま足で、お皿を回し続ける。

「おおー。見事なのである。まさに芸なのであるな」

「うん。そう」

私は身を起こして、お皿を手のひらに乗せた。

「……カメは、にくきゅうにゃ〜んは違うと言いたいのであるか？」

「ううん。あれはあれでアリ。ただクウの芸は、基本的に滑稽さを柱として作られている。笑顔のためならバカにされても構わない覚悟の芸。だから誇り高き竜族には残念ながら向かない」

「で、あるか……」

私がクウの芸に常に低評価をつけている理由は、まさにそこだ。

低評価までも含めてクウの芸なのだ。

たとえばクウの芸には「波ざはざば」というものもある。この波ざはざばは、高い可能性を持つ技だ。極めれば、それこそ本当の波を表現できる。

だけどクウはそこまでに完成度を高めない。あえて数歩落とすことで、その滑稽さで相手を笑顔にしようとしているのだ。

もっとも、クウが転生の時にいきなりやった「にくきゅうにゃ〜ん」につけた5点は本当の5点だけど。あれは酷かった。

「なので私は、フラウたちが芸をするのであれば、今の皿回しのように、純粋に磨いて輝かせるものがいいと思う」

「なるほど、なのである。よくわかったのである。しかし、やはりクウちゃんはすごいのである」

「うん。クウの覚悟は本物。私もすごいと思う」

「それでカメよ。妾たちに相応しい、何かよい芸はあるのか？　今の皿回しでもよいとは思うが」

「その前に、本当に芸は必要？　必要なら教えるけど」

「どういうことであるか？」

「クウを歓待したいのなら、クウが芸をした時の褒め方を練習したほうが効率的な気がする」

「むむ！　それは確かに……」

「たとえば、にくきゅうにゃ～んの正しい返し方は？」

「むむ……。わ、わからないのである……。感動して、すごいと叫べばいいのであるか……？」

「惜しい。すごいより、可愛いと叫ぶのが適切」

「なるほど！　であるか！　それなら簡単――」

「本当に、わざとらしくなく、自然に叫ぶことができる？」

「むむむむ！　それは、難問であるな……」

「うん。練習が必要」

「わかったのである。練習をするのである。次にクウちゃんが来た時は、皆で自然に感動するのである」

「クウちゃん、可愛い。クウちゃん、面白い。まずは、この簡単なふたつを自然に叫べるようになるべき」

「わかったのである。皆、聞いての通りなのである。クウちゃんに可愛がってもらえるように、我らは全力を尽くすのである」

おおおおー！　と、竜の人たちがやる気一杯の声を上げた。

この後、夕食の時間まで、クウちゃん可愛いとクウちゃん面白いの練習に私は付き合わされた。

といっても指導したのは最初だけで、あと見ているだけだった。正直、無駄な時間だった。

だけど考えるまでもなく、私は普段、もっと無駄に時間を使っている。


夕食後――。

私は部屋で1人になって、甲羅を脱いで、ベッドに寝転んで横に丸まる。

私はいったい、何をしているのだろう。

そんなことを考える。

土を掘って、埋める。

私は、そんな生活で本当にいいと思っているのだろうか。

わからない。

だって、人里に出るのは怖いし。

私はカメでいいし。

「ニナお姉ちゃん様……」

脳裏に浮かぶのは、最後まで私を守ってくれて、私を守るために自ら奴隷となることを選んだ、獣王国の王女ニナお姉ちゃん様の姿だった。

私は当時、まだ、たったの3歳だった。だけど私には前世の記憶があって、思考はしっかりしていたから、その時のことは忘れていない。むしろ昨日のことのように強く覚えている。

ニナお姉ちゃん様は、今、どこで何をしているんだろう。

奴隷のまま、なんだろうか……。

それなら、助けてあげたいけど……。
でも、怖い。
私には絶対に無理だ。
考えただけで震える。
「助けて……。ニナお姉ちゃん様……。お願い……。私を助けて……」
助けたいはずのニナお姉ちゃん様に助けを求めながら……。
私の意識は遠退《とおの》いていった。
私は眠りにつく。
カメとして、明日も掃除をするために。

外伝２
薔薇姫エリカはメイドに語る

「――カロン。――カロン。そろそろ着きますわよ」

「ふぁ……？」

まったく、この子ときたら。

大国ジルドリアの王女たるこのわたくしのメイドでありながら、よくもわたくしの目の前で平然と眠ることができるものです。

「申し訳ありません、エリカ様！　私、起きました！」

「ええ。おはよう、カロン」

「はい！　おはようございます、エリカ様！」

もっとも、それはいつものことなので今更腹も立ちませんが。そういう子だと承知の上で、わたくしは彼女を今回の旅に連れてきたわけですし。

わたくし、エリカ・ライゼス・ジルドリアは今、前世からの親友であるユイと会うため、馬車で街道を進み、ユイの暮らすリゼス聖国へと向かっています。

ようやく国境に到着しようとしているところです。

「ああー！　失礼しましたぁ！　おはようではありませんよねぇぇ！　ごきげんようでございま

す！」

「いいからしゃんとしなさい」

「は、はい……」

今のわたくしよりも4歳年上、今年で15歳になるカロンは、天然で迂闊で楽しい娘です。

おかげで数日に及んだこの旅も退屈せずに済みました。

旅に出る前には、「ホントに私でいいんですか……？」なんて、思いっきり不安げにたずねられましたし、まわりからも反対されましたが、やはりわたくしの判断は間違っていませんでした。

「エリカ様も、聖国に行くのは久しぶりなのですよね？」

「ええ。1年ぶりですの」

ジルドリア王国とリゼス聖国は国境を接した隣国ですが、わたくしとユイの暮らす王都と聖都は気軽に日帰りできるほどの近場ではありません。

「聖女様とお会いするのも久々なんですよね？」

「ええ。そうですね」

「楽しみですねっ！　もしかして、私もご挨拶とかできちゃうんでしょうか。ああそうなったらどうしましょう！　会ったことがある人は、みんな口を揃えてユイリア様こそが歴代最高の聖女様だって、時には感動の涙まで流して言っちゃったりしていますよね！　私も泣いちゃうんでしょうか！　ああ、そうなったら、お化粧が崩れて大変ですよね！　私、これでもエリカ様のメイドなので！　ちゃんとした存在なのでそれは困りますよね！　泣かないようにしないと！」

「長いですわ」

いつまでも続くカロンのひとり語りに、わたくしはため息をつきました。

「す、すみませんっ！　でもそういえば、エリカ様は平気なんですよね？」

「ユイのことですか？」

「はい。お会いしても普通にしていられるのですよね？」

「当然です。泣いたりしませんわ」

「さすがはエリカ様です！　薔薇姫の名前は伊達ではありませんね！　大陸最強の王女様だけはあります！」

むんと拳を握って、カロンが力説します。

否定はしません。

わたくしは今、11歳。

まだ未成年の少女ではありますが、すでにわたくしの名は薔薇姫エリカとして広く知られています。

今日も、薔薇の刺繍をあしらった赤いドレスを着こなし、薔薇を模したアクセサリーを身に着け、我ながら薔薇姫としての隙はありません。

「ちなみにエリカ様は、聖女様とはどんなことをして遊ばれるのですか？」

「残念ですが、今回は遊びに行くわけではありませんの。もちろんユイとの再会は嬉しいことですが、今回はそれ以上に、ユイとは国の明日に関わる真面目な話をしなければなりませんの」

「それって、帝国のことですよね……？」

「ええ」

わたくしは重々しくうなずきました。

帝国とは、ザニデア山脈を越えた先。この大陸の西側全域を支配する強大な国家バスティール帝国のことです。

「今、わたくしたちの王国は、わたくしの提案した政策が推し進められて、まさに発展の最中にあります」

「はいっ！　もちろん知っています！　エリカ様のアイデアは、どれも素晴らしく革新的で本当に天才と言わざるを得ないと！」

「ふふ。当然ですの」

「さすがはエリカ様です！　本当にエリカ様は、王国の薔薇です！　エリカ様の輝きによって、王国は次の時代に進むわけですよね！」

「その通りです。ですが、そんな王国の発展を妬み、帝国が我々の経済発展の妨害工作を始めたのです」

「許せませんよね！」

「ええ。そのせいでわたくしの立てた完璧な政策が、どうにも最良の効果を出し切れていないようなのです」

「……聖女様とは、そのお話をされるのですね」

「最悪、帝国とは戦争になります。ユイが味方についてくれるのかどうか、それが運命の分かれ道ですの」

「……帝国は、大陸の統一を狙い出したのでしょうか？」

「かも知れませんわね」

帝国は、その前身たるティール王国が、その武力を以って西側にあった諸国を呑み込んで成立した覇権国家です。東側をも呑み込まんとしても、まったく不思議なことではありません。

その時、最も障害となるのは東側最大の国であるジルドリアなのです。その力を事前に削いでおきたいと思うのは当然でしょう。


話していると、馬車が止まりました。ようやく到着のようです。

護衛の騎士が馬車のドアを開けます。先にカロンが降り、続けてわたくしも馬車から外へと出ました。

場所は、ジルドリア王国とリゼス聖国の国境検問所です。

「エリカっ！　久しぶりだねっ！」

少し離れて待っていた白い法衣に身を包んだ光り輝くような少女――。ユイがこちらに駆けてきます。

「ユイ。また会えて嬉しいですの」

「うんうんっ！　そうだねーっ！」

わたくしたちは手を取り合って、久しぶりの再会を喜びました。

ユイことユイリア・オル・ノルンメストは、まだ11歳ながら、現在の大陸において最大の信愛を集めている人物です。

この大陸でただ1人、光の魔力を持つ聖女と呼ばれる存在です。

わたくしとは前世からの親友ですが、それでもユイの前に立つと、感情が揺らぐのを抑えることはできません。

なんでしょうか――。ユイから感じる光に心が満たされていくというか――。ユイという存在に、大いなる安らぎと救いを見出すような気持ちになっていくのです。

ただわたくしの場合は、やはり前世からの縁があるせいか、他の人ほどの揺らぎを覚えるわけではありませんが。

感動を覚えつつも、お互いに手を握って、微笑み合い、普通に会話を交わすことはできます。

「ああ、そうそう。ユイには最初に紹介しておきますの。こちらはカロン。わたくしが旅の伴に選んだメイドです」

カロンにも、これくらいのサービスはよいでしょう。挨拶したがっていましたし、させてあげましょう。

「へー。そうなんだー。よろしくね」

ユイが屈託のない笑顔でカロンに先に声をかけます。

ユイは聖女となって多くの人から愛されようとも、前世と変わらない自然体のままです。お金や権力に溺れる様子もありません。

カロンは、呆然としていました。彼女もまた、ユイの光に触れて、大いなる安らぎを感じているのでしょう。

ただ、10秒ほどの後、風船が弾けたような勢いで我に返って、

「は、はじまっして！　よろしくおねがいしまっしゅ！」

しどろもどろながらも、カロンは挨拶することができました。

挨拶した後は、思いっきり落ち込んで、

「あああ……。噛んでしまいましたぁ……。死にます」

とユイの眼の前でうなだれましたが。

その様子を見て、わたくしは笑ってしまいました。ユイの光の力も、カロンの天然力の前には効果を出し切れないようです。

「面白い子だね」

ユイも笑います。

「でしょう？　お陰で道中も退屈しませんでしたの」

「なら聖都まで一緒に行こうか」

「ええ。構いませんわ」

ここから先はユイの乗ってきた馬車での移動となります。今夜は聖都にあるユイのお屋敷で1泊の予定です。

わたくしとユイは馬車に乗り込みました。カロンも乗せます。

「あの……。ホントに私もいいんですか？　道中はおふたりで、難しい話をされる予定でしたよね？　私、お邪魔だと思うのですけれども」

「そんなことを気にする必要はありませんわ」

夜になれば2人で話す時間はいくらでもあるのです。それよりも、カロンが普通にユイと接することができるのなら、ユイにとっても、カロンとのおしゃべりは楽しい一時となることでしょう。

馬車が動き出します。

「それでユイ、相変わらずチヤホヤされていますか？」

「されてるよー。もー」

ユイがため息まじりに肩を落とします。

「ふふ。それはよかったですわね」

「朝から晩まで感動されるんだよ？　ご飯を食べただけで、今日も聖女様がご飯を食べられたとか祈られて、ホントにいいと思う？」

「さあ。わたくしにはわかりませんわ」

「それなりにはわかるでしょー。って、あー。エリカは、うん、思いっきり堪能しているよね」

「充実していますわ」

「いいなー。私も適度がよかったよー」

ユイが再びため息をつくと――。

何故かこのタイミングで、姿勢を正して座るカロンが涙を流し始めました。

「どうしたのですか、カロン？」

「エリカ様……。私は今、猛烈に感動しています……。エリカ様は、私のことを信用してくれて、こんなに大切なお話し合いの場に同席させてくれたんですよね……。私、お城ではお皿割り専用係とか言われて、クビになる寸前だったんですけど、これからは心を入れ替えて、立派なメイドになってみせます！　カロンの来世に、どうぞご期待ください！」

「来世では死んでいますでしょう」

本当に何を言っているのか。私は呆れて言葉を続けます。

「そもそも貴女は、わたくしに選ばれた時点で、すでに立派なメイドです。自覚を持つようになさい」

「はい！　立派なメイドとして自覚します！」

「ホントに面白いねー」

カロンのおかげで、ユイの気持ちも切り替わったようです。とにかくカロンには涙を拭かせます。

「あ、そうだ！　私、今日はエリカのためにいいものを作ってきたんだよー。数はあるからカロンさんもどうぞー」

ユイが、座席の脇に置いてあったバスケットを膝の上に乗せます。蓋を開けて取り出すのは拳大の真っ黒な丸いかたまりでした。

わたくしはひと目見て、それがなんなのかに気づきます。

「じゃーん。オニギリー」

ユイが宣言する通り、それは海苔を一面に巻いたオニギリでした。

「まあ」

わたくしは正直、驚きました。

「私の手作りだよー」

ユイが朗らかに言います。

「……というか、ついに海苔も手に入れましたのね」

「うん。苦労したんだよー。海洋都市にいろいろと問い合わせて」

「執念ですわねえ」

「ふふー。私、和食の再現には全力だよ。はい、どうぞ。カロンさんも初めて見ると思うけど美味しいから食べてみてー」

「……ありがとうございます」

カロンがおそるおそるオニギリを受け取ります。無理もありません。なにしろ海苔を見るのは初めてでしょうし、そもそも王国ではライス自体が高級品で庶民の口には入りません。

「では、いただきますわね」

わたくしは早速、11年ぶりのオニギリを堪能することにしました。

すると……。

「あああああああああああ！　待ってくださいエリカ様ぁぁぁぁぁ！」

涙を拭いたばかりのカロンが慌てた様子で叫びました。何かと思えば、どうやら先に毒見をする気のようです。

ユイの手作り料理に毒見など、聖国の人間に知られたら大変です。

ただカロンは、わたくしが毒見など不要と言うよりも先に、大胆に思い切り頬張ってしまいました。その姿は、毒見というより単にはしたないだけでしたが。

「ああ、そんなに一度に食べると喉につまりますわよ」

「んぐっ！　んぐぐぐぐぐ……」

案の定、喉につまったようです。

「本当に、何をしているのですか貴女は。ほら、わたくしが背中を叩いてあげますから気合で呑み込みなさい」

「うぐ……。ぐぐ……」

「はい、お水をどうぞ」

ユイがポットからコップに水を入れて、カロンに渡してくれます。

それを飲んで、なんとかカロンは一命を取り留めました。

「はぁー。ありがとうございますっ！　私、生まれ変わった気分です！　これが聖水なのですね！」

「あはは。ただの水だよー」

「水だけに、見ずに飲んでも最高でした！　みずみずしかったです！」

「面白い子でしょう」

「そうだね。久しぶりに普通に笑えてくるよ」

「それはよかったですわ」

カロンを選んだのは、本当に正解だったようです。

ふふ。わたくしの見る目は確かなものですね。さすがはわたくしです。

わたくしは、高笑いしたい気持ちを抑えて静かに微笑みます。

馬車の中での高笑いは、うるさいだけですから。

しかし、わたくしの目に狂いがない以上、やはり帝国は悪。討ち滅ぼさねばならない敵で間違いありません。

ユイとはしっかりと相談して、完璧な計画を練らねばなりませんね。

来るべき戦争――。
その完全勝利を目指して――。

外伝3 聖女ユイリアのほかほかご飯

「さあ、エリカ！　入って入って！　私の家だよー」

「ちょっとユイ。そんなに押さなくても入りますわ」

エリカを迎えに国境まで出かけて、往復3日。

午後の遅い時間。日暮れ前に家に着いた。大変だったけど、やっと一息がつける。

ここはリゼス聖国の聖都アルシャイナ。

私の家は、その中心たる大聖堂の裏側に広がる森の中にある。

代々の聖女が住んできた家だ。今は私が1人で暮らしている。

聖女として常に注目されている私にとって、この世界で唯一、羽を伸ばしてのんびりできる場所だ。

私は、ユイリア・オル・ノルンメスト。

この世界イデルアシスに生まれて11年目になる転生者だ。

「ほらほらー」

「ちょっ！　もうっ！」

エリカの背中を押して家の中に入る。

一緒に転生したエリカも今は11歳の女の子。

隣国のジルドリア王国で王女様をしていて、薔薇姫なんて呼ばれている。

エリカと会うのは一年ぶりだけど――。

真紅の服の上に煌めく長い髪を優雅に流したその姿は、まさに薔薇姫と呼ばれるに相応しいものだった。エリカは会う度に、どんどん綺麗になっていく。

私は、そんなに成長もしていない。国のみんなからは、国の宝なんて言われているけど……。

まあ、成長のことはいいか。

今日は一年ぶりの再会なのだ。エリカがわざわざ、私の国にまで来てくれたのだ。

思いっきり歓待しないとねっ!


家の中には誰もいない。エリカのメイドさんも休憩に入ってもらったので私たちは水入らずの2人きりだ。

「じゃあ、エリカ。支度するから少し待っててねー。今夜は、懐かしいものを食べさせてあげるからー。ふふー。なんでしょうかー」

「なんでしょうかも何も、和食ですわよね」

「もー。ネタバレ禁止ー。そこは知ってても知らないフリをしてよー。私、感動してほしかったのにー」

私が和食にこだわって、このリゼス聖国に和食文化を広げていることは、他の国にも知られている。

お米も輸入するだけではなくて、すでに国内で栽培を始めている。

だからエリカに即答されるのは、当然と言えば当然だけど。

「お米はこの袋かしら。研ぎますわね」

エリカにはリビングで待っていてほしかったのに、私と一緒にキッチンまでついてきてしまった。

しかも、手伝ってくれるみたいだ。

「ゆっくりしててくれていいのにー」

「これからご飯を炊くのでしょう？　水に浸してちゃんと作るのなら軽く1時間はかかるではありませんか」

「っても、エリカに料理なんてできるの……？」

エリカは、大国ジルドリアの王女様。ケーキより重いものを持ったことがないと言っても、信じられちゃうくらいの生活をしている子だ。

しかも前世でも、料理なんてしていなかった。

「お米を研ぐくらいなら、クウにやらされていましたわ」

「あはは。そうだったねー」

今はもう、ものすごく遠く感じるけど……。

前世の頃、私たちは大学生で……。

エリカは、見栄を張るのに全力の子で、いつでも金欠で、しょっちゅうクウのところに食事をたかりに行っていた。

エリカがお米を研ぐ。私は、そのとなりで豚汁の下ごしらえを始めた。

今夜のメニューは、ご飯に豚汁、それに、何種類かのお漬物。シンプルな和食なのです。

普通なら他国の王族が来たとなれば、たくさんの人を招いて晩餐会となるところだけど……。

私とエリカの時は、特別だ。

2人だけで、ゆっくりとおしゃべりをする。特別な時間だ。

「……クウとナオは今頃、どこで何をしているんだろうね！」

「そうですわね」

私の言葉に、エリカは同意する。

私とエリカは隣接した国の有名人同士で、3歳の頃には、すでにお互いの存在を認識できていた。

だけど、クウとナオの名前は、まるで聞かない。

「ナオは勇者ですし、きっと辺境で修行の日々なんでしょうけれど。クウは、どこの誰になっていることやら」

クウ直伝のお米研ぎをしながらエリカは言う。

「実は帝国のお姫様だったりして」

「それはないですの。帝国の皇女は、アリーシャとセラフィーヌ。クウという名前ではありませんの」

「だよねぇ。残念」

言ってはみたけど、それは私も知っている。

「むしろよかったですわ。帝国など悪の権化ですの」

「……あー。エリカのところが謀略を受けているんだっけ？」

「ええ。我が王国は現在、わたくしの前世知識をもとにした数々の賢策で、凄まじく国力を上げていますの。それを妬んだ帝国が妨害工作員を送り込んできて本当に迷惑をしていますの」

「でも、今の帝国って穏健だよね。喧嘩なんて売ってくるのかなぁ」

「騙されてはいけませんわっ！　帝国なんて、どんな物語でも、お約束で悪ではありませんかっ！」

「まあ、うん。それはねぇ、そうかも知れないけど……」

「帝国とは戦争になるかも知れません。ユイ、そうなったら、わたくしのことを助けてくれますわよね？」

「それは……。もちろんだよ……」

エリカはこの世界で、たった1人の友達。

私は聖女として、誰からも愛されて、尊敬されているけど……。

だからこそ他に友達はいない。エリカの頼みなら、なんでも聞いてあげるつもりはある。

ただ、うん。戦争は、ない方がいいかなーとは思うけど。

「そういえば帝国皇女と言えば、面白い噂を聞きましたの」

「へー。どんな？」

「皇女殿下の世直し旅。なんでも、第二皇女のセラフィーヌが変装して帝国の各地を旅して、悪党共を光の力で成敗しているとか」

「何それ。まるで前世の時代劇だね」

私は笑った。

「ですの。有り得ない話ですわ。第二皇女のセラフィーヌは、情報が確かならばわたくしたちと同じ11歳ですし、そもそも光の力なんて、ユイ以外が持っているはずがありませんの」

「あー。もしかして、何か目的があっての情報の流布とか？」

「ええ。わたくしはそう見ていますの。帝国が大陸全土の覇権を狙っているのであれば、当然、ユイも邪魔ですの。物語を広めて、ユイに並ぶ聖女を作ろうとしているのだとわたくしは考えていますの。もっとも、この件については、まだ情報が正確ではありませんので、あくまで邪推ですが」

「そこは冷静なんだね」

さっきまで帝国は悪だと断じていたのに。

「プロパガンダにしては、おかしな情報も混じっていますし」

「へー。どんな？」

「パンツの子」

「ん？」

「パンツの子、ですの」

「……えっと。それって、なぁに？」

「なんでも第二皇女のセラフィーヌは、地方都市のコンサートで、観衆の前でパンツを見せて踊っていたそうですわ。それはもう堂々と」

「えー」

「さすがに有り得ませんわ」

「……本当だとしたら、実験なのかなぁ。帝国の聖女を、民衆に近い存在にするためには、どういう手段を取るのがいいのか、とかの」

「ユイ、どうして認めているのですか。帝国の聖女などと」

「あはは。そうだね。でも、もしも本当に光の力を持っている子が私の他にもいるのなら、嬉しいなぁ」

正直、たった1人の存在としてチヤホヤされるのは、もう十分だ。

できれば友達になりたい。

「嬉しいって……。相手は敵ですわよ。我々の支配を狙う」

「うーん。そっかぁ……」

友達になるのは、難しいのだろうか……。

「そもそもパンツの子ですわよ。本当なら、どんな倫理観を持っているのか」

「すごそうだねえ」

そんな話をしながら料理を進めた。

ご飯を水に浸して、そのあいだに豚汁の下ごしらえをおわらせて――。

30分後。魔石コンロの上でご飯を炊く。

やがて日が暮れる。だけど家の中は魔石の照明で夜になっても明るい。

「ねえ、ユイ」

「ん？　なぁに、エリカ」

お鍋の豚汁を軽くかき混ぜながら、私は気楽に聞き返した。

「クウは、どんな子になっていると思います？」

「んー。そうだなー。よくわかんないけど……。クウは、最強になっている気がするかなー」

「最強って……。どんなのですの？」

「わかんないけど……。なんか、そんなイメージってない？」

クウは前世で、いつも私たちを助けてくれた。

クウは、うん……。正直、ゲームにハマっちゃって、落ちこぼれの大学生だった。

でも私が男の子にしつこくされた時には助けてくれて、エリカのお腹がペコリンな時には食事をくれた。

世間では駄目な子だったかも知れないけど……。

私たちには、間違いなく、頼りになる子だった。

「そうですわね」

エリカも静かに同意した。

「あと、変な一発芸はしていると思うなー。そういう子の噂が入ってきたら間違いなくクウだと思う」

「そうですわね。わたくし、今でも目に焼き付いていますわ。転生の瞬間のクウのにくきゅうにゃ～んは」

「あはは。だねー。あれは強烈だったよー」

「本当です。どんな人間になるかを伝えもせず、まさか芸をするとは」

「クウらしいけどねー」

「らしいですけど、酷い話ですわ。おかげで11歳になっても、どこで何をしているのかわからないのですから」

「それは、ねえ……。早く会いたいよねえ。あと、ナオも」

「そうですわね。ナオには立派な勇者として登場してもらって、悪の帝国を倒してほしいですの」

「あはは。それだと私たち、楽でいいねー」

ご飯が炊けた。豚汁の大根にもバッチリと味が染みた。完成だ。

キッチンに隣接したダイニングのテーブルで夕食をいただく。

「ふう……。久しぶりの和食は、心に染みますの」

「私も……。心に染みるなぁ……」

ほかほかのご飯。熱々の豚汁。どちらも、よく食べてはいるけど……。

正直、私が何をしても全力肯定しかしてこない国の人たちと食べるのは、私には疲れてしまうことだった。

チヤホヤされたい――。

それは、私が望んだことではあるのだけど……。

国の誰かと食べていても、最近では、もう全然、味を感じない。

だって、私が「美味しい」って言うだけで、コックさんも給仕さんも喜びのあまり号泣してしまうし……。

それどころか、その料理を国宝に指定しようとするし……。

いつでもどこでも注目されてチヤホヤされているのに、私は、ご飯すら楽しめない感じになってしまっている。

でも1人で食べても、別に美味しくはならない。

私がそのことをエリカに愚痴ると……。

エリカが呆れるように言った。

「贅沢病ですわね」

「ううー。そうかも知れないけどー。慰めてよー」

「それはクウの仕事ですわね。再会したら、叱ってもらうといいですの」

「私は慰めてほしいのー。ユイちゃんは頑張っているね、すごいねって、言ってほしいだけなのー。言ってよー」

「そんなの、国の人たちから常に言われているでしょう」

「うう……。エリカが冷たい……」

「……ユイは本当に頑張っていると思いますの。物心ついた時から今日まで、聖女として人々を癒やし続けて」

「ううー！　真心を感じないー！」

「ほら、もう。言ったって無駄ではありませんか」

「ううー……」

2人で、ほかほかのご飯を食べた。熱々の豚汁を堪能した。

箸休めのお漬物は、控えめに言っても最高だ。

私はいじけていたけど、本音で話せるエリカとの食事は楽しかった。

いつか、クウやナオとも出会えたら……。

その時には、もっと楽しく……。ほかほかのご飯を4人で食べられるのかな……。
そんな将来の夢を抱きつつ、夕食の時間は過ぎていくのだった。
私は、ユイリア・オル・ノルンメスト。
光の力を抱いた今代の聖女として、今、この異世界で頑張って生きている。

あとがき

かっぱんと申します。

この度は拙作『私、異世界で精霊になりました。①　なんだか最強っぽいけど、ふわふわ気楽に生きたいと思います』を手に取っていただき、ありがとうございました。

物語は、いかがでしたでしょう。

お楽しみいただけたのなら幸いです。

これからの方は、お楽しみいただけると嬉しいです。

拙作はインターネット上の投稿サイトに掲載して、第4回のアース・スターノベル大賞で評価をいただき、書籍化となった作品です。

いやあ、我ながら、よくここまで来れたものだなぁと思います。

思えば投稿して最初の頃は、あまり読んでもらうことができず、投稿サイトの評価ポイントも上がらなかったので……。これはもうダメかもわからんねぇ……。なんて思いつつも、いやいや、面白いよねクウちゃんさまの冒険は！　と自分を励ましつつ投稿を続けたものでした。

結果として、評価ランキングの上位に入ったことはないのですが、それでも少しずつ読んでくれる人が増えて、お陰様でやる気を失うことなく、ここまで続けることができました。感想や評価やいいねで応援してくださった皆様、ありがとうございました。

そんなわけで、投稿サイトから始まった拙作ですが……。

書籍化するに当たっては、幼なじみたちの現状を描いた外伝に加えて、本編の方も1つのテーマに沿って書き加えを行いました。

それはどんなテーマかと言えば、ズバリ、芸。

得意の芸をひっさげて、主人公のクウちゃんさまが全力で異世界を楽しむ！

書籍版の本編では、その要素を大幅に増強しました。

クウちゃんさまの必殺芸は、作中で出会ったお友だちたちからそれぞれに点数をつけられていますが……。

皆様からは果たして、何点をいただけたのでしょうか……。

100万点、100点、50点、5点……。

それとも、すーん、だったでしょうか……。

すーんだったら泣きます！


ちなみに改稿は、主にロースカツ定食パワーで行いました。

同時期、自分の中でとんかつブームが発生して、行きまくっていたのです、某とんかつのチェーン店に。

今年の夏は本当に暑くて、大変でしたよね……。

改稿は、ちょうど8月にしていたのですが……。

ロースカツ定食に大いに力をつけさせていただいて、夏バテすることなく、無事に完成させることができました。

ロースカツ定食は、本当によいものですよね。

さくさくな衣のついた旨味たっぷりの豚肉を頬張り、白いご飯へとつなげる、そのダイナミックな展開。

口の中をすっきりと整えてくれる、千切りキャベツの清涼感。

深く染み渡る豚汁の安らぎ。

最高なのです。

まさに、クウちゃんだけに、くう、なのです。

クウちゃんだけに、くう、は作中に出てくるクウの口癖ですが……。

作者的にも語呂がよくて気に入っていて、最近ではつい、食事の時に心の中でつぶやいてしまいます。

クウちゃんだけに、くう。パク。

外食の時、うっかり声に出さないよう、気をつけねばなのですが。

改稿に当たっては、拙作を担当してくださった編集者S様の多大なるご協力も大きな助けとなりました。ありがとうございました。

イラストを担当してくださったキッカイキ様にも大いなる感謝を。

クウの姿を初めて見せていただいた時には、まさにクウが生まれ出てきたような感動を覚えました。

等身大に加えて、ＳＤキャラのクウも可愛くて素敵でした。
ありがとうございました。

またお会いできることを期待しつつ、今回はここまでとさせていただきます。
最後までお付き合いいただき、ありがとうございました。

メイドなら当然です。
万能メイドさんの
異世界紀行!!
濡れ衣を着せられた万能メイドさんは旅に出ることにしました
三上康明
Illustration キンタ

EARTH STAR NOVEL

私、異世界で精霊になりました。①
なんだか最強っぽいけど、ふわふわ気楽に生きたいと思います

発行 ―― 2023年10月18日 初版第1刷発行

著者 ―― かっぱん

イラストレーター ―― キッカイキ

装丁デザイン ―― 冨永尚弘（木村デザイン・ラボ）

発行者 ―― 幕内和博

編集 ―― 佐藤大祐

発行所 ―― 株式会社アース・スター エンターテイメント
〒141-0021 東京都品川区上大崎 3-1-1
目黒セントラルスクエア 7F
TEL：03-5561-7630
FAX：03-5561-7632

印刷・製本 ―― 図書印刷株式会社

ISBN 978-4-8030-1852-3